PRIVATE

BERLIN

柏林面具人

〔美〕詹姆斯·帕特森 马克·沙利文／著

曾雅雯／译

序　幕

隐形人

Private Berlin

1

九月里一个月黑风高的夜晚,克里斯·施奈德正静悄悄地走近一幢位于柏林东郊、已经废弃多年的房屋。现在是晚上十点左右,他的脑海中萦绕着各种黑暗的画面和古老的誓约。

施奈德看起来接近四十岁,穿了一身黑色的衣服,他从腰间掏出了一把格洛克手枪[①]握在手上,小心翼翼地向前移动着。他缓慢地穿过一片长满了荆棘丛、秋麒麟草和葡萄藤的废弃花园,他的衣服不断地与植物碰撞,发出沙沙的声响。

走出花园后,他站在原地犹豫了片刻,远远地注视着前方模糊的建筑轮廓。他回忆起了自己第一次来到这里时所感受到的那种深深的恐惧,很快他就意识到,自己为了等待这一刻,已经等了快三十年了。

事实上,他先用了十年的时间来磨炼自己的心智和身体。

第二个十年,他用来寻找复仇机会,但是一直没有成功。

在刚刚过去的十年,施奈德却认为自己已经没有必要再复仇了,过去的经历不但早已褪色,而且几乎是消逝了。同时消逝的,还有自己和同伴们获得补偿的机会。

但是,眼下就是他成为复仇天使的绝佳机会,这必然也是其他所有人认为理所当然的。

施奈德听到了自己内心的声音,这种声音鼓励着自己不断向前迈进,并为大家争取一个公平、公正的交代。

有了这些鼓励,施奈德感觉到自己的信念更加坚定了,他们的确应该

---

① 奥地利格洛克有限公司研制生产的一系列自动手枪的统称,该系列手枪覆盖全球的军、警及民用市场。许多国家的执法单位是其忠实用户,在拥有枪支许可的民用市场,该品牌手枪更是备受推崇。

得到一个公正的结局,他正打算把这个结局作为礼物献给他们。

此时此刻,施奈德已经踏上了房屋门口的阶梯,他看到大门是半开着的,上面悬垂着一条铁链,没有上锁。他的眼前只有黑乎乎的一片,他感觉自己全身脏器都不太舒服,膝盖也有些发软。

老兄,你已经等待了大半辈子了!施奈德不禁自言自语道,现在到了终结这一切的时候了。

为了我们大家!

施奈德用脚轻轻地推开门,走了进去,他立即嗅到了很重的尿臊味,以及金属烧焦的味道,还伴随有一股恶臭,很像是尸体散发出来的气味。

这时他的脑海里突然闪现出一个念头,如果背后这扇门突然关上并被锁住,那将会发生什么事呢?这种强烈的恐惧感几乎要把他击垮了。

正义、复仇的火焰在他体内开始燃烧起来,很快他就战胜了恐惧。他按下了手枪的保险栓,准备好了随时开枪。"咔哒"一声,他打开了自己的微型手电筒,尽管只有淡淡的一束光,但足以帮助他仔细查看前方的情形。

地板上的灰尘很厚,有一串清晰的鞋印,显然有人刚刚来过这里。

施奈德的心"怦怦"直跳,他谨慎地跟随着鞋印向室内走去。第一间房子是水泥筑成的,几乎没有装潢,看起来像是一个过厅,每个方向都有一条走廊通往别的房间。尽管鞋印是朝着一个方向的,但施奈德还是仔细搜寻着每一个房间,所有的房间都是阴森森的。最后,他停下来了,两眼发直,因为他产生了一阵幻觉,他感觉到眼前正播放着一部血淋淋的恐怖片。

于是他努力分散自己的注意力,可他还是发现自己握着枪的右手正在不停地发抖。

查完了左右两边的房间后,施奈德又顺着正中间的走廊走下去,不久后他遇到了第二扇门。这扇门还是没有锁,虚掩着并且露出了不足一英尺[①]宽的缝,顺着门缝看过去,那边似乎是洞穴般空旷的房间。

他听到里面有些动静,于是迅速冲了进去,并以最快的速度举起枪瞄

[①] 1英尺=30.48厘米。

准了声音传来的方向,然而这时他却看到了一窝鸽子。

进入这间房子以后,施奈德感觉到那股尸体的味道更浓了,他举着手电筒四处照射,寻找气味的源头,可惜什么都没找到。但他还是发现了一些东西,房间的地板上立着很多生锈的铁钉,人一旦碰上,后果不堪设想。天花板下面还搭建了一个隔层,他所站的位置无法看到隔层里面的样子。隔层的面积不大但很长,横跨了整个房间。

隔层的尽头有一扇小门,门没有关,外面挂着一条锈迹斑斑的铁链。

鞋印的路线是从门口沿着房间的对角线延伸出去的。他顺着鞋印走上前去,并随时注意着地上的铁钉,以免自己被绊倒。

施奈德本来还想查看一下隔层里的情况,突然他的注意力被一阵嘈杂声分散了,好像有很多蹦蹦跳跳的东西向他冲了过来。他立刻半蹲,紧握手枪瞄准着声音传出的方向。

结果是一群老鼠窜了出来,接着飞快地跑进了房间另一头的地板上的大洞里。地板上的鞋印也是一直走向这个大洞,然后就消失了。施奈德走近后,洞里传出了老鼠的叫声和窸窣声,听起来不是很远,而且数量十分庞大。

洞的左边立着一根金属管,直径比洞口略微小一些。金属管的顶端是一个地漏盖,看起来这根金属管连同上面的地漏盖原本是应该装进地板上这个大洞里的,现在被人移了出来。洞的右边放了一台小型鼓风机,可以将地上的碎屑吹走。

施奈德走到洞口,用手电筒照了进去。里面是一段波纹钢管,伸出去大概有十英尺长,管口下方是碎石地面,距离管口不到四英尺。

一个女人的尸体躺在碎石地面上,上面爬满了老鼠,令人毛骨悚然。

尽管惨不忍睹,但施奈德还是认出了她。

他为了找她,几乎跑遍了整个德国,他始终抱有一线希望,期盼还能见到活着的她。

然而现在一切都太迟了。

复仇的火焰就像被加了燃料一样爆发升腾,他想射杀任何活着的东西,他想对着这个洞口高声吼叫,他想立刻就把杀死她的人找出来,千刀万剐也不为过。

但是，没过多久，施奈德又冷静了下来，理智开始占据上风。

现在，这件事已经不仅仅是施奈德自己的事，甚至不仅仅是他所在的集体的事。现在他要做的不仅仅是复仇，他还要把一个罪人钉在耻辱柱上，暴露这个人的真面目，使这个人得到应有的惩罚。

现在该走了，施奈德心想，我应该赶紧去通知刑警，让他们来这里调查取证。

他转过身，再一次扫视了房间，准备返回走廊。刚走出六七步，他突然听到一阵扑腾声，就像是一只很大的鸟在拍打翅膀。

他本能地举起枪，准备瞄准这个尚且不知道是什么的目标。

这时，从他头顶的隔层中突然蹿出一个黑影，确切地说，应该是一个一直躲在暗处的人。

坚硬的靴底重重地踢在施奈德的锁骨上，他站立不稳向后倒去，正好躺在了一个铁钉上。

铁钉刺伤了他的脊柱，他的身体感到一阵麻木，很快失去了知觉。

他的枪摔在了地上。

疼痛难忍的施奈德无法说话，只能不停地呻吟。黑暗中的人影渐渐清晰，是一个男人，现在正站在他的面前。他挣扎着用手电筒照亮了眼前这个人的脸，此人戴了一个黑色的面具，遮住了自己的鼻子、脸颊和额头。

面具男开始说话了，一听到这个声音，施奈德立刻就知道自己遇上谁了，尽管上一次听到这个声音是在二十八年之前，但感觉就像是昨天一般。

"你认为你在为这一切做准备吗，克里斯？哼哼？"男人冷笑着问道。紧接着，他咳嗽了几下，继续对施奈德说："你永远都不可能准备好的，不管你在过去的这些日子里对自己说过些什么。"

一把尖刀出现在面具男的右手上，他半蹲下来，将刀刃架在施奈德的脖子上。

"如果我让你流血，那我的朋友会来得更快。"男人平静地说，"在它们的照料下，只需几个小时，你就会体无完肤。克里斯，到时候没有人还能认出你，哪怕是你的母亲，哼哼！"

2

星期天的凌晨三点四十五分,玛蒂·安格尔穿过拥挤的人群,进入到"珍爱"酒吧。这是一家颇有人气的夜总会,坐落于柏林市克罗伊茨贝格区一个废弃的发电厂厂房里。

三十出头的玛蒂身材有些健壮,而且颇具魅力。她接连走过了好几条走廊,这些走廊四通八达,同时连接着"珍爱"酒吧里两个巨大的舞池。快到舞池时,她打了个哈欠,并用手梳理了一下自己浅咖啡色的短发,充斥在她周围的震耳欲聋的音乐节拍让她感到有些不适应。

玛蒂顾盼生辉的蓝眼睛上下打量着四周的涂鸦墙,烟雾缭绕的空气,以及那些精力旺盛的舞者。不知疲倦的舞者们似乎想把周六的晚上一直延长到周日的中午。

一个矮壮、结实的男人出现在了玛蒂前方不远处,他是个欧亚混血儿,左眼下方一个蛛网般的文身使他显得有些与众不同。

"女伯爵还在这里吗,阿克塞尔?"玛蒂大声喊道。

这个男人用头指了指身后,"她和那个阿根廷人在一起,他们好像很亲密很陶醉的样子。"

"他们的感情可没那么纯洁。"玛蒂回答说,"我最讨厌意乱情迷的人。"

"不管怎么说,你准备做的这一切都是你自愿的。"阿克塞尔警告说,"我无法控制你的行为。"

"你认为我这样做会破坏你的形象吗?"玛蒂问道。

"有那么一点点。"

"国际私人侦探公司会付给你一笔可观的酬金的。"

阿克塞尔露齿一笑,"那太好了,谢谢你,玛蒂。"

玛蒂点点头,"有没有什么捷径可以让我很容易就离开那儿?"

"每个舞池的尽头都有安全出口。"

"那我们开始行动吗?"

阿克塞尔想了想,"我得去给吧台打个电话,你先去跳舞吧。"

玛蒂和阿克塞尔击了一下掌,紧接着阿克塞尔把玛蒂推向舞池的入口,她一边走一边拿出自己的手机,从里面调出了一张深褐肤色的年轻人的照片。

女伯爵索菲亚·冯·梅西琳是奥地利人,只有十七岁,一周前她和她父亲的马球教练劳尔·蒙特纳格私奔了。这个三十三岁的阿根廷男人其实是个流氓,他一心想找个富家女当老婆,从此过上不劳而获的舒坦日子。

再过四天,女伯爵就满十八岁了,这是该国法定的最低结婚年龄。

女伯爵的家人极力想阻止两人结婚,于是他们找到了国际私人侦探公司柏林分公司的玛蒂,请她帮忙找到索菲亚,然后将其送回维也纳。

索菲亚的母亲三年前死于服药过量,她的祖母萨拉·冯·梅西琳是一个很重视名誉的人,老人家不想让家族的声望和财富因为这件事而受到任何损害。索菲亚的父亲彼得是奥地利提洛尔区一位杰出的议员,正准备爬到更高的位子,他也不希望女儿的私奔影响自己的仕途。

"不惜一切代价。"萨拉叮嘱玛蒂,"一定要找到她。"

玛蒂也这样做了,她查询了索菲亚的信用卡记录和手机上的GPS定位信息,一直跟踪到了这家夜总会。幸运的是她认识这里的保安队长——阿克塞尔,自从她多年前成为柏林刑警侦查员以后,阿克塞尔就一直是她的"内线"之一。

玛蒂将手机放好,走进舞池,里面全是扭动跳跃、汗流浃背的身体,这些人伴随着DJ播放的音乐忘我地跳着唱着。这首曲子玛蒂很熟悉,名字很形象也很贴切,叫《运动者》。

她跳到吧台旁边,弯下了腰,对着吧台里的酒保点了点头,这时酒保正重重地合上自己的翻盖手机。她爬上了女领舞者的位置,和着节拍离开了吧台,继续跳着热舞。

舞池中的人看见了玛蒂,开始发狂地对着她尖叫和呼唤。她笑了笑,假装醉态,但她的眼睛一直都在敏捷地四处张望,最后她终于在房间的另一头看到了索菲亚·冯·梅西琳和她的阿根廷情人。

女人的手臂环绕着男人的脖子,她正在亲吻他的心口,而他的手则在她身上乱摸。

玛蒂还看到,在他们的背后,正好有一个安全出口的门。

突然,女伯爵猛地推开了马球教练,跌跌撞撞地走向舞池外的走廊。机会来了!玛蒂心里说道。她立即飞身跃过障碍物,一把抓住了索菲亚。

"索菲亚?"她边说边亮出了自己的证件,"我是玛蒂·安格尔,是柏林的私人侦探,我现在就要带你回家。"

索菲亚轻蔑地笑了笑,"我已经十八岁了,我想做什么就能做什么。"

"你还要再过四天才满十八岁。"玛蒂一本正经地说,"跟我走吧,别把事情闹大了。"

索菲亚笑道:"我这人最擅长的就是把事情闹大,而且是闹得很大,足以吸引新闻记者的注意。"

"我不会给你机会的。"玛蒂说完便将女伯爵的双臂摁在身后。

"哎哟!"索菲亚发出一声惨叫,"你弄疼我了。"

"如果你不跟我走,我会让你更痛的。"玛蒂推搡着女伯爵沿着通道走向夜总会的大门。

"嘿!索菲亚,你在那里做什么呀?"

玛蒂扭转头,瞥见了马球教练,他已经被大麻和酒精弄得疲惫不堪,此刻正怒气冲冲地站在她们身后。

玛蒂用一只手紧紧抓住索菲亚,另一只手掏出自己的证件,在蒙特纳格面前晃了一下,"你别再惹出事端了,劳尔,她现在要回家了。"

蒙特纳格怒视着玛蒂说道:"她愿意和我结婚,再说她已经十八岁了。"

"也许她只是同意和你睡觉,可你不要忘了,她还没到十八岁呢。"

听了这话,马球教练顿时泄了气,一言不发。然而突然间,他向玛蒂猛冲过来。

玛蒂只好放开了女伯爵,握紧双拳来抵御男人的进攻。

蒙特纳格挥舞双臂,试图将玛蒂打倒。

可玛蒂的动作更快,她迅速抓住了男人的右手,并使劲一扭,将他向地上拽去。

蒙特纳格惨叫一声,跪倒在地,与此同时,他拼命地喊叫道:"快跑!索菲亚,快跑!"

3

女伯爵索菲亚·冯·梅西琳飞快地跑开了。

她避开了一名头发染成鲜艳粉红色的女孩,然后开始加速。

玛蒂咒骂着放开了蒙特纳格,转过身去追赶女伯爵。

但是想要赶上她似乎不太容易。尽管体内的迷幻药品和酒精都在发挥作用,可索菲亚在人群中绕来绕去地迂回前进时,整个人还是非常敏捷,如入无人之境。

"拦住那女孩!"玛蒂一边高声喊叫,一边举起了自己的证件。

然而,目的没有达到,反倒是一个二十出头的喝得醉醺醺的小伙子跳了出来,试图挡住玛蒂的去路。玛蒂身手矫健,将自己的右脚迅速滑移到小伙子的左腿后面,紧接着猛地敲了一下对方的胸口,他一下子摔了个四脚朝天。

周围的人群闹哄哄地嚷嚷着,混乱中,玛蒂瞟见了索菲亚,后者正好从站在侧面出口旁的阿克塞尔身边跑过。

接下来,女伯爵消失在了门外。

有人从背后抓住了玛蒂的牛仔夹克。

她扭头一看,原来是蒙特纳格。她放松了两只手臂,夹克立即从她身上滑落下来。玛蒂转过身,一脚踢向马球教练的小腿骨。

他尖叫着跌倒在地。

玛蒂匆忙地朝女伯爵逃走的方向跑去,经过正在看热闹的阿克塞尔身边时,她厉声对他说:"你本可以抓住她的,就算是做点别的也好啊。"

"那我岂不是错过这些好戏了?"

"至少应该帮我制止她的男朋友!"玛蒂回过头大声吼叫道。

她无暇倾听保安队长的回复,径直跑出侧门,来到外面的大街。

人行道上,很多人正排队等候着进入这家夜总会。

玛蒂向人群亮出了自己的证件,"刚刚有个女孩从里面出来,她去哪儿了?"

离她最近的一个男人正在吸食大麻,他耸了耸肩,没有说话。

男人身后的女孩说:"我没看到她。"

噢,天哪!我把她搞丢了。玛蒂自怨自艾道。真该死!她仿佛已经看到了索菲亚专横傲慢的祖母因她所犯下的过失而破口大骂,甚至恨不得将她撕成碎片的场面。

但是,片刻之后,玛蒂突然听到了一阵呻吟,紧接着是猛烈的干呕。声音是从街对面传过来的,确切地说是来自于一辆大型垃圾装卸卡车的背后。

"哎!你看,她承诺过给我们的一百欧元就这么打水漂了。"玛蒂身旁的大麻吸食者叹息着说。

玛蒂朝这个猥琐的男人竖起了中指。接下来,她穿过街道,在那辆卡车的后面找到了索菲亚。女伯爵正弯腰缩成一团,身旁是刚刚吐出来的一大堆秽物,玛蒂忍不住捂住了鼻子。

"快起来,索菲亚。"玛蒂一边说话,一边将正在喘气的女伯爵扶起来,"让我找个地方帮你清理一下。"

有一阵子,女伯爵看起来好像不知道自己身在何处,也不知道玛蒂是谁,但清醒过来以后她突然开始哭起来,"劳尔在哪儿?"

"他会消失一段时间。"玛蒂回答道。她轻轻地搀扶着女伯爵的手臂,领着对方离开了夜总会,朝自己的车走去。

"我得离开这里。"索菲亚坚定地说,"我会找到他,并且和他结婚。"

"等你年满十八周岁,你就可以做自己想做的事了。但是在那之前,有人想开导开导你。"

"是我父亲吗?"女伯爵用一种公然蔑视的语气说道,"他只在乎自己和自己的事业。"

"事实上,是你的祖母雇用我们来找你的。"

话音刚落,玛蒂从对方的脸上读出了恐惧和害怕。索菲亚小声说:"但是我想见我的父亲。"

"你肯定能见到他的,但是现在是你的祖母在控制这一切。"

有些东西看上去从女伯爵身上消失了,所有的敌意和对抗情绪都不见了。她步履艰难地以一种服从的姿态跟着玛蒂向前走,最后她们来到了一辆轿车旁边,这辆宝马335i是国际私人侦探公司柏林分公司的专车。

当玛蒂正要打开副驾驶座那侧的车门时,索菲亚突然扑倒在她怀里,语无伦次地抽泣着说:"我只是想找一个自己真心喜欢的人,我到底做错什么了?"

听了这话,玛蒂禁不住有些动容,"你没做错什么,索菲亚,但是……"

玛蒂的手机响了,但她现在无法接听电话。她紧紧抓住年轻的女伯爵的肩膀,让索菲亚哭着吐露心声。

4

二十分钟过后,玛蒂开车载着年轻的女伯爵在柏林的大街小巷中穿梭,她们的目的地是特格尔国际机场。她终于有时间看一下自己的手机,电话是凯瑟琳娜·多鲁克打来的。凯瑟琳娜是玛蒂最要好的朋友,同时也是国际私人侦探公司柏林分公司的办公室主任。

她为什么要在凌晨四点打电话?

玛蒂回电话时,凯瑟琳娜没有接听,电话自动转入到语音答录信箱。玛蒂说:"凯瑟琳娜,是我,玛蒂。你别担心,我已经抓到我要找的人了。

我现在正在前往机场的路上,你先睡一会儿吧。"

刚一挂断电话,玛蒂就听到了一阵鼾声。她转头一看,索菲亚已经睡着了,脸贴着车窗,嘴角淌出了口水。宝贝,你可千万别在这辆崭新的宝马车上呕吐啊!玛蒂不停地祈祷着。这辆新车上依然还有淡淡的皮革味道,玛蒂非常喜欢这种味道。

谢天谢地!她终于顺利抵达了特格尔国际机场的私人航空集散站,一路上没有遇到其他问题。她唤醒了索菲亚,后者看上去依然困倦无神,睡意蒙眬。索菲亚跟着玛蒂离开汽车,一路上都处于恍惚状态。

飞行员已经就位,正在向机场提交飞行申请。接下来,他吩咐玛蒂和索菲亚尽快登上这架私人喷气式飞机。

她俩刚进入机舱,玛蒂的手机又响了起来。

"我是玛蒂·安格尔。"她接通了电话。

"我是凯瑟琳娜。"

玛蒂从朋友的语气中听出了这通电话非同小可,"发生什么事了?"

凯瑟琳娜犹豫了很久,终于答复道:"克里斯失踪了。"

索菲亚走向一个高背皮椅,然后重重地坐了下去,"我需要来点可乐或者别的什么。"她说,"也许还可以加点朗姆酒[①]。"

但是玛蒂没有理睬她,而是专心地听着自己的电话。

"上周初他请了事假。"凯瑟琳娜说,"他本该在前天回来的,可他没有如期到公司报到,而且直到现在也没有。我试着用手机、家里的座机、电子邮件和短信联系他,然而都一无所获。"

这完全不符合克里斯·施奈德的作风,玛蒂对此也表示同意。他是一个办事仔细、有条不紊的侦查员,而且一直以来都一丝不苟地遵守分公司的规章制度和工作流程,这其中当然包括在预定的时间准时报到。

"你试过芯片了吗?"玛蒂最终问道。

去年,国际私人侦探公司为全球各地的员工都配备了一枚微型定位芯片,员工可以将该芯片植入到上背部的皮肤下面。这样一来,一旦发生

[①] 朗姆酒是以甘蔗糖蜜为原料生产的一种蒸馏酒,也称为兰姆酒或蓝姆酒。原产地在古巴,口感甜润、芬芳馥郁。

紧急情况，公司就可以找到他们。对于这项计划，玛蒂一直都犹豫不决，她担心如果这套方案被滥用的话，那实际上就等同于极权主义。

然而令她惊讶的是，施奈德却欣然同意了这套方案。

"这就是我打电话给你的原因。"凯瑟琳娜在犹豫之后回答道，"我刚喝过我母亲让我喝的巫毒茶，现在正躺在床上无法入睡。我在想，你应该可以授权这样做。"

"我没有这个权限，凯瑟琳娜。"玛蒂说。

"你是最接近这个权限的人，玛蒂。"

"但我现在已经不再如此了，你打算把克里斯失踪的事报告给警察吗？"

"我不知道，我也很困惑啊，你想想……他会不会是与别人私奔了。"

玛蒂犹豫了片刻，然后叹了口气，"我不能控制这种事。"

"我可不想在那种情况下找警方介入。"

"我明白你的处境，但是我也帮不了你。听着，你还是得给杰克·摩根打电话，得到他的授权。"

杰克·摩根是国际私人侦探公司的老板，公司的总部位于洛杉矶。

"我在一小时前给他打过电话，可他直到现在都还没有回复我。"

玛蒂咬了咬嘴唇，"我确信克里斯没事。但是，如果今天中午他还没有来报到，而且杰克也没有回电话，那么我们就激活芯片。"

"好的，如果你没有再接到我的电话，那就说明我会在中午前到达办公室。"凯瑟琳娜说。

"我也会去。"玛蒂承诺道，然后挂断了电话。

飞机外面雷声隆隆，透过舷窗玻璃，玛蒂看见一道闪电划破夜空。雨水开始敲打机舱的顶部，那声音感觉比地面上的雨水声响亮得多。玛蒂看了一眼索菲亚，后者已经醒了，现在正注视着她，眼神中写满了诚挚的关心。

"克里斯是谁？"索菲亚轻声问道。

玛蒂艰难地咽下一口唾沫，回答道："直到六周以前，他都还是我的未婚夫。"

5

黎明的曙光即将来临,我发现自己站在一个墙上和天花板上全是镜子的房间里,身旁有一张圆形的床,被单和床单都是红色的。

在这个由镜子组成的房间里,我浑身赤裸,除了那张脸——二十三年前由一位来自科特迪瓦的外科医生为我重新塑造的脸。

我透过镜子端详着自己的脸,这根本就是一张面具。我笑了,因为没有人知道这张脸背后的人就是我,而且有一位倾国倾城的美女已经同意在这个满是镜子的房间里与我云雨缠绵。

除了那双蛇皮细高跟鞋,眼前这个正在关门的棕色皮肤混血女人也是一丝不挂。她是从瓜德罗普岛①来的——至少她是这样说的,名叫吉纳维芙——这也是她自己说的。

不管她到底是谁,当我将自己携带的帆布包放在床上的时候,她淡淡地笑了笑。

"我以前见过你。"她的口音略有法国味儿。

我甚至连眼睛都没眨一下,"是吗?"

"我感觉是这样。"她上下打量着我的帆布包,"那里面装的是什么?"

"别担心。"我对她说,"是一个罕见并且美丽的东西。"

她点了点头,动作微小得几乎看不出来。

"看来你很关心这个?"我问道。

她摩挲着自己的双手,"只是有点紧张。我有一个朋友叫伊尔莎,她上周失踪了。你也许见过她,她是个纺纱工,来自德国。"

---

① 西印度群岛中的岛屿,位于加勒比海小安的列斯群岛中部,属热带雨林气候,平均气温26℃,1946年成为法国的海外省。

我不屑地挥了挥手,"亲爱的,我从来都记不住人的名字。所谓的名字,全都是假的,全都是胡编乱造的。如果你觉得我说得不对,那么我问你,你在这儿用的是不是真名呢,吉纳维芙?"

她犹豫了片刻,最后摇了摇头。

"我就知道是这样。"我用一种调侃友好的语气说道,"这些都是虚幻的,你可以成为你想成为的任何人,或者是你想成为的任何东西。我很喜欢这种感觉,你呢?"

她的眼珠转了几下,接下来她轻微地点了几下头。

"那就好。"我对她说。然而事实上,我已经感觉到了一种难以名状的焦虑。她见到过我和伊尔莎在一起吗?不会的,那不可能,我很确定我和伊尔莎始终都是单独出现在别人的视线里的。

我打开了帆布包,一个风格古老的用象牙色和黑色的皮革制成的面具展现在我们眼前。这个面具制作得十分精巧,就像一个抛媚眼的怪物。尽管面具表面的染色剂和喷漆随着时间的推移已经产生了一些裂纹,而且很多地方都被磨光了,但是它的嘴唇依旧保留着最初的深红褐色。此外,用来露出佩戴者的眼睛的狭缝周围也是深红褐色,和嘴唇的颜色一致。

"一百多年前,一名刚果绍奎部落的成员制作了这个玩意儿。"我告诉吉纳维芙,"这东西非常罕见,花了我一大笔钱。"

我戴上面具,并用麻带将它固定在我的脸上,这样我就可以透过眼部的缝隙清楚地看到外面。

这个面具闻起来有一股非洲的气息,就好像是朽木、肉豆蔻和烤胡椒混合在一起的味道。我的呼吸在面具里回荡,缓慢而慵懒,使我感到自己就好像是一头正在注视猎物的美洲豹。

我示意吉纳维芙躺在床上,她照我说的做了。床上的她注视着我——当然还有我的面具,双眼充满了恐惧和害怕,而这恰好让我备受鼓舞,并使得我更加自信。

我的朋友们,这就是完美。她的思想正在捣鬼,创造了一些尚未发生的场景,那些场景必然比我脑海里所能想象出来的深夜乐事要糟糕得多。

这种方式是不是很有趣呢?我轻微的威胁,是不是激发了她大脑深处最黑暗的区域?

事实上,因为感觉到了她的恐惧,反倒让我从中得到了满足和力量。我在她的身旁跪下,爱抚着她柔软的深褐色乳房。接下来,我将自己的手指滑向了她赤裸着的敏感部位……在整个过程中,我不断地扫视四周的镜子,欣赏着我的新面具在镜中形成的一系列叠影。

我不是一个年轻男人,但是我告诉你,我的那话儿可不比年轻人差,就像一支坚不可摧的长矛。当吉纳维芙在我持续的爱抚下开始扭动身体时,我能感觉到这是一种充满渴望的扭动,彻底点燃了我的欲火,使我更加亢奋,而且我知道我已经不可能再凭一己之力将其熄灭。

我一把将她拉向自己,并分开了她的双腿,这时我感觉到自己的呼吸变得像野兽一样急促。

吉纳维芙直勾勾地盯着我,很明显她已经被蜷伏在自己身上的怪物给吓倒了,但这种表情却让我更加兴奋。

"亲爱的,你叫什么名字?"她的声音带着颤抖,"当我们做爱时,我应该称呼你什么呢?"

"我吗?"我一边说,一边野蛮地进入了她的身体,"就叫我隐形人好了。"

第一部

屠宰场

Private Berlin

一

国际私人侦探公司柏林分公司所在的办公楼位于柏林市米特区波茨坦广场①南面，这栋办公楼是包豪斯风格②的建筑，钢筋暴露在外，大部分外墙都是绿色玻璃。公司的办公室位于大楼顶层，站在这里可以看到整个波茨坦广场。

玛蒂·安格尔手里握着一杯浓咖啡，她感觉自己对前未婚夫的担心越来越强烈了。因为睡眠时间还不足五小时，此时的她有些头昏眼花。当她走出电梯来到柏林分公司的大厅时，还差几分钟就到中午十二点了。

迟到整整三天，这完全不像克里斯的作风，对此她已经想过上百次了。

除非他与某人私奔了。

去希腊，或者是葡萄牙。

就像我们刚刚陷入爱河时那样。

大厅里摆放了一些抛光钢铁雕塑，描绘、展现了密码学发展史上的重要事件和里程碑。玛蒂经过了一台恩尼格玛密码机③，紧接着又经过了布莱斯·德·维吉尼亚④的遗容面膜，此人是16世纪的法国密码天才，他那双空洞的眼睛似乎跟随着玛蒂来到了一台摆放在黑色基座上的视网膜扫

---

① 波茨坦广场是柏林市最有魅力的场所，其引人注目的建筑集餐馆、购物中心、剧院及电影院等于一身，使它不仅吸引着观光的游客，也吸引着柏林当地人经常到此一游。
② 包豪斯原是1919年在德国威玛成立的一所工艺美术学校的名称，所谓"包豪斯风格"总的来说主要代表着现代主义、实用主义和简约主义，主张适应现代大工业生产和生活的需要，讲求建筑的功能、技术和经济效益。
③ 一种用于加密与解密文件的密码机，在20世纪20年代早期开始被应用于商业，一些国家的军队与政府也曾使用过它，其中最主要的使用者是第二次世界大战时期的纳粹德国。
④ 法国外交官、密码学家，维吉尼亚密码以其名字命名，但实际上并非他的发明。

描器旁边，再往前一步就是一扇防弹玻璃液压门。

玛蒂正准备用自己的眼睛对准视网膜扫描器，就在这时，安装在玻璃门旁边的电子显示屏上现出了凯瑟琳娜·多鲁克的头像。她是玛蒂曾经见过的最漂亮的女人之一，皮肤是橄榄色的，有一头自然鬈长发。不过，凯瑟琳娜的身世也是玛蒂所认识的人当中最崎岖的，她是第二代德国土耳其后裔，在一个贫穷、落后的移民社区里长大，是她家七个孩子中唯一一个女儿。

凯瑟琳娜透过自己的近视眼镜凝视着屏幕对面的玛蒂，"我们在指挥室。"

"有什么消息吗？"玛蒂问道。

"目前还没有，但是五分钟之后我们和杰克有一场视频会议。"

显示屏关闭以后，玛蒂努力抑制住深深扎根在自己心底的焦虑情绪。她将自己的右眼靠近视网膜扫描器，继而看到一道柔和的蓝光从左至右扫了一下。紧接着，伴随着液压泵的"呜呜"声，玻璃门自动打开了。

玛蒂迈着沉重的脚步沿着一条走廊向前走，透过走廊侧面的玻璃可以俯瞰到一个长条形的带状公园[1]，该公园将一大块平地分割成了两个巨大的直角三角形。两个三角形各有一条直角边与这个带状公园是紧邻的，另外两条直角边则分别指向相反的方向，一个正东，另一个正西。

在东德时期，这个公园一直都是柏林墙[2]两侧无人区的战壕所在地。这里曾有过华丽的照明、宽阔的沙地和分为内外两层的水泥屏障，还有带刺的铁丝网和机枪塔，竖立于1961年的柏林墙将这座城市分成了两半。

通常情况下，玛蒂走到这里时都会停下脚步，放眼看一看这个公园。不管当时她的情绪如何，看着这个公园总是可以让她的心情变得更好一些。这个公园代表了她的家族生命中非常可怕的一段时期，对于她所在的这座城市来说也是如此。

---

[1] 沿城市道路、城墙、水系等修建的有一定游憩设施的狭长形绿地。
[2] 柏林墙的正式名称为反法西斯防卫墙，是德国首都柏林在第二次世界大战以后由德意志民主共和国（简称民主德国或东德）在己方领土上建立的围墙，其目的是隔离东德（含东德的首都东柏林）和德意志联邦共和国（简称联邦德国或西德），从而阻隔东西柏林之间市民的往来。柏林墙是"二战"以后德国分裂和冷战的重要标志性建筑，1961年被建造，1989年被拆除，从此两德重归统一。

不过,这也是新时代开始的强有力的象征和标志,她相信这一崭新的开端是美好的,因为崭新的开端也是生存下去的唯一方式。

然而,这天中午玛蒂发现她无法使自己停下来注视这个公园,不论她有多努力地去压抑和克制,在她内心深处依然充满了深深的恐惧和不安。克里斯的突然消失,也许暗示着某些东西的终结。

但是,我很想让我们停下来,是吗?难道不是吗?

玛蒂来不及专心思考这些问题,她已经走进了一间阶梯会议室,这里的桌子一层比一层高,正前方是一堵弧形的屏幕墙。此时此刻,屏幕墙上的很多个显示屏同时发出了平静的蓝光,等待着信息输入。

凯瑟琳娜坐在距离屏幕墙最远的位置最高的桌子后面,她旁边坐着一个男人,看上去像个老嬉皮士,一头银发很长,络腮胡子有些蓬乱,戴着一副圆镜片的金属拉丝眼镜,穿了一件已经褪色的"感恩而死乐队"[1]风格的主题运动衫。

他的名字叫恩斯特·加布里埃尔,是玛蒂所见过的最聪明的人。他非常博学,拥有五个高级学位,其中包括两个博士学位——医学和计算机科学,以及两个硕士学位——物理学和人类文化学。

此外,加布里埃尔还是一个法医鉴定专家,他同时还负责运作柏林分公司的调查支持系统,只有他具备权限打开这套跟踪系统并且亲自操作它。

玛蒂沿着楼梯朝加布里埃尔和凯瑟琳娜走去,突然一个年近四十、肌肉发达的高个子秃顶男人出现在他们身后。此人名叫汤姆·伯卡特,是柏林分公司的新雇员,之前他刚刚成为德国第九国境防卫队[2]——德国精英反恐分队的首席队长,他的特长是开展安保工作,并确保细节不出差错。

玛蒂皱了皱眉,觉得有些纳闷,为什么凯瑟琳娜把他也召集到这里来了?

---

[1] 感恩而死乐队(英文名:Grateful Dead)是一个美国摇滚乐队,组建于1965年,1966年该乐队就已经在地下乐坛名声显赫,他们的音乐从小调到硬摇滚无所不包。
[2] 德国第九国境防卫队(英文缩写:GSG-9)建制于1972年,隶属于德国慕尼黑,是世界著名的反恐特种部队。

"你好！伯卡特。"玛蒂打了个招呼，然后亲吻了凯瑟琳娜的两侧脸颊。

她在伯卡特和加布里埃尔之间找了个位子坐下，这时会议室前方的屏幕墙开始闪烁，紧接着国际私人侦探公司的所有者兼董事长——杰克·摩根的那张被晒成棕褐色的英俊脸庞出现在了屏幕上。

摩根凝视着会议室里的全体员工，几秒钟后他开口说道："我刚回到办公室，之前我一直在卡特琳纳岛①度假，那里与世隔绝，无法发送和接收任何信息。对了，他依然不见踪影吗？"

"没错，杰克，到现在已经有三天了。"凯瑟琳娜回答道，"我想得到你的许可，激活他身上的芯片。"

摩根的脸部肌肉抽搐了一下，"芯片？你确定必须这样做吗？如果没有必要，我不想侵犯他的个人隐私。"他的目光移动到玛蒂身上，"玛蒂，你是怎么想的呢？这不是应该由你来决定吗？"

玛蒂的脸顿时红了，"杰克，嗯……我不知道你听说了没有，我和他的婚约已经解除了。"

摩根看上去非常吃惊，"我不知道啊！噢，真遗憾，这是什么时候的事？"

"六周前。"她说，"所以这一切由你说了算，杰克。"

摩根思索了片刻，接下来对博士说："加布里埃尔，你有机会查看他的信用卡消费记录吗？还有他的手机通话记录？"

"我已经亲自查过了，不过只是初步浏览了一遍，还没来得及研究详情。"加布里埃尔回答道，"我追踪了他的信用卡和工资卡在柏林、法兰克福以及其附近地区的购买记录，结果发现上个星期四以后就没有任何新记录了。此外，我也查到了他的手机通话记录，同样是在星期四以后就不再有新的记录。"

摩根将自己的双手交叠在一起，做出了一个祈祷的姿势，"那么在失踪以前，他手上的工作是些什么呢？"

---

① 位于美国加州的一座沿海岛屿，是著名的旅游胜地。

二

凯瑟琳娜在自己的笔记本电脑上输入了一些命令，摩根的头像缩小了，然后移到了屏幕墙的左边。接下来，在摩根头像的旁边出现了一张足球运动员的照片，他正做出一个引人注目的凌空抽射的动作。

"这个人叫卡西安诺，是柏林赫塔足球俱乐部最好的前锋，还是德国足球乙级联赛的最佳射手。"凯瑟琳娜介绍道，"英超的曼彻斯特联队雇用我们调查他，因为他们正在考虑是否将他买下来。"

尽管巴西人卡西安诺已经用实际行动证明了自己是一名高产的射手，但是谨慎的英国球队却对其在为数不多的比赛中的不稳定表现感到有些担心，他们希望在与这个巴西人签约之前先对其底细进行彻底的审查。

凯瑟琳娜继续说："两周之前克里斯告诉我，他只剩下一些细枝末节的琐碎问题尚待解决，不过他强烈倾向于认为卡西安诺是简单清白的。"

"克里斯手头还有什么案子？"摩根问道。

凯瑟琳娜又敲了几下键盘，屏幕墙上开始播放一段视频：一个男人从一辆黑色的保时捷卡宴越野车上走下来，他戴着一顶宽边帽，被深色太阳镜遮住了大半张脸。一个漂亮、高雅的女人从另一侧下车，紧跟在男人身后。

"这个人叫赫尔曼·克鲁格。"凯瑟琳娜说，"他是个亿万富翁，五十出头，喜欢收藏艺术品和汽车。此人非常神秘，不喜欢自己的名字出现在媒体报道中。他是在东德长大的，但是柏林墙倒塌以后，他很快就变成了一个不折不扣的资本家。他在柏林通过房地产行业积累财富，另外还在非洲拥有多个大型公共工程项目。"

玛蒂问道："我们曾与他的公司合作过吗？"

"两年前。"加布里埃尔一边用橡皮筋重新系好了自己的马尾辫,一边确认道,"那一次我们公司负责全面审查他们的安保系统,不过我们和克鲁格本人没有直接打过交道。"

"但是克里斯现在正与他合作?"

"不是这样的。"凯瑟琳娜说,"克鲁格的妻子——艾格尼丝是克里斯的客户,她相信克鲁格正与别的女人约会,于是请我们介入调查。据我所知的最新情况,克里斯已经找到了至少三名克鲁格的情妇,他还发现克鲁格找过妓女,数量很大,有时候甚至是一天两次。"

伯卡特讥讽地笑道:"一天两次?像他这样的老男人,不知道每天需要补充多少激素才能拥有这样的体魄啊,我想'伟哥'自然也是必不可少的。"

听了这话,玛蒂感到局促不安,自从伯卡特加入公司以后,她和他的交往十分有限。总的来说,她发现他是一个顽固、粗鲁而且生硬的家伙,也许这些特质很适合反恐精英或者保镖,但是在玛蒂看来,这些特质并不适用于国际私人侦探公司柏林分公司通常需要执行的细致、缜密的调查工作。

"克里斯从来没有提到过激素或者'伟哥'。"凯瑟琳娜嗤之以鼻地说,"但是我知道他已经和克鲁格夫人约好了明天见面,他会提供最新的情报给她。"

"如果赫尔曼·克鲁格因为自己的绯闻被曝光,从而导致一个肮脏的离婚案,那么他会损失多少钱?"摩根问道。

"一亿美元。"加布里埃尔回答道,"也许是两亿。"

董事长沉思了片刻,继续问道:"克里斯为什么要休假呢?"

"我不知道。"凯瑟琳娜说,"上周一我收到了他的短信,他说自己需要几天时间处理私人事务,他还说他最晚会在星期四给我打电话。考虑到他是一名如此勤奋积极的员工,我毫不犹豫地批准了他的假期,甚至没有问一个问题。"

"那是当然的。"摩根说,"这些我已经知道了,还有其他案子吗?"

"据我所知没有……"

"等等!"加布里埃尔打断道,"杰克,他还在做一些其他的事情。"

三

现在我想谈谈第一个向我展示面具的力量的人——我的母亲。

她是德国国家歌剧院芭蕾舞团的一名化妆师,对于她的国家来说,她是一名叛徒——对于她的丈夫和我来说也是如此。

但是这些故事我以后再讲述给你们听。

我主要想谈谈面具。

当我还是个孩子时,我和我的父母住在一栋预制公寓楼里,那里位于柏林东郊,地段有些偏远,差不多属于城乡结合部。在我的印象中,出了家门就是农田,到处都可以看到用于挤奶或屠宰的牲畜。

我的朋友们,我之所以会注意到这些事物,那是因为我父亲不仅仅是一个狂暴的酒鬼,而且他还是一个专业屠夫。

就在我了解到面具的力量的那一天,歌剧院因为季节缘故暂时歇业了,我的父亲和往常一样在外面工作。那时我七岁,正在出水痘。

为了让我高兴些,我的母亲爬上阁楼,取下了一个大箱子。当她打开箱子的那一瞬间,我敢发誓我可以从里面闻到古老的人肉气息,你可以想象一下,就是那种生命渐渐腐朽时所发出的不可避免的味道。

她拿出了一个非洲风格的面具,看上去有些年头了。那个面具带有招牌式的傻笑表情,双唇是红宝石色的,鼻子很大,眼睛粗野而炽热,头发是一圈浣熊的尾巴。母亲告诉我,最后一次使用那个面具还得追溯到十五年前的一场游行,地点是瑞士边境附近的拉芬斯堡县。

母亲还说,那个面具曾经属于她自己的母亲,也就是我的外婆。我的外婆死于史无前例的柏林大轰炸,再多挨一年,那场由希特勒发起的战争就彻底结束了。我的父亲从冒烟的瓦砾堆里捡回了一条命,而那个面具不知怎么的也幸存了下来。

"这个面具是一个奇迹。"母亲告诉我,"一个实实在在的奇迹。"

她把它放到一边,然后又从箱子里拿出了另外一个面具。新面具是黑色的,更加狭窄和短小,它是用来安装在鼻梁上方的,看上去就像是犯人用的伪装面罩。

"这是在歌剧《唐璜》①里用的道具。"她边说边将面具戴在我脸上。

"唐璜是谁?"我问道。

"是一个坏人,死得很惨,就像恶人通常的结局一样。罪人的死总会反映出他生前做过的坏事,你得记住这一点。"

毫无疑问,日后的我将会明白,那绝对是一派胡言。

死亡绝不是一种报应,也不是一种惩罚。

相反,死亡是一件非常美妙的事,并且是一个值得关注和庆贺的时刻。

但是,像我这样的好儿子,在那种时候只能诚挚地认同母亲大人的说法。母亲取出她的化妆箱,然后向我展示如何对我的脸进行化妆。她为我画上了傲慢的嘴唇、凹陷的眼眶,还有顽皮的眉毛,使得我忍俊不禁。

我还记得当她帮我戴上假发和眼镜之后,我看着自己在镜子里的模样,心里想象着我已经完全变成另外一个人了,根本就不再是我自己了。

"你知道剧院里的演员为什么需要化妆,并且需要使用面具吗?"母亲问我。

我摇了摇头。

"面具可以改变你,化妆也具有同样的效果。只要戴上合适的面具,你就可以变成你想成为的任何人。戴上面具以后,你就可以在别人眼前将自己隐藏起来。你可以做自己想做的事,扮演你想成为的人,甚至可以变成你想成为的任何东西。比方说,一个王子,或者是一只老虎。"

我点了点头,一些想法开始在我的脑海里萌芽,"还可以变成怪物吗?"

"当然可以。"母亲一边说,一边亲吻了我的额头。

---

① 莫扎特于1787年创作的歌剧。剧中的主人公唐璜是中世纪西班牙一个专爱寻花问柳的胆大妄为的典型人物,他既厚颜无耻,又勇敢、机智、不信鬼神;他利用自己的魅力欺骗了许多村姑和小姐们,但他终于被鬼魂拉进了地狱;他本质上是反面人物,但又具有一些正面的特点。

四

在杰克·摩根头像的右侧,一段新的视频显现在屏幕墙上。

视频中可以看到一个女人,穿着一件有些破旧的黑色礼服和一条黑色的牛仔裤。玛蒂的直觉告诉自己:这个女人以前一定很有魅力。

但是视频中的她头发干枯而蓬乱,皮肤蜡黄,气色很差。她的眼眶深深凹陷,眼神也黯淡无光。不论是谁看到她,必定都会相信她正过着一种极其艰难的生活。

"这段录像是我们公司的大厅摄像头拍下来的,时间是两周前的一个清晨。"加布里埃尔对大家说,"看,克里斯出来迎接她了。"

玛蒂看到克里斯朝着那个女人走去,然后拥抱她,贴了贴她的脸颊,并抚摸着她的后背。玛蒂皱了皱眉,感到有些奇怪,紧接着又涌现出一种很空虚的感觉。

"她是谁?"玛蒂勉强吐出了这三个字。

"我不知道。"加布里埃尔回答道。他取下了眼镜,按摩着自己的眼眶,"但是在这段录像被拍摄之后,大约又过了一个多小时,我确实看到这个女人从克里斯的办公室里走出来。我还听见克里斯说他会为她调查一些事情,而且是免费的。接下来,他俩再次拥抱,然后她就离开了。"

摩根对加布里埃尔说:"你能不能通过公司网络访问克里斯的个人文件夹,查明这个女人是谁?"

"杰克,这需要你的许可。"

"我同意。"

加布里埃尔在电脑键盘上录入了一些命令,接着停顿了片刻,看上去有些困惑。等待了几秒钟,他继续敲击键盘,嘴里还喃喃自语道:"真是奇怪呀。"

"怎么了?"玛蒂一边问,一边弯下身子,看着这位专家的电脑屏幕。

老嬉皮士再次录入了一些命令,"这次总该可以了。"

然而,施奈德的数字文件夹并没有出现,取而代之显现在加布里埃尔的电脑屏幕上的东西是一大堆亮粉色、翠绿色和黑色的像素点,那些像素点不断地转换和移动,时而相互重叠,看上去就像是活的一般。

"这是什么鬼东西?"加布里埃尔注视着屏幕,声音充满了震惊。

"怎么回事,博士?"摩根询问道。

加布里埃尔用难以置信的语气含糊地回答说:"我想我们的系统被黑客攻击了。"

屏幕墙上的摩根看上去十分困惑,紧接着有些生气,"这不可能啊!"他气急败坏地说,"我们刚刚才升级了安全系统,花了几百万美元。加布里埃尔,为此你也出了不少力气啊。"

电脑专家举起自己的双手,做出了投降的姿势,"你说得对,杰克,但是我从来没有遇到过这种情况,给我的感觉就像是有人突然往克里斯的工作区里倾倒了成千上万只白蚁,它们吃掉了所有的数据……"

凯瑟琳娜·多鲁克打断道:"我记得你曾经告诉过我,你总是可以恢复那些被误删除的文件,博士。"

"可这次不一样。"博士回复道,"凯瑟琳娜,这家伙对技术非常精通,而且绝非凡人。"

摩根看起来已经在抓狂了,但是他很快控制住了自己的情绪,"我们稍后再来处理这起黑客攻击事件。考虑到黑客的行为,以及克里斯正在办理的案子,我认为我们有足够的理由激活他的定位芯片。你来操作吧,博士。"

玛蒂点了点头,对摩根的决定表示同意,但是各种各样的新问题突然向她袭来,使她感到焦虑不安。

是谁攻击了系统呢?那个人为什么要这样做?会不会只是一个巧合?如果二者没有联系,而克里斯的确是出去度假了,这会不会是他延长假期的一种手段?万一我们发现他和另外一个女人在一起,那又该怎么办?我应该关心这些事情吗?

我真的很在意。

但是,我应该这样想吗?

"杰克,请稍等片刻。"加布里埃尔说,紧接着他录入了一条命令,屏幕上闪耀着的"白蚁"顿时消失了。

他录入了第二条命令,屏幕上出现了一长串人名。他将光标移到克里斯·施奈德的名字上,然后选定了一个对应的项目——一组由数字和字母组成的代码。

加布里埃尔复制了那串代码,然后启动了一个叫"天眼"的应用程序。他将代码粘贴到一个对话框里,继而按下了确定键。

整个屏幕墙的一半空间都跳转到了谷歌地图的柏林视图,玛蒂第一个发现了那个闪烁着的橙色图标,它位于柏林东郊,离某个地名很近。

"阿伦斯费尔德①?"玛蒂困惑地说,"你能把图放大点吗,博士?"

加布里埃尔在玛蒂开口之前就已经这样做了。他选定了橙色图标,然后按下了回车键。图像迅速拉近放大,展现出了一栋 L 形大楼的模糊画面。大楼的屋顶是拱形的,到处都有破损。

大楼所在的区域以及周边都覆盖了浓密的植被,不远处有一片面积很大的未经开发的原始林地,里面有很多高大的树木和密集的灌木丛。

"将它和城市规划平面图相互对照一下。"玛蒂说。

没过多久,大楼的详细地址和一个可供下载的文件一起弹出在屏幕上,加布里埃尔将文件下载到自己的电脑上,然后打开了它。这是一份 PDF 格式②的文档,内容是关于这栋大楼的所有权登记记录,并且是手写文件的扫描件。

玛蒂看清那些文字以后,突然感觉到一阵下意识的战栗,具体是什么原因,她自己也不能完全解释清楚。

"上面写的是什么?"摩根问道。

玛蒂看着自己的老板,用一种略带颤抖的声音回答道:"这份文件说,那栋大楼至今已经被废弃了二十五年了。但是在东德时期,它是一个国有的屠宰场。"

---

① 柏林东郊的一个小市镇,总人口只有一万多人。
② 电脑上很常见的一种文件格式,保密性与兼容性都很出色,常用于文书类电子文件的保存等等。

五

几分钟后,汤姆·伯卡特驾驶公司的宝马车载着玛蒂横跨了施普雷河,然后向东穿过柏林城区,来到了阿伦斯费尔德镇附近。

按照杰克·摩根的指示,玛蒂和伯卡特驾车去屠宰场进行调查,加布里埃尔博士负责研究黑客是如何设法攻破国际私人侦探公司技术顶尖的防火墙的,凯瑟琳娜则被安排去克里斯的公寓,看看能否在他的个人电脑上找出一些关于他正在办理的案子的记录。

伯卡特开车时总是一言不发,玛蒂对此感到很乐意。现在的她没有心情说话,恐惧和忧虑包围了她。为了避开那种被困的感觉,她仔细观察着车窗外巨大的柏林电视塔。这座顶部带有旋转球和高耸入云的尖顶的电视塔是在不久之前才赫然映入玛蒂眼帘的,此刻似乎离她越来越近了。

东德在1965年修建了这座电视塔,试图以此向西方世界证明东德有足够的科技实力和时髦理念来完成这一壮举。这座塔足足有两百多米高,在晴朗的日子,几乎从柏林的任何一个角落都可以看到它。

不过现在天色是灰蒙蒙的,云层压得很低,毛毛细雨开始落在电视塔上。旁边不远处是亚历山大广场,经过广场的城市轻轨列车以及坐落在广场侧面的消防紧急应变站也笼罩着厚厚一层似烟如尘的雨雾。这个广场是柏林市最繁华也最忙乱的地方,不管是白天还是晚上。

高耸入云的电视塔笼罩着这里的一切,包括著名的公园酒店,这座东德时期的建筑已经被修葺粉刷一新。在柏林墙倒塌之前,公园酒店是西方人士来柏林观光时最喜欢入住的场所,据说安装在这座酒店里的微型电子窃听器比地球上的其他任何地方都多。

玛蒂试图想象克里斯十八岁时的样子:时光回溯到1989年11月初,她的前未婚夫正站在柏林电视塔和公园酒店之间的广场中央,他身边聚集着一百五十万名情绪激动的抗议者。

她看见克里斯和其他人的言行自由不羁,全然无视数量众多的东德秘密警察,后者已经包围了亚历山大广场。那天晚上,警察们对人群进行摄像,辅以威胁加恐吓,试图迫使他们解散。

在两年的罗曼史里,克里斯几乎没有向玛蒂提及自己童年以及青少年时期的任何故事。她只知道他的父母在一场车祸中双双丧生,那一年他才八岁,后来他是在柏林东南的一所乡下孤儿院里长大的。

但是克里斯认真地告诉她,在起义爆发之后不久,他和几位朋友一起离开了孤儿院,来到柏林,并且参加了那天晚上在亚历山大广场进行的史无前例的大抗议,那次抗议向整个世界表明了东德人民是多么地渴望自由。

克里斯说他感到自己的生命是在那天晚上才真正开始的,就在那次抗议之后的五天里,柏林墙开始破裂崩溃,最终彻底倒塌。

"在我的人生中,我第一次感受到了自由。"克里斯说,"我们都自由了,每一个人都自由了。玛蒂,你还记得吗?感觉怎么样?"

伯卡特驱车继续向东行驶,玛蒂坐在副驾驶座位上沉思,克里斯的话语在玛蒂耳边回响,每一句话她都记得清清楚楚。

她看到了十六岁的自己,正站在查理检查站①的西侧。当东柏林人突破了柏林墙以后,她和母亲一起高声欢呼,唱歌跳舞,东德人在整整二十八年之后第一次可以自由地进入西德的地盘。

玛蒂还记得,那天晚上当她的妹妹从墙那边走过来时,她母亲脸上的表情。她们抱在一起,喜极而泣。

接下来,在玛蒂的脑海中,母亲含泪的脸渐渐变得模糊起来,而克里斯的脸突然出现了,那一幕是克里斯向她求婚的当天早上的情景。

她觉得喉咙里一阵哽咽,她必须努力克制才能使自己不在伯卡特面前哭出来。

玛蒂的手机响了,是加布里埃尔博士打来的。"告诉你一个好消

---

① 查理检查站是在1961年至1990年间东西柏林间三个边境检查站之一,是当时东西柏林间盟军军人唯一的出入检查站,也是所有外国人在东西柏林间唯一的一条市内通路。

息。"博士说,"他在动,动作幅度不是很大,方式也很特别,但总之他在动。"

"噢,太好了!谢天谢地!"玛蒂忍不住痛哭起来,紧接着她对伯卡特说:"他还活着!"

"这真令人高兴。"反恐精英回答道。他边说边加快了车速,宝马车在马克思大道上疾驰。

玛蒂的思维跳跃得很快,窗外那些预制结构的苏联式建筑在她眼中变成了一个个模糊的影子。

克里斯受伤了吗?他在那个废弃的屠宰场里干什么呢?

解除婚约是我的错吗?我还爱着他吗?

"别再自责了。"伯卡特的声音将玛蒂拉回到现实中来。

她好奇地问道:"你在说什么?"

"我是说解除你们的婚约这件事。"伯卡特说。

"对于这种事情,说起来容易做起来难。"玛蒂反驳道。自己的心思居然如此容易就被人识破,她感到非常烦闷。

"是你解除的吧?"伯卡特追问道,"还是他?"

"这与你无关。"玛蒂激动地说。

"那我就当成是你解除的吧。介不介意告诉我原因呢?"

"我很介意。你只管把我载过去好了,行吗?"

伯卡特耸了耸肩,"当局者迷旁观者清,有些事情说出来以后会好受些。"

"并不总是这样。"玛蒂简短地回答道,她再次将目光转向窗外。

六

当他们抵达在卫星地图上所看到的那片树木繁茂的地区时,天空已经呈现出煤灰色。他们环绕着树林走了一圈,只看到了一些自行车碾过的痕迹。后来,他们又发现几株倒下的葡萄藤挡住了通往废弃屠宰场的车道。

从东边吹来了一阵狂风,紧接着暴雨倾盆而至。

伯卡特正要停车,玛蒂的手机又响了,是凯瑟琳娜打来的。

"我们刚刚抵达目的地,凯瑟琳娜。"玛蒂说。

"公寓大楼的管理员不让我进去。"凯瑟琳娜抱怨道,"他说你可以进去,但我不行。"

"我认为你没必要再进去了。"玛蒂说,"加布里埃尔告诉我,他已经在'里面'四处活动了。"

"噢,这样啊。"凯瑟琳娜松了一口气,"真是谢天谢地!"

"等我们找到他,我马上告知你。"玛蒂说完就挂断了电话。

她戴上自己外套上的防风帽,下了车,朝着葡萄藤走去。她用手推开葡萄藤枝,开辟出一条通路,来到了一块勉强称得上是空地的地方。

屠宰场的墙壁是用水泥砖砌成的,屋檐下方是成排的玻璃窗,很多玻璃都已经破损了。墙上到处都有以前的涂鸦痕迹,有一处特别醒目:一个鲜血淋漓的头骨称得上是活灵活现,上面还有鲜红色的一把叉。

玛蒂此刻感到焦躁不安,这一点也不像她自己的作风。她曾经在柏林刑事警察局当了十年刑警侦查员,接受过正规完善的系统培训。在做刑警的日子里,有五年她专门调查谋杀案,另外还有两年是与国际私人侦探公司合作,办理一些比较常规的案子。

她见识过最恶劣的犯罪行为,不过她总是能够以一名专业刑警的态度和方式来处理该类事件。

但是当她看到这些墙上的涂鸦以后,她感到自己多年来受过的训练成果突然就荡然无存了。她有些六神无主,大声呼喊着克里斯的名字。

玛蒂用余光瞟见伯卡特正从腰间拔出他的格洛克手枪,她也赶紧掏出了自己的手枪,并低语道:"准备好蓝牙耳机,我要给博士打电话了。"

伯卡特在自己的衣袋里摸索了片刻,然后取出了一个蓝牙耳机戴上。接下来,他戴上了橡胶手套,玛蒂也做了同样的事。一阵狂风吹来,雨水与树叶、房檐以及玻璃撞击时所发出的声音变得更加响亮了。

"我感觉那扇门没有锁。"伯卡特小声说道。

玛蒂踩着湿透了的草地,朝伯卡特所说的那扇房门走去。她拨通了加布里埃尔的电话号码,博士迅速接听了电话。

"伯卡特,把你的蓝牙耳机连进来。"

她看到伯卡特停下脚步,按了一下自己的耳机,紧接着点了点头。

"博士,你能读出我们所在的位置吗?"玛蒂对着手机低语道。

"信号很好。"加布里埃尔回复说,"你们离他只有一百米远。"

"博士,你来带路。"伯卡特对着麦克风说,"我们正要走进一扇打开着的大门,这扇门的位置是在楼房的东南面。"

"你们进去以后,顺着 L 形楼房的长边一直往前走,方向正北。"加布里埃尔说,"他在更宽的那一截房子里,看上去离东墙很近。"

伯卡特掏出了一个笔灯,另一只手紧紧地握住自己的手枪,并用一只脚轻轻地抵向大门。铰链发出了一阵嘎吱声,门顺利被打开了。玛蒂跟随着伯卡特走了进去,房子里面是水泥地面的走廊,每隔四米左右就有一条排水沟。

玛蒂俯下身凝视了片刻,水泥地面上覆盖了一层旧垃圾和尘埃。

"没有鞋印。"她低声对走在前面的伯卡特说。

"他很可能是从另一个入口进来的。"

伯卡特顺着走廊向前移动,那动作就像是一只警惕的猫,他不时地用自己的笔灯照进了走廊旁边的多个房间,玛蒂一直跟在他身后。他们看到了大量的垃圾、老鼠屎、涂鸦以及尘埃,还有很多从墙上伸出来的大铁钉,有的有膝盖那么高,有的和人的肩膀一样高。

看着这些东西,玛蒂明显感觉到危机四伏。

"他们以前在这里干什么?"她小声对伯卡特说。

他扭了扭自己的脖子,由于动作太快,胫骨发出了一些声响,"我觉得这里看上去像是牲畜栏,他们应该是将那些等待被屠宰的牲畜关在这里。"

这话听起来言之有理,但是玛蒂无法将受威胁的感觉挥之而去。事实上,他们越接近走廊尽头的那些门,这种感觉就愈发强烈。

当伯卡特推开其中一扇双开门的时候,玛蒂几乎都不能呼吸了。

一群鸽子受到了惊吓,拍打着翅膀朝没有玻璃的窗口飞去。

"我们应该去东墙。"玛蒂提醒道。

她和伯卡特都摇晃着手中的笔灯,照向东墙的方向,加布里埃尔的声音也传了过来:"他和你们大概相距三十米。"

灯光掠过了地面上的垃圾和从地板上凸起的生锈的铁钉,以及墙上的旧管道,玛蒂顿时感到心头一沉,"这里没有人,博士。"

"什么?那不可……"加布里埃尔停顿了几秒钟以后又接着说,"我看到他在动。"

"他在动?"伯卡特说,"这不可能,我们没看到他。"

"我描述一下吧,他正沿着东墙向北移动。"

但是,他们只看到了蜘蛛网和尘垢,以及旧瓶子和垃圾,没看到任何人。

突然,玛蒂发现有什么东西颤动了一下,紧接着又听见了玻璃杯在水泥地上滚动的声音。她晃了晃自己的笔灯,强光照射到了一只巨大的老鼠身上,老鼠立即停住了,因为强光使它的眼睛暂时失明。它呆坐在地上,凝视着笔灯,鼻子不停地颤搐着,好像什么都没看见。

它的牙齿里面有什么东西正闪闪发光。

砰!

枪声让玛蒂吓了一跳,她猛地向左一闪,结果被地板上的铁钉绊倒了,四脚朝天倒在一堆垃圾上。

她抬头看着伯卡特,"你为什么要这样做?"

"它的嘴里有东西。"伯卡特说。他走到东墙旁边,用笔灯照亮了老鼠的尸体。玛蒂挣扎着站了起来，还没来得及迈出步子，就听到了伯卡特的声音："现在我们得赶快通知刑警。"

她感到自己的心都碎了，"为什么？"

伯卡特举起了一个物体，看上去就像是一颗助听器用的电池，周围还裹了一些被咬啮过的青灰色的肌肉组织。

七

你看过那部名叫《隐形人》①的老电影吗？

克劳德·雷恩斯——他还在电影《卡萨布兰卡》里扮演过神秘的法国局长雷诺——在影片中是一名疯狂的科学家，当他知道怎样使自己的身体隐形之后，很快就变成了一个杀人狂魔。

毫无疑问，这是我有史以来最喜欢的一部电影。

尤其是其中的一个场景，我每次看的时候都会捧腹大笑：雷恩斯缠着绷带，躲在一家小旅店里避难。这家小旅店的老板娘是爱尔兰女演员尤娜·奥康纳，当她碰巧进到雷恩斯的房间时，正好遇上他取掉了自己头上的绷带。

他看上去就像是一个被斩首的人，但还活着。

奥康纳吓得眼球凸出，精神错乱到了极点，很快她就开始厉声尖叫。

这是我心目中最特别的时刻，我很希望我可以在自己的生活中对这样的情景进行再创造。

但是荒诞的是，实现隐身其实是一门艺术，而不是一门科学。

---

① 一部上映于1933年的黑白电影，美国环球影片公司出品。故事讲述一位天才科学家发明了一种隐形试剂，喝后可以使人隐身。尽管试剂效果明显，可惜副作用却使得科学家的性格开始变得怪僻起来，渐渐地，他变成了一位隐身杀人狂魔。影片改编自英国科幻小说家赫伯特·乔治·威尔斯的同名作品，由经典怪物电影《科学怪人》导演詹姆斯·惠尔执导。

举例来说,我在过去的二十五年中发现,想让自己不被别人看见的最好方式是放松自己,并且完全躲在你的面具底下。那样一来,人们就不会再在意你,尤其是在柏林——我美丽的伤疤之城。

我并不是在抒发诗情画意,而是在告诉你实情。现在请仔细听我说。

我的朋友们,让我明确地向你们讲述:如果你来到柏林放松和休闲,舒适地待在自己伤痕累累的皮肤下面,并且不去招惹外在的麻烦,那么你周围几百万伤痕累累的柏林人会继续过他们愚蠢的生活,他们完全不会觉察到身边居然还有我这样的人存在。

或者说,至少他们认为像我这样的人只可能出现在最疯狂的噩梦里,绝不可能生活在他们中间。

从未被暴露。

从未被记录。

仍在继续伏击猎物。

尽管脑子里想象着这些东西,但我依旧十分冷静,确切地说,是非常、非常冷静。我驾驶着一辆无标记的白色厢式货车——我多年来搜集的汽车当中的一辆中型车——经过了下着雨的柏林街道,经过了希特勒和苏联人给这座城市造成的创伤,经过了柏林墙的故址。接下来,我来到阿伦斯费尔德镇北部的一个树林,然后沿着一条树木繁茂的潮湿小路继续前行。这条小路通往列普利茨湖边的夏令营基地,离静寂的村落乌兹多尔夫不远。

你知道乌兹多尔夫吗?

这并不重要。

你只需知道,今天营地里一个人都没有,至少乍一看去没有人在这里。为什么没有人呢?因为天在下雨,空气十分阴冷,湖面上笼罩着厚厚的浓雾。

我将车开到码头附近,正打算关掉引擎,这时我发现我那年轻的天才朋友已经出现在了船库的门廊边。

他大约二十五岁,留着胡子,湿透了的头发黏在沾满了水珠的眼镜上。他将了一下头发,并试图用打湿了的运动衫将头发擦干,那件运动衫上印有柏林理工大学的徽标。

我从厢式货车的副驾驶座位上拿起一个运动背包，然后走下车，我没有关闭车的引擎。

"你是怎么过来的？"我一边问，一边登上了可以避雨的门廊。

"坐公交车，还步行了一段路。正如你现在看到的，我他妈的湿透了。"

"你没听说过雨衣这玩意儿吗？"我问道。

"我出发的时候还没有下雨。"他显得有些恼怒，"你把钱带来了吗？"

我举起了背包，"两万五千欧元就在这里，正如我们约定的金额。"

"让我看看。"我的朋友边说边伸出手，想接过这个背包。

我故意把背包放在他的手够不着的地方，"我得先看看我要买的东西。"

他看上去有点不高兴，不过几秒钟后他还是朝着一个放在墙边的旅行包走去了。他从里面取出了一张光盘，将其递给我，"这里面是施奈德全部的工作文件。"

"你看过吗？"我问话的态度超级轻松。

"这不符合我的道德标准。"他回答道。

但是他的身体语言述说着相反的答案。

他刚把光盘递给我，我就非常合作地把装着钱的背包交给了他。

他迅速打开背包，检查了里面的几小捆纸币。

"和你合作很愉快。"他边说边拉上了背包的拉链。

"我也是。"我回答道。我将光盘装入自己的衣袋，然后从中摸到了一把扁头螺丝刀的握柄，"你要不要搭我的车去巴士站？"

"那太好了！"他高兴地说，紧接着朝他放在墙边的旅行包折回去。

我迅速迈上两级阶梯，从后面抓住他的头发，然后用螺丝刀的尖端猛刺他的后颈。

八

我那年轻的天才朋友连叫喊的机会都没有。

当螺丝刀的锋口触到脊柱和头部连接处的软骨部位时,他的整个身体像触电一样猛地颤抖了一下。

接下来,他把我交给他的钱袋扔在地上,身体贴着我自然下垂。我发出了一些喘息,感到筋疲力尽,两腿也软弱无力,就好像刚刚才经历了能够想象得出的最销魂的云雨一样。

真是太刺激了!太令人惊异了!

甚至在过了这些年之后,那种快感依然还历历在目。

我站在原地待了几分钟,在死亡的余波里感受着平静、舒缓和心满意足。我非常清楚自己身边的一切:雨水,乌云,树林,还有从远处雾气中传过来的鸭子的叫声。

他的尸体就在我的手上,我能感觉到他的生命力依然还在颤动,就好像他在这里,同时又不在这里,徘徊在鬼门关的边缘,你能明白吗?

最后,我将他的尸体翻转过去,腹部朝下,然后将螺丝刀抽了出来。我取出一管超强力胶水,将他后颈的伤口黏合住了,那里顿时不再流血,这项工序只花了几秒钟的时间。

我将我那年轻的天才朋友的尸体拖向我的厢式货车,一路上我都在窃笑。多么奇怪啊!这个世界上有那么多的人,那么多远比我精明老练的人,他们花了一辈子的时间都没能搞清楚,如果树林中的一棵树像这样倒下的时候,周围又没有人在聆听,那它会不会发出撞击声呢?

用一生的时间来考虑这个问题,实在是愚不可及。

难道他们不知道他们还不如用这些精力来认真思考一下,一个像我这样从来都没有被真正看见过的人是否真的存在,并且能够生存?

九

高级政委汉斯·迪特里希是柏林刑警界活着的传奇,他经常用一些低调并且非常规的策略来处理案件,不过在柏林刑事警察局八个部门的所有刑警侦查员当中,他的办案成功率是最高的。

这名高级政委今年五十出头,个头很高,安静而又情绪化,性格相当孤僻。他几乎不与其他刑警亲近,甚至据说他非常厌恶跟别的刑警一起办理谋杀案。

玛蒂当过八年柏林刑警,她当然听说过迪特里希的大名,但是她从来没有机会与对方一起工作。

一小时之前,他们给柏林刑事警察局打了电话,现在她看到他穿着一件灰色西装,手里举着一把黑色雨伞,朝他们的方向走了过来。他忧郁的脸上看不出任何表情。

如果说有人可以查出在克里斯身上发生了什么事的话,那这个人非他莫属。

先行来到的一名穿着制服的警官守住了屠宰场的入口,玛蒂和伯卡特走上前去迎接迪特里希。他们将自己的工作证展示给迪特里希看,双方确认了身份。

"我听说过你,安格尔女士。"迪特里希说话时眼睛还扫视着屠宰场,"久仰久仰。"

玛蒂感到伯卡特正一脸困惑地看着自己,她的脸颊开始发烫。

一辆蓝色的巴士警车出现了,紧接着朝屠宰场大楼开去,溅起了地上的泥浆。

玛蒂知道这意味着什么,每当柏林发现了尸体,刑警队就会派出一辆像这样的有着特殊装备的巴士车,车上装载着所有必需的用于记录凶杀现场的设备和用品。

看到这辆巴士,玛蒂开始变得有些生气,"恕我直言,政委先生,目前我们还不知道这是不是一起谋杀案。也许有人掳走了克里斯,在离开前发现了他身上的芯片,然后将其切除,这样一来我们就无法找到他了。"

迪特里希眨了眨眼,将自己的目光从屠宰场的方向移了回来,然后用冷冰冰的声音回答道:"那正是我来这儿想要查明白的……"

"政委先生!"一个女人的声音突然响起,尖锐而且刺耳。

迪特里希面露苦相,扭过头去看着那个结实的小个子女人,她约莫二十五六岁,正从车道那头热情地朝他们走来。他重重地叹了一口气,"她是实习警员桑德拉·韦格尔,现在是我的实习生。"

玛蒂和伯卡特作过自我介绍以后,韦格尔警员朝他俩微微一笑,然后转过头对迪特里希说:"政委先生,我能做点什么吗?"

"站到一边去!安静地听我讲!"迪特里希朝她咆哮道。接下来,他看着玛蒂和伯卡特,平静地说:"现在你们领我进去,告诉我你们是在哪里发现芯片的,并且把我需要知道的所有事情都汇报给我。"

十

当他们一行人在屠宰场大楼外的雨篷下穿上蓝色的外科手术鞋并戴上橡胶手套的同时,玛蒂和伯卡特向迪特里希讲述了克里斯·施奈德在过去两个星期里所办理的案子,以及他们所了解到的有关他的动向的最新情况。最后,他们讲到了他们决定激活GPS定位芯片,并且于两个小时之前在屠宰场里面发现了那枚芯片。

实习警员韦格尔做了很多记录,但迪特里希什么都没有写。他只是站在原地专心地听着,面无表情,而且只问了一个问题:"没发现鞋印吗?"

伯卡特摇了摇头,"没有,但是那一带的灰尘有些奇怪,就好像有人用一台鼓风机清除了所有的足迹。"

玛蒂皱了皱眉,伯卡特之前可没有提到这一点。

迪特里希重新打量了伯卡特一番,然后走进了屠宰场大楼,此时里面的走廊已经被强弧光灯照亮了。高级政委有条不紊地缓慢前行,他的眼睛四处查看,嘴上一言不发。

玛蒂一边走一边说:"我们发现芯片的那个房间……它很大。国际私人侦探公司可以派出法医取证小组前来协助调查。我们拥有美国加州政府和德国联邦政府的许可证……"

迪特里希摇了摇头,打断了玛蒂的话,继续进行自己的视察工作,就好像玛蒂的这些想法根本就不值一提。

一队刑事专家已经在屠宰场大楼的东墙附近安装了照明灯,正在搜集物证,芯片就是在那里被发现的。

迪特里希检查了一下死老鼠,然后抬起头来看着伯卡特,眼神有些惊异,"看来我得提醒自己,千万不能激怒你呀,伯卡特先生。"

伯卡特耸了耸肩,"只是练得多而已。"

"芯片在你们手上吗?"迪特里希问道。

玛蒂将手伸进自己的裤兜,取出了一个塑料证据袋,芯片连同肌肉组织都装在里面。

迪特里希从她手里接过袋子,近距离仔细观察着。

"政委先生?"一名取证专家喊道,他正蹲在一条生锈的架空轨道下方,身旁的地面上立着一根生锈的铁钉,"我发现了一些东西。"

迪特里希愣住了,他犹豫了片刻,然后对玛蒂和伯卡特说:"很抱歉,恐怕现在我得请你们离开了。"

"什么?"玛蒂惊讶地说,"为什么?"

"这里是犯罪现场,我不能让它再遭到破坏。"

"破坏?"玛蒂感到十分不解,"我们在这里所做的一切都是照章办事,我们一发现芯片就立即撤出来了,然后等待着刑警的到来。"

"你说得对。"迪特里希平静地回答道,"但这并不能改变什么,你们必须得离开这里。安格尔女士,你应该知道这是刑警局的规矩。"

玛蒂摇着头,她无法控制住自己的怒气,"政委先生,直到六周以前,克里斯都还是我的未婚夫,我有权待在这里。"

迪特里希的态度柔和了一些,但仍然寸步不让,"很抱歉。"他平静地说,"但是你确实无权留在这里。所以,要么你们自行离开,要么我请人带你们离开。"

玛蒂正准备集中力气再次抗议,突然她感觉到伯卡特的大手搭在了自己的肩膀上,"玛蒂,我们真的应该走了。留给刑警们一些空间吧,我们还有其他事要做。"

玛蒂的肩膀垂了下来,她感觉自己马上就要哭出来了,但她最后只是无奈地点了点头。

"这才像话嘛。"迪特里希说,"另外,明天早上九点,如果你们愿意来我的办公室,我可以把我们今天发现的东西告诉你们。"

"我们这边也一样。"伯卡特提议道,"国际私人侦探公司乐意为警方提供帮助。"

"我倒宁愿你们不要暗中进行调查活动。"迪特里希回答道。

但是玛蒂坚定地说:"只要克里斯没被找到,我们就会继续搜寻。"

迪特里希耸了耸肩,"那好吧,也许我们可以合作。"

"一言为定。"伯卡特说完就领着玛蒂离开了。

高级政委跟着他们来到了屠宰场南面的入口,并看着他们在大雨滂沱中沿着车道走了出去。

韦格尔警员来到他面前,"不好意思,长官,我想你在遇到他们之前曾告诉过我,我们不会以任何方式跟国际私人侦探公司合作。"

迪特里希看都没看一眼年轻的实习生,"韦格尔,有句老话是怎么说来着?亲近你的朋友,更要亲近你的敌人。是这样吗?"

"你的意思是,国际私人侦探公司的人是我们的敌人?"韦格尔问道。

"有个人失踪了,而且是他们的人,韦格尔。"迪特里希说,"所以我们当然不能把他们视做我们的朋友。"

十一

我左转上到了一条途经老屠宰场的小路,立即就看到了警方设置的路障。远处有一个穿着制服的警官正在勒令两个人离开,那个男人个头很高,仪表堂堂,但是有些秃顶,另一个短发女人穿着深蓝色的雨衣,而且戴着帽子。

紧接着,他们朝我的方向走了过来,路边的紧急停车带上停着一辆宝马车。

有一瞬间,我感到自己无法呼吸,而且眼冒金星。他们就像是一群咆哮着的野狗,冲过来撕咬我的脚踝。

他们发现什么了吗?

我那年轻的天才朋友此时被裹在一块蓝色防水油布里,放在我身后的货厢地板上。但是我并没有想到他,眼前的这个问题让我感到窒息。

他们发现什么了吗?

我从前受过的训练此刻开始在我身上发挥作用,我控制好自己的表情,然后迅速放低了挡风玻璃上的遮阳板。这辆厢式货车两侧的窗户都是不透光的,所以当我驱车经过他们身边以及那些路障时,那个男人和女人就只能看到我黑色的轮廓。

我呼吸了一下,接着又呼吸了一下……当我第五次呼吸的时候,我努力让自己不要过于急促。我将厢式货车拐入了一条小路,两旁各有一栋老旧的公寓大楼,接下来我的车沿着一条坡道驶离了屠宰场。

几秒钟后,我的车就远离了屠宰场,我将车掉头,朝梅休镇的方向开去。突然,我感到胃里一阵痉挛,于是我找到一个机会将车停在路边,并将头搁在方向盘上。

他们发现什么了吗?那个高个子秃顶男人和短发女人,他们是谁?

我身边的空气好像充满了负电荷,在我的内心引起了真正的恐慌。豆大的汗珠从我的额头涌出,然后顺着我的脸颊和脖子往下流淌。

我强迫自己再次仔细回想三天前发生在屠宰场里的每一件事——确保每一件事都没有落下。

留下什么蛛丝马迹了吗?也许是铁钉上的血迹?抑或是脊髓液?还是一些骨头碎片?

但他们不可能知道这些血液和骨头是谁的,不是吗?除非亲爱的克里斯留下了自己的DNA样本。即便如此,那些繁冗的测试也得花上数天时间,甚至好几个星期,不是吗?

其他就再没有留下什么了,我特别留意过将所有的细节问题都处理妥当,对此我相当肯定。

除非克里斯将自己的行动计划告诉给了别人?

不可能!那是他的私事,他是单独来见我的。

我告诉自己,由于缺乏证据,警方很快就会放下此事。在一个废弃的屠宰场里发现了一些血迹,他们会认为那是因为有人绊倒,伤了腿或其他部位,不是吗?

我几乎就要说服自己了,不过新的疑惑又开始在我的脑海里萦绕。

如果他们还要继续搜查呢?

这种可能性使我焦躁不安,我扭过身去,看着货厢里那个用防水油布包裹起来的尸体。

我身体里面的每一个细胞都想再次开到屠宰场去,彻底弄清楚警察们的行动范围。但是我知道我不能这样做,精明的警察是不可能放过这类事情的。

最后,我告诉自己赶紧回家,或者打个电话把那个以为我还深爱着她的女人约出来见面。

我需要在自己可见的生活中回到正常状态,然后重建我的面具。

明天我会开着另一辆车去屠宰场。

如果警察们离开了,那么我就会将这个年轻天才的尸体用通常的方式处理掉,一切都会一如既往地继续下去。

但是,如果他们还在那里,那么我就别无选择,只得永远地忘掉那座屠宰场,以及和它相关的肮脏的小秘密。

十二

"我应该留在那儿的。"当伯卡特"咔哒"一声打开宝马车的车门时,玛蒂禁不住抱怨道。从他们身旁经过的那辆白色厢式货车几乎没有在她的头脑里留下丝毫印象。

伯卡特摇了摇头,进到车里。

玛蒂生气地坐进副驾驶座,"我认为我没做错。"

"不,迪特里希的做法是对的。他们需要公正无偏见的人留在那里。"

"你的意思是说我不公正吗?"玛蒂质问道。

"没错,我的确是这个意思。"伯卡特边说边发动了汽车引擎,"你不可能做到绝对的公正。如果让你留在那里,不论是谁都会感到疑惑不解。"

玛蒂不知道该说什么好。伯卡特打开雨刮器,扫掉了车前窗上的湿树叶。

玛蒂又举起了自己的双手,"我总得做点什么,我不能够只是……"

"我们现在就去克里斯的公寓。"

从地理上看,柏林是一个大城市,总面积几乎达到了三百四十平方英里①。克里斯·施奈德的住所位于蒂尔加滕公园和动物园以西,远离阿伦斯费尔德镇。

傍晚的交通不是很顺畅,这段路途至少得花去四十分钟的时间。玛蒂再次变得很安静,一直看着车窗外的城市风光。汽车穿过了古老的东

---

① 1英里=1.6千米,1平方英里=2.6平方千米。

部城区，一路向西行驶。

玛蒂是在柏林出生并长大的，是个彻头彻尾的柏林人。她爱这座城市，爱它的文化、人民和艺术，还有它休闲的态度以及进取的精神。

不过，此时此刻，鉴于克里斯的失踪连同发生在他身上的一系列怪事，对她而言柏林好像突然变成了一个居住着可怕生物的陌生地方，这些生物可以将一个人背部的定位芯片割取出来，然后用它去喂老鼠。

他们路过了威廉皇帝纪念教堂的遗迹，那里可以看到一间没有屋顶的大入口大厅，还有受损的教堂尖顶，不知怎么的，这间大厅和这个尖顶在1943年的轰炸中幸存了下来。焦黑的遗迹旁边是一栋超现代风格的钟楼，以及一个偌大的广场。

这个广场是克里斯在这座城市里最喜欢的地方之一。他喜欢坐在石凳上凝视教堂的尖顶，这个尖顶被炸弹劈成了两半，一半已经倒塌，另一半呈锯齿状矗立着，耸入天空。

"你在想歌德①，是吗？"伯卡特的声音再次打破了玛蒂的沉思。

玛蒂受到惊吓，她环顾了一下四周，然后敷衍地回答道："是的。"

克里斯居住在柏林市夏洛滕堡区古登堡街一栋两层楼高的公寓里。对于一个像施奈德这样年纪的男人来说，这个地方略微显得有些土里土气，但是他非常喜爱这个地方，因为这里离动物园和蒂尔加滕公园都很近，而他喜欢在这两个地方跑步。

玛蒂已经超过六个星期没有来过克里斯的公寓了，当她用自己的钥匙打开公寓楼的大门时，最后一次来访的情景沉重地压在她的心底。大门背后是一个种满草的院子，里面有几个人工堆砌的花园床。克里斯所住的公寓的窗户下面的花园床是新近耕种过的，几袋郁金香球茎杂乱地挤在一起，旁边放着一把锄头和一把铁铲。草坪里还停放着一辆宝马摩托车。

---

① 全名约翰·沃尔夫冈·冯·歌德，德国著名的思想家、小说家、剧作家、诗人、自然科学家、博物学家、画家，是德国和欧洲最重要的作家之一。歌德的作品充满了狂飙突进运动的反叛精神，在诗歌、戏剧、散文、自然科学、博物学等方面都有较高的成就，主要作品有剧本《葛兹·冯·伯里欣根》、中篇小说《少年维特的烦恼》、未完成的诗剧《普罗米修斯》和诗剧《浮士德》的雏形《原浮士德》等等，此外还写了许多抒情诗和评论文章。

玛蒂皱了皱眉,她认识这栋楼的管理员——一个名叫克劳斯的坏脾气男人,她还知道他从来都不会允许别人把摩托车或自行车停放在他的院子里。

她没有继续想这件事,而是领着伯卡特登上一段室内楼梯,来到了二楼的过道里。这时她感到有些犹豫,从某种程度上说,不管在克里斯身上发生了什么事,总之这个地方已经不再允许她自由出入了。

"你的钥匙打不开房门了吗?"伯卡特问道,"或者说,你担心迪特里希发现我们曾经来过这里,因此大发雷霆?"

"去他的迪特里希!"玛蒂边说边将钥匙塞进锁孔。

她转动了一下门把手,然后推开了房门。

十三

房间里的皮革沙发和椅子都翻倒在地,座套被划破了,里面的填充物撒得到处都是。书本散落在地板上,衣柜门也被打开了,衣服扔了一地。

玛蒂闻到了垃圾腐烂的气味,还听到了微弱的猫叫声。

"苏格拉底?"她一边呼唤,一边走了进去,"快过来,小猫咪。"

"看来现在这里已经变成了一处犯罪现场。"伯卡特说,"我们不能擅自进去。"

"不过是一间被人搜查过的公寓。"玛蒂反驳道,"让我们看看他们带走了什么。"

玛蒂停下脚步,戴上了她在屠宰场里曾经用过的橡胶手套。这时,猫咪的叫声突然消失了。

伯卡特面露苦相,可还是做了和她相同的事。

她轻手轻脚地走过地上的碎片——包含几个摔坏的相框和散落的玻璃渣,有几张照片是克里斯和玛蒂的合影,两人手挽着手,灿烂地微笑着,就好像他们是世界上最幸福的一对。

这里的一切是如何变得这么糟糕的呢？

究竟是怎么一回事？先是黑客行为，然后是芯片被找到，并且不在主人身上，现在他的公寓又被人搜查了，这一切到底是什么原因呢？克里斯在做些什么？他在和什么人打交道？

玛蒂来到了克里斯在家办公的工作台旁边，接着她看到地板上有一台被摔碎的笔记本电脑。她弯下身，用一支笔推开了那些碎块……她没有工夫去注意伯卡特，后者拾起了一张照片，上面是克里斯和一个小男孩的合影。

"安格尔，这是……"伯卡特问道，可他还没来得及说完，就被玛蒂的喊叫声打断了。

"妈的！"玛蒂异常恼怒，"真该死，他们拿走了他的硬盘。"

"也好，至少现在我们知道他们想找的东西是什么了。"伯卡特边说边放下了照片，"我们该走了，然后给刑警打电话。"

玛蒂站起身来，从伯卡特身边挤了过去，"我再去找一下他的猫，你在车里等我。"

她没有等待伯卡特答话，径直沿着走廊往卧室走去。途经厨房门的时候，她看到里面堆放着好几个还没洗的碗盘和外卖的泰国菜餐盒，它们散发出一阵阵恶臭。她屏住呼吸，进到卧室，这里的墙壁被粉刷成了明亮的白色。

床上的被子也是明亮的白色，窗帘也是如此。风夹杂着雨水，从打开着的法式窗户外吹了进来，窗户下面的地毯已经被水浸湿了。从窗户望出去，可以俯瞰刚才进来时经过的院子。

床头旁边有一个装满了废纸的垃圾桶，这是整个公寓里少有的没被掏空的几个容器之一。玛蒂走了过去，看到垃圾桶顶部有几张被揉皱的纸。

正当她捡起其中一张纸的时候，突然听到了一声猫叫。她四处查看，终于看到苏格拉底——克里斯饲养的灰黑色斑猫——从浴室里跑了出来。

玛蒂朝它迎过去，笑嘻嘻地说："原来你在这儿啊。"

就在这时,她发现被浸湿的地毯上有一些鞋印。

那串鞋印一直延伸到了她右手边的衣柜门那里,她将那张被揉皱的纸塞进自己的衣袋,同时摸出了自己的手枪,然后朝猫走过去,嘴里说着:"乖乖的苏格拉底,你饿了吗?"

衣柜门突然向外打开了。

十四

一个身材魁梧的男人跳了出来,他穿着一件黑色皮衣,头上戴着摩托车头盔。男人一路狂奔,猛地撞向玛蒂的左肩,将她撞倒在地。

她倒在苏格拉底旁边,男人试图猛踢她的腹部,但她及时蜷缩着身体躲闪开了,那一脚踢在了她的大腿上。

他跑出两步,来到窗前,然后跳了出去。

玛蒂挣扎着站起来,把枪握在手上。她听到了摩托车引擎的轰鸣声,于是赶紧蹒跚着走到窗边,只见那个男人猛踩离合器,穿过草坪朝着公寓楼的大门驶去,车轮和风扬起了地面上的青草。

来不及思考,玛蒂也跳了出去。

她坠落到那个被雨水浸透、新近耕种过的花园床上,紧接着像跳伞运动员一样侧倒后顺势滚动了好几圈。缓冲过来以后,她看见克劳斯正从院子对面走过来,脸上写满了惊恐。

"玛蒂!"他高声喊道。

她没时间解释,那个骑摩托车的人正在迅速逃离。她爬起来拼命奔跑,一直追到了大门外,希望能看到对方的车牌号。

摩托车驾驶员向西加速行驶,她只看到了他的后背和头盔,但是他的车没有车牌。

"可恶!"玛蒂愤愤地说。

这时,宝马车突然在她面前急刹着停下了,轮胎与地面剧烈摩擦,发出了尖锐的声响。伯卡特坐在驾驶室里,双手紧握着方向盘,"快上车!"

她立即跳进了副驾驶座位,宝马车呼啸着紧跟在摩托车驾驶员的身后。突然,后者一个急刹,向左拐入了英格西街,继而向南飞驰。伯卡特不甘示弱,依旧追得很紧。

在下一个拐角处,摩托车驾驶员再次向西拐弯,沿着与柏林理工大学校园平行的方向行驶。后来,在摩托车驾驶员经过马奇大桥进入校园之前,伯卡特差点就追上他了。

校园里突然出现了两个疾驰而来的"不速之客",学生们被吓坏了,纷纷躲闪避让。

也不知过了多久,摩托车驾驶员又来到了一个十字路口。他迅速左转驶上了哈登堡大街,然后从城市轻轨动物园站的下方钻了过去,经过一段迂回曲折的路途之后,他来到了泰勒街,紧接着又左拐进入康德大街,继续向东逃窜,再往前就是威廉皇帝纪念教堂遗迹和广场。

尽管他们走的尽都是城区里蜿蜒曲折的路线,但是伯卡特还是努力设法再次缩短了车距。这个捣毁了克里斯的公寓的男人毫无征兆地避开了车流,转了个弯来到了遗迹旁边的广场上。

"别跟过去!"玛蒂朝伯卡特吼道,"广场上到处都是人,我们在下一个拐弯处右转,走布达佩斯街。"

伯卡特使劲咬了咬牙,但还是照玛蒂说的做了,幸运的是交通灯对他们很有利。布达佩斯街与广场平行,玛蒂可以看到摩托车驾驶员在行人中穿梭,人们纷纷在他前面左躲右闪。

"那里某处肯定有个警察。"玛蒂对伯卡特说。

"当你需要他们时,他们从来都不在。"伯卡特边说边继续沿着布达佩斯街飞驰。

终于,摩托车驾驶员驶出了广场,进入了布达佩斯街。

这时伯卡特的宝马车正好在他的后方。

"他的车没有牌照。"玛蒂再次确认了这个事实。

"我早就猜到了。"伯卡特答复道。宝马车飞驰着穿过了繁华的棕榈广场。

伯卡特有驾车的天赋，他对摩托车步步紧逼，他们再次横跨了动物园东边的运河。

向正北方向疾驰的摩托车突然一个急刹，就好像试图避让前方路面上的某个障碍物。

"王八蛋！看我马上击垮你，等着瞧吧！"伯卡特一边说，一边猛踩油门。

眼看宝马车前面的挡泥板就要挨到摩托车的后车轮了，摩托车突然猛地左转，进入了科尼利厄斯街。

伯卡特使劲踩了一下刹车，让宝马车跟着转向，依然呼啸着紧跟在摩托车的后面，然而此时玛蒂已经感觉到情况不妙。

她对柏林这一区域的路况非常了解，因为她和克里斯以前经常在这一带跑步。

又穿过两个街区以后，向西的路被堵死了，只有一条很狭窄的小径可以容纳行人和自行车穿过。这条小径紧邻动物园和诺伊尔湖，与蒂尔加滕公园里的运河平行。

最后，玛蒂眼睁睁地看着摩托车驾驶员顺着小径加速向西行驶，接下来他消失在了飘落的树叶、瓢泼的大雨和逐渐暗淡的暮色当中。

十五

"政委先生？"

汉斯·迪特里希转而面对着自己的实习生，"怎么了，韦格尔？"他高高地耸立在她面前，看上去有些恼怒。

实习警员韦格尔的脸刷地一下红了，接下来她结结巴巴地说："工作人员找到了一些血液样本，结果发现源头很多。"

迪特里希板起面孔，犹豫了片刻，变得有些语无伦次，"嗯，我想也是，因为这里以前是个屠宰场。"

"长官,他们想知道你下一步的安排。"

他再次沉默了一会儿,最后说道:"随机抽取二十份血液样本,带回去化验。"

实习警员有些诧异,似懂非懂地点了点头,"政委先生,你哪里不舒服吗?"

迪特里希注视着她,没有说话,随后他看了看手表,现在是下午四点十分。

他尽量表现出被病痛折磨的样子,"你说得没错,事实上我感觉自己快要病倒了。我……我想我得回家休息一下。"

"长官?"韦格尔非常紧张。

"也没那么严重。"迪特里希说,"如果你们有什么重大发现,立即给我打电话。"

二十分钟过后,高级政委驾驶着自己的老式欧宝汽车沿着一条小路驶向柏林东南部的特雷普托公园——东德时期的"文化公园",道路两旁种植了很多马栗树,在雨水的衬托下显得更有生气。

迪特里希无意中瞄了一眼汽车后视镜,结果通过它看到了矗立于亚历山大广场上的电视塔。他不由得撇了撇嘴,他讨厌这座塔,也讨厌这座塔所象征的一切。

他已经听到消息,最近有一家房地产投资商准备拆掉这座电视塔,这是亚历山大广场重建计划的一部分。在迪特里希眼里,这座电视塔是广场上最应该被除去的东西,千真万确。

作为一名资深侦查员,他非常清楚过去的事物终将被埋葬,尤其是在城市里。也许会耗费好几个世纪的时间,也许会带来大范围的损坏,但是过去终会被夷为平地和尘土,沦为传说。

对于这位高级政委而言,越早埋葬柏林的某些部分就越让他感到高兴和欣慰。

当迪特里希即将抵达特雷普托公园时,他感觉到自己好像被推使着拾起一把铁锹,然后去挖掘一大堆放射性物质。他知道自己不得不这样做,但是他的确有些害怕,害怕自己在做这件事的过程中遭到彻底的毁灭。

他将欧宝车停下,看了看手表。

现在是下午四点四十分,他还有十分钟的时间。

他艰难地咽了口唾沫,拿起雨伞,挣扎着从车里出来。

他步伐很大,动作笨拙,每走一步脑袋都会向前晃一下,看上去精神有些恍惚。高级政委匆忙地顺着一条小巷穿过了一片湿漉漉的秋天里的树林,最后来到了树林中间的一块巨大的矩形空地。

他经过了一个哭泣的母亲塑像,那是一位正在哭泣的苏联母亲。接下来,他沿着一条两旁种有银桦树的散步走廊走向两个巨大的面对面的红色纪念碑。纪念碑所用的红色花岗石是从希特勒的总理府上取下来的,现在被雕刻成了苏联国旗的样子,上面有一把锤子和一把镰刀。

在国旗下方有两个苏联士兵的铜像,他们是厌倦战争的苏联军人,面对面跪着。从两名士兵的中间看过去,稍远的地方矗立着第三尊塑像,体积至少有跪着的士兵的十倍那么大。一个浩气凛然的苏联军人抱着一个德国小孩,在他脚下是一块破损的纳粹党所用的十字记号。

高级政委登上一段阶梯,穿过了那两个跪着的士兵塑像,再往前看,那边是一片墓地。五千名忠于斯大林的军人被埋葬在那里,他们都死于第二次世界大战快要结束时的柏林会战①中。

但是,迪特里希并没有关注那十六个放置尸体的墓穴,他的脑子里也没有想斯大林,或者那座苏维埃战争纪念碑②的细节。他越过这些雕塑、建筑以及轻轻飘落的细雨,凝视着前方那条与墓地平行并通往一片小树林的小路。

一个孤独的身影从树林里出现了,此人穿着黑色雨衣、运动裤和运动

---

① 此役是第二次世界大战末期的重要战役,直接导致了法西斯德国的灭亡,并确立了苏联军队率先攻占柏林的历史事实,不过苏军也为此付出了惨重的伤亡代价。
② 这里提到的苏维埃战争纪念碑坐落于柏林市特雷普托公园内,与蒂尔加滕公园里的纪念碑相比,这座纪念碑更加宏伟壮观。该纪念碑由苏联建筑师设计,是为了纪念"二战"时1945年柏林会战中所牺牲的八万名苏联士兵中的五千人。该纪念碑在柏林会战结束四年后才建成,是柏林三大苏维埃战争纪念碑之一,也是这些牺牲战士的墓地。纪念碑上雕刻了一名站在柱基上的苏维埃士兵,他满脸严肃,左手抱着一个德国小孩,右手持剑。这尊雕塑高十二米,之所以怀抱小孩,是因为据说在战争中有一个三岁的德国小女孩深处险境,一名苏维埃战士在德军的枪林弹雨中冒险救下小女孩,令人感动至极。

鞋,乍一看无法猜到他的年龄。只见他沿着小路大步快走,并且挥舞着自己的双臂,离迪特里希越来越近。他的头一直都向上昂着,就像一只警惕的狼狗。

高级政委看了看手表。

正好是下午五点,一分不差。

他略微有些怀疑地摇了摇头,"真他妈的准时啊!"

十六

迪特里希注视着那个朝自己的方向走过来的人影,在某段时间内,人影被战争纪念碑给挡住了。迪特里希计算着对方的速度,当他认为时间差不多了时,便沿着一条斜线走向那个散步者。一路上他穿过了一排精美的大理石石棺,在好几分钟里都看不到自己的"猎物"。

高级政委来到了抱着德国小孩的苏联人塑像的背后,停下了脚步。现在雨下得小了一些,所以他能够在看到对方之前很早就先听到对方朝自己走过来的脚步声。

"上校?"迪特里希说道,"上校?我能占用你一点时间吗?"

上校的年龄很大,起码有八十岁,但他的举止很专横,显然是一个惯常发号施令并能够使其得以执行的家伙。他那双铁青色的眼睛用苛刻锐利的目光将高级政委浑身上下都打量了一番,然后嫌恶地撇了撇嘴。上校并没有放慢步速,似乎试图从高级政委身边走过去,完全无视后者的存在。

迪特里希赶紧伸出右手,抓住了老人的手肘,"我得和你谈谈,我需要你的帮助,还有你的建议。"

"你需要我的帮助?"上校恶狠狠地笑着,并且用令人惊讶的力量将自己的手臂挣脱出来,"多年来你不愿意与你自己的父亲扯上任何关系,而现在你不知打哪儿莫名其妙地突然冒了出来。你自己说说有多少年了？至少十年了吧！现在你需要我的帮助？"

有一阵子，迪特里希感到自己的身体很不舒服，就像他下午早些时候对实习生声称的那样。他的胃真的很痛，同时他还被一种类似幽闭恐惧症①的感觉连番侵袭，这种感觉自从他最后一次和父亲交谈之后就再也没有出现过了。

"我正在调查一起案件。"迪特里希说。

"哦？"上校带着轻微的蔑视说道，"你是个警察，这没什么好奇怪的。"

"我现在是高级政委。"迪特里希说道，他感觉到过去的怒火再次在自己心里燃烧起来，"我只是想把一些事情弄明白。"

"是关于什么的，政委先生？"

雨又开始下大了，上校雨衣上的帽子被风掀了起来，但老人看上去并没有因此受到任何影响。

迪特里希犹豫了片刻，接着说道："我想请你告诉我一些你知道的古老的传言。"

上校变得有些疑惑，"什么古老传言？"

"关于阿伦斯费尔德镇附近那个古老的国营屠宰场。"

老人的表情突然变得有些不自然，不过片刻之后又变得漠然而平静，"我对它一无所知，我想你也一样。"

迪特里希说："我有理由相信有人可能在那里被谋杀了，而且很明显是被人袭击致死的。"

"有血，但是没有尸体，是这样吗？"

"我们找到了少量的皮肉，但是找不到尸体。那里还有动物的血，很多很多。现在我们正在搜查那块地方，依你看我们会发现什么？"

上校眨了眨眼，抖落了附着在睫毛上的雨滴，"也许是有人在那里争吵打架。"

---

① 幽闭恐惧症属于恐惧症中较为常见的一种，是对封闭空间的一种焦虑症。患者在某些情况下——例如电梯、车厢或机舱内——可能发生恐慌症状，或者害怕会发生恐慌症状。

"目前没有证据表明这一点。"

"那我就不知道了。"

迪特里希不相信上校的话,在他自己还是个很小的孩子时,他就知道父亲看起来越是平静自制,就越是有可能在说谎。

"我已经凭自己的努力过上了一种像样的生活,上校。我现在有地位,也有名誉,人民需要我。"

"那些人不知道你的真面目。"父亲嘲笑地"哼"了一声,接下来变得更加不友善,"老实说,汉斯,我不关心你的生活,你的地位,你的名声,更不关心你所谓的人民。

"我不记得在我们最后一次见面时,我有没有对你说过这样的话,每当我想起你——不可否认这是非常罕见的事——我都会认为你是让我彻底失望的人。你今天的行为依旧没有改变我对你的看法。"

说完,上校重拾他那晚间散步的轻快步伐,就好像他一直没有停下过一样。

迪特里希的喉咙里燃起了愤怒的火焰。

但是他的胃里面却翻腾着害怕与恐惧。

十七

玛蒂·安格尔住在普伦茨劳贝格大道南面的谢里曼街上的一栋公寓大楼里,楼房被漆成了亮绿色、红色和白色。公寓大楼的旁边是一所幼儿园,幼儿园的外墙涂满了温馨可爱的图案:有个孩子骑在三轮脚踏车上,还有一些孩子正在玩耍自卸卡车。

汤姆·伯卡特将汽车减速,最后在幼儿园前面的鹅卵石路面上停了下来。玛蒂将苏格拉底放在自己的膝盖上,回想着不久前刚刚发生的事:他们再次回到克里斯的公寓,找到了猫,然后将那里封锁起来,并试图打电话将消息告诉迪特里希。

但是高级政委没有接电话，所以玛蒂未能将消息及时告知给他。他很快就会发现的，玛蒂边想边去摸车把手。

"你应该会没事吧？"伯卡特问道。

"只要我再也不用搭你的车，我就会没事的。"

"什么？"

"我们没有进监狱，这已经够幸运了。"

"真是笑话。"伯卡特说，"我是有把握的，可你呢？"

玛蒂沉默了片刻，然后说道："我得回去了，克里斯可能还在某处活着，而我必须得睡觉了。"

伯卡特的语气柔和了一些，"早点睡吧，这样明天才有精神。明天一大早我们在迪特里希的办公室见，怎么样？"

玛蒂点了点头，走下了宝马车，将猫抱在臂弯里，匆匆地朝公寓大楼的前门走去，伯卡特一直等到她进门之后才开车离开。玛蒂乘电梯来到三楼，然后走向自己家的房门。她在门前停留了片刻，听到里面的电视机发出了响亮刺耳的声音，还闻到了一股煎洋葱的香味。

她看着手里的猫，我该怎么做呢？我应该说什么呢？

苏格拉底只是安静地看着她，朝她眨了眨眼，接下来"喵喵"地叫了几声。

玛蒂将自己的钥匙插进锁孔，打开房门，走进了一间开放式客厅。客厅里摆放着一个长沙发、两把椅子和一个茶几，远端就是开放式厨房的工作台。在那里，玛蒂的姨妈塞西莉亚——一个矮胖结实的七十多岁的女人——正忙着准备星期天的晚餐。

在柏林墙倒塌以后，塞西莉亚姨妈时不时地会过来和玛蒂住在一起。塞西莉亚姨妈是看着玛蒂长大的，玛蒂的母亲去世以后，塞西莉亚姨妈一直都在照顾她的生活。玛蒂不敢想象要是没有自己的姨妈，现在的她会是什么样子。

厨房对面的房间里突然爆发出了一大群人的喧闹声，紧接着又传来了播音员近乎歇斯底里的尖叫："射门！球进了！卡西安诺！卡西安诺！卡西安诺进球啦！"

一个男孩也跟着吼叫起来:"卡西安诺进球啦!柏林赫塔队进球啦!"

苏格拉底立即从玛蒂的怀里跳到地板上,朝着喧闹之处跑了过去。玛蒂跟在它后面,脱下了自己的雨衣,朝充斥着电视机声音的房间喊叫道:"尼克拉斯?是我,我回来了。"

"嗨!亲爱的。"她的姨妈从厨房里走了出来,"晚餐马上就好。"

"谢谢!"玛蒂感激地说,此时她的眼睛已经看进了厨房对面的那个小房间。九岁的儿子正在沙发上使劲蹦跳着,嘴里不停地高喊:"卡西安诺进球啦!……"电视机里正在进行慢镜头回放,巴西前锋将皮球踢进了球网右上方的死角,守门员无能为力,只得望球兴叹。

苏格拉底跳上了尼克拉斯的膝盖。

尼克拉斯是一个瘦小的男孩,但有一双大而热情的眼睛。他看到小猫后非常震惊,继而变得比刚才庆祝卡西安诺进球时还更加狂喜。

"苏格拉底!"他大声喊道,紧接着将它拥入怀中,"小家伙,你是从哪儿冒出来的?"

"是我带它来的。"玛蒂回答道,"我真希望你见到我时也有那么兴奋。"

尼克拉斯终于注意到她了,他笑着说:"亲爱的妈妈!"

玛蒂走向儿子,将他紧紧地抱在怀里,并抚摸着他的脑袋,"我真想你。"

尼克拉斯将头靠在玛蒂身上,"我也想你,妈妈。不过你真该看看,卡西安诺,他是……在柏林,从来没有人像他一样棒。"

玛蒂看着电视机的屏幕,巴西人的特写镜头还在不断地回放着,他和克里斯的失踪有没有关系呢?

突然,尼克拉斯脸上的笑容消失了,他低下头看着小猫,"为什么苏格拉底会在这儿呢?"玛蒂还来不及回答,他就再次笑起来,"是不是克里斯也来了?"

玛蒂时常都会因为尼克拉斯敏锐的直觉而惊奇不已,他是那种看上去有能力感知对方的隐藏情感的人。事实上,这正是一个在成长过程中缺少了父亲陪伴的孩子身上常有的特质。

"我有一些坏消息要告诉你。"玛蒂思考了几秒钟后最终说道。

尼克拉斯顿时变得非常紧张,"下个周末你又要加班了?"

玛蒂犹豫了片刻,仍然不知道该说些什么,也不知道该怎么回答。

尼克拉斯站了起来,把小猫放下,然后推搡着自己的母亲,"你说好了我们可以去湖里面划船的,再过一阵子天气就会更冷了!"

"尼克拉斯!"玛蒂突然郑重地说,"克里斯出事了,这就是苏格拉底来这儿的原因。"

她的儿子停了下来,脸色发白,写满了困惑。小猫弓起背,摩擦着他的脚踝。"什么?"他好不容易才蹦出了这两个字。

"他失踪了,尼克拉斯。克里斯失踪了。"

尼克拉斯显然更加困惑了,"这是什么意思?"

"没有人知道他在哪里。"玛蒂回答道,她决定不告诉儿子芯片的事,"而他已经消失很长一段时间了,并且没有跟任何人联络。这个时间实在是太长了。"

尼克拉斯重新抱起苏格拉底,并将它紧紧地拥在怀中,"那他和谁在一起?他在做什么事?"

"我不知道。"

"你以前不是什么都知道吗,你总是知道他在做些什么。"

"尼克拉斯,我……"

尼克拉斯的表情变得痛苦而生气,"如果你没提出你不愿和他结婚,那你一定会知道他在哪里的。他很可能正在这里和我一起看球赛呢!"

说着说着,玛蒂的儿子突然痛哭起来,然后气冲冲地顺着走廊跑向自己的卧室。他一直将苏格拉底紧紧地抱在怀里,就好像那只小猫是他在这个世界上的最后一个朋友。

十八

玛蒂的姨妈塞西莉亚目睹了完整的一幕,她非常不安,在围裙上摩挲着自己的双手。一看到尼克拉斯跑开了,她大声说:"尼克拉斯,快回来,赶紧向你的妈妈道歉!"

但是尼克拉斯猛地关上了身后的卧室门。

玛蒂将一只手搭在姨妈的肩膀上,"随他去吧,他说得对,克里斯和我,我们俩过去总是分享一切,我本该知道的。"

她的姨妈正要争辩,突然从玛蒂的眼神中看出了紧张和不安,于是转而问道:"但是他失踪了,是不是?他会不会是去度假了呢?"

"他失踪了,但绝不可能是度假。"

"那么……"

"我得去跟尼克拉斯谈谈。"

塞西莉亚姨妈点了点头,"再过一会儿就可以吃饭了,晚餐是炸牛排拌柠檬皮丝。"

玛蒂亲吻了姨妈的脸颊,然后顺着走廊来到了儿子的卧室前。她敲了敲门,但他没有回应。她又试着转动了一下门把手,门是锁着的。

"尼克拉斯?我可以进来吗?"

等了差不多一分钟,她终于听到了门锁打开的声音。玛蒂走进了足球迷儿子的卧室,卡西安诺的大幅海报贴在床头,非常显眼。

尼克拉斯重新回到床上,蜷曲身体侧躺着,并将苏格拉底抱在怀里,小猫发出了满足的呼噜声。玛蒂坐在床边,抚摸着儿子的背。

"孩子,你有权感到心烦和失望。"她说。

好长一段时间里,尼克拉斯一直都没有任何反应,接下来他突然问道:"妈妈,克里斯还活着吗?"

"我们必须相信他还活着。"

"可如果事实不是这样呢?"

玛蒂没有回答。

"妈妈,为什么你不能像从前那样一直爱着他呢?"

玛蒂的下嘴唇震颤了几下,"我爱克里斯,而且我也爱你,我们会度过眼前的难题的。"

"然后你会把他找回来吗?"

"我会尽我所能做到这一点。现在你该睡觉了,快换上睡衣,然后去刷牙。"

"不讲睡前故事了?"

"塞西莉亚姨婆会给你读故事的。"她承诺道,"我现在饿坏了。"

小猫叫了几声,接着从尼克拉斯的怀里挣脱出来,昂首阔步地朝门边走去。

"看来它也饿了。"玛蒂说道。

"家里还有一些干饲料,是克里斯留下的。"

"嗯,我知道它们放在哪里。"

她离开儿子的卧室,回到了厨房,塞西莉亚姨妈已经将那袋猫粮找出来了。猫粮被倒入一个小碗,放在地板上,旁边还放着一碗水。苏格拉底朝食物冲过去,狼吞虎咽地吃了起来。

"你的晚餐放在餐桌上了。"塞西莉亚对玛蒂说。

玛蒂再次亲吻了姨妈的脸颊,"尼克拉斯已经准备好听你为他读《哈利·波特》了。"

"那我得去找我的老花镜。"塞西莉亚边说边脱掉了围裙。

玛蒂走到餐桌旁,开始享用姨妈为她准备的美味无比的炸牛排拌柠檬皮丝,除此之外还有烤土豆片、一份蔬菜沙拉和一罐柏林淡啤酒。吃完后,她将餐桌清理干净,洗了碗盘,然后来到冰箱旁边再次拿出了一罐啤酒,现在的她很需要啤酒。

刚拉开拉环,她的手机响了,是凯瑟琳娜打来的。

"伯卡特给我打电话了。"凯瑟琳娜急切地说。

"哦,我们都没事。"玛蒂答复道。

"他也是这样说的。"凯瑟琳娜的语气更加急躁了,"我倒宁可先听你描述当时的情况,你们俩没被逮捕真的是太幸运了。听说你们在大街上高速追车?你们又不是警察。"

玛蒂叹了口气,"这我知道,可当时情况紧急,我们就一时头脑发热了。过后我非常疲惫,所以还没来得及给你打电话。我要把苏格拉底带回家,然后把事情告诉尼克拉斯。"

"他有什么反应?"

"他和苏格拉底在一起。"

"那你呢?"

玛蒂在心里摇了摇头,自从抵达屠宰场以后,她就一直努力控制住自己的情绪,但是此时此刻她内心的感受好像随时都将如洪水般喷涌而出。

"需要我过来陪你吗?"凯瑟琳娜问道。

"不用,我会没事的。"

"伯卡特说,那个骑摩托车的家伙拿走了克里斯的笔记本电脑里的硬盘。"

"嗯,看上去是这样的。"

"没别的了?"

"他的家被搅得一团糟。"玛蒂答复道,"很难找到有用的东西……"

她突然想起了自己被窃贼撞倒之前在克里斯的垃圾桶里找到的那张被揉皱的纸,"等等!"

玛蒂把手机设置成免提模式,然后摸出了那张纸,并将其展开。纸上有一些文字,是克里斯用他那独特的潦草笔迹写下的一份名单。玛蒂浏览完名单后笑了笑,但是并没有感到喜悦。

"看来窃贼遗漏了一些东西。"她说。

十九

"什么东西?"凯瑟琳娜问道。

"是一份克里斯手写的待办事项。"玛蒂边说边将手机、啤酒以及那张任务清单拿在手里,朝自己的卧室走去,"这上面写着,上周二的上午十一点他有一个会面,对方是赫尔曼·克鲁格。"

"哦,怎么不是克鲁格的妻子?"

"的确不是,纸上写了全名,是赫尔曼·克鲁格,后面还写了一个位于波茨坦广场的地址,我想应该是索尼大厦。"

"这样啊……什么?难道他和赫尔曼见面,就是为了告诉对方他知道对方有几个情妇和临时配偶,包括妓女……"

"你假想得太多了,凯瑟琳娜。"玛蒂突然打断道,"克鲁格的名字只是这份名单的一部分,卡西安诺也在名单里,克里斯计划于上周二下午三点和卡西安诺见面。然后……名单上还有第三个名字——帕维尔。"

"马克西姆·帕维尔?"凯瑟琳娜突然变得有些兴奋。

"这里没写全名。"玛蒂说,"怎么了?"

"加布里埃尔想办法追踪到了克里斯的电话记录,他在上个星期一和星期二给马克西姆·帕维尔打过好几个电话。帕维尔是俄罗斯人,拥有两到三家夜总会,包括卡巴莱夜总会[①]。"

[①] 卡巴莱是一种歌厅式音乐剧,通过歌曲与观众分享故事或感受,演绎方式简单且直接,不需要精心制作的布景、服装或特技效果,纯粹以歌曲最纯净的一面与观众作交流,可以说是一种音乐上的情感交谈和亲切感觉的接触。这种音乐表演方式在欧洲十分盛行,很多餐馆或夜总会里经常都会提供这种歌舞或滑稽短剧的现场表演。这里提到的"卡巴莱"夜总会是柏林一家以此命名的夜总会。

"就是那家经常举办易装皇后秀①的夜总会吗?"玛蒂问道。

"根据加布里埃尔得到的信息,他的生意非常成功。还有,他显然与俄罗斯黑手党有关联。"

玛蒂看了看自己的手表,"现在才八点,我们可以……"

"我们已经调查过了。"凯瑟琳娜打断了她,"帕维尔现在还在意大利,明天早上才回来。"

玛蒂想了想,"我认为我们需要一些增援。"

"我又比你先想到这点了。"凯瑟琳娜说,"我已经通知布莱希特从阿姆斯特丹赶过来,还有杰克·摩根也在从洛杉矶搭乘公司专机来这儿的路上。"

"明天早上七点我就会到达公司。"玛蒂说完就挂断了电话。

她将啤酒、名单和手机放到自己的床头柜上,然后来到尼克拉斯的卧室跟儿子道晚安。

"我正在为克里斯祈祷。"尼克拉斯在她关掉房间灯之后小声说道。

"我也是,亲爱的。"

玛蒂关上了儿子的卧室门,跟姨妈道过晚安后,回到了自己的卧室。她洗了个淋浴,换上了睡衣,然后拿着啤酒坐到床上。她差点打开电视,不过后来却拿出了自己的笔记本电脑。

她登录了自己的公司邮箱,看到了一封来自女伯爵索菲亚·冯·梅西琳的祖母的邮件,在信中老人家对玛蒂迅速、有效的行动表达了感谢。玛蒂很快就写好了回信,她说自己认为索菲亚是一个很可爱的孩子,只是一时头脑发热而已,最后向对方全家人问好。

玛蒂退出了公司邮箱,紧接着本能地想到了要登录自己的私人邮箱。事实上,她已经超过一个星期没有看过那个邮箱里的邮件了。不过,经常发邮件到那个邮箱的人就只有……

在垃圾邮件箱中,玛蒂发现了一封克里斯发来的邮件,发送日期是上

---

① 男扮女装的易装皇后表演,又名易装同志秀,是指对时尚特别敏感的男"同志"或者喜欢打扮成女性的男"同志"。这些人通常在夜总会出现,穿着很女性化的服饰,并模仿女声假唱。

周三的晚上十点。她点开邮件后,看到里面只有一个 MPEG 格式①的附件,于是她下载并打开了那段视频。

克里斯的脸出现在屏幕上,他正坐在自己的公寓里的工作台旁边,面容看上去很疲倦,声音听起来略带醉意。苏格拉底正蹲在他的膝盖上,样子十分规矩。

"嗨!玛蒂!我已经非常努力地尝试着尊重你的意愿,不再和你联系。但是……"他突然停了下来,目光移开了摄像头。

他清了清嗓子,再次注视着摄像头,表情有些严肃,"玛蒂,我已经开始做一些事,我觉得如果我能够把它们进行到底的话,那样对于我,对于你,还有对于尼克拉斯来说都会比从前更好。"

克里斯的眼睛开始闪烁,眼眶里逐渐充盈着泪水,"过去的这几个星期是我从孩提时的记忆开始到现在最糟糕的一段日子。我想你,玛蒂,我也想念尼克拉斯,还有塞西莉亚姨妈。给我打电话好吗?或者给我回邮件?不论你是否愿意联系我,我都会等你的。我爱你们,永远爱你们!"

视频到这里结束了,屏幕变成了黑色。

玛蒂忍不住大声啜泣起来,塞西莉亚姨妈听到声音后,惊讶地跑进了她的卧室。

二十

我的朋友们,现在是破晓时分,我驾驶着一辆去年才属于我的奔驰 ML500 四驱越野车向南驶出了柏林市区,大雨从乌云中倾盆而下。你知道 ML500 吗?在路面湿滑的环境下,它就像一辆坦克,动力超强,无所

---

① 一种视频文件的格式,压缩率较高,清晰度一般,占据的空间不大,常用于自拍视频的网络传递。

不至。

通常情况下，每当我坐在 ML500 的方向盘后面的时候，一定都是相当自信的。然而，此时此刻正在开车的我却感到紧张不安，脑子里一直想象着昨天晚上在屠宰场外看到的警察。早上刚一醒来，我就极其渴望能够马上去那儿查看，不过在这之前我还得行驶很长一段路，留给我的时间并不多。

来到哈雷市①的东南面以后，我找到了一条沿着河的双车道，这里是一处隐蔽、僻静的地点，尤其在今天的恶劣天气下更是如此。

我将车停稳，等待着那一刻的到来。除了眼前正等着我的愉快任务之外，我的头脑里就再没有其他想法了。

二十分钟过后，一个身穿雨衣、戴着头盔的男人骑着摩托车赶来了。这时，倾盆大雨已经减弱成为毛毛细雨。我穿着一件口袋很深的防雨外套，走下车去，戴着手套的手揣进了两侧的口袋。

我的朋友取下了自己的头盔，他是个皮肤黝黑的土耳其男人，接近四十岁。同时，他还是个窃贼。正如窃贼惯常的行为那样，我的朋友对我说："你得付给我更多酬金。我差点被抓住，而且差点死了。"

"昨天晚上你已经在电话里对我说过了。"我愉快地回答道，"我给你翻倍，一共是五万欧元，这样可以了吧？"

我能看出他原本以为我会跟他讨价还价，不过现在他满意地点了点头。

"你把东西给我看看。"我对他说，"我们就一手交钱一手交货吧。"

我的朋友走到自己的摩托车旁边，在工具箱里翻找，而我则打开了奔驰车的后盖。在那堆裹着计算机黑客的尸体的防水油布旁边，我找到了一个皮包。我将皮包打开，取出了一件东西，它可以加快即将发生的事情的进展速度。接下来，我拿起这个皮包，捧在手上，那动作就好似服务生在高档餐馆里端着主菜一般。由于包口是张开的，里面的现金一览无余。

我朝窃贼走了过去，他的手里握着一块硬盘。

我开始演戏了，当我正准备将皮包递给他时，却"一不小心"被地上

---
① 柏林西南部的一座城市，距离柏林大约有两百多千米。

的石头绊了一下,皮包立即从我的双手中滑落。

我的朋友出于本能地伸出手去想抓住皮包。

趁他不备,我用先前已经握在手里的电击枪迅速抵向他的脖子,继而扣动了扳机。

他猛烈地颤动了几下,然后倒在地上。

我继续用电击枪攻击他,直至他陷入昏迷。接下来,我从衣袋里掏出螺丝刀,用刀锋猛刺他的后颈。

窃贼的身体又开始颤抖,但是我紧紧地抱住他,使他无法动弹。我可以感觉到他的生命一点点地流失,而这种体验让我再次觉得心满意足。

但是在目前这种情况下,我不能尽情享受这种随着死亡而来的令人无比痛快的平静时刻。这里是户外,尽管在下雨,但是如果我逗留的时间太长,还是会被别人看见。

我用强力胶黏合了伤口,然后将窃贼的尸体拖到河边。休息片刻之后,我拖着尸体在浅滩跋涉,最后将其推进了汹涌的主流中。但愿那冰冷湍急的河水可以把他带得远远的,卷入没有人看得到的地方。

我走上岸,身上很冷,但是我不在乎。

我拾起地上的皮包,将它甩进了奔驰车的后厢。接下来,我把裹着防水油布的电脑专家的尸体拖到河边,然后提起防水油布的一侧使劲一拉,里面的尸体顺势滚入河中。

窃贼的尸体早已没了踪影。

我迅速地将防水油布折叠起来,放在奔驰车后厢里的皮包旁边。

我奋力地将头盔抛进河里,接着站在摩托车旁边发动了它的引擎,加大油门并且踩住了刹车。待引擎完全发动后,我突然松开刹车,摩托车立刻飞驰出去。

摩托车呼啸着冲下河堤,很快就消失不见了。

现在我需要尽快赶回柏林,我不能再等了,我得去检查屠宰场的状况。

我的朋友们,我得为它的未来作出决定。

一个可怕的决定。

二十一

星期一的早上六点四十五分，玛蒂将自己的右眼靠近了公司门口的视网膜扫描器。昨晚她没睡好，夜里老是醒来，因此她的眼睛严重充血，非常肿胀。她很担心这也许会影响扫描器的工作效果，但是事实并非如此，防弹玻璃门很快就打开了。

当她穿过带状公园上方的玻璃走廊时，天刚刚蒙蒙亮，办公室里的灯都关着，很明显她是第一个到达公司的。

或者说她自己是这样认为的。玛蒂走进休息区，准备煮些咖啡，顺手打开了墙上的顶灯开关……就在这时，突然有个男人大声呻吟起来。

玛蒂惊得跳了起来，声音是从沙发那边传过来的。"是谁在那儿？"她用德语询问道。

杰克·摩根从沙发的另一边坐了起来，睡眼蒙眬地望着她，"玛蒂，我不懂德语，现在几点了？"

和大多数德国人一样，玛蒂也可以说一口流利的英语。"七点十分。"她回答道，"杰克，刚才很抱歉，我不知道……"

国际私人侦探公司的董事长朝她挥了挥手，然后离开了沙发。他穿着飞行员皮夹克，牛仔裤，以及低跟牛仔靴。这个很高很瘦、看起来总是很匆忙的男人用手指梳理了一下自己的深黄色头发，继而对玛蒂说："没关系。科学家们都说小睡片刻还不如干脆熬夜，不是吗？"

玛蒂笑了笑，她一直都很欣赏杰克·摩根。他很聪明，但从不傲慢专横；他是公司的老板，但并没有自命不凡。

他走向她，"你还好吗？"

玛蒂耸了耸肩，将咖啡豆倒入了咖啡机，"我现在的感觉就像你刚刚发现你的……嗯，你的同事兼朋友消失不见了并且只留下了他背上那块定位芯片时你的感觉一样。"

"这就是我来这里的原因。"摩根怜悯地说,"我一听到消息就立刻赶过来了。"

"你的航班是什么时候到达的?"

"大约一小时前。"摩根回答道,"飞了十三个小时。"

"你一定很疲惫吧。"玛蒂边说边打开了咖啡机,"你想找个地方吃一顿真正的早餐吗?我可以在路上向你汇报情况的最新进展。"

"不用那么复杂,我喝点咖啡就行了。"摩根回答道,接着在休息区的茶几旁找了个位子坐下,"我很感谢你能为我介绍情况,不过在此之前我还有个疑问,这个问题在整个飞行途中一直都困扰着我,你和克里斯为什么要解除婚约呢?"

玛蒂"啊"了一下,声音有些夸张,她将目光从摩根身上移开。除了在凯瑟琳娜和塞西莉亚姨妈面前,她几乎不会和任何人谈起自己的私生活。但是她的老板刚刚经历了十三个小时的长途飞行,就是为了帮助她找到克里斯。她认为自己起码应该以实相告。

玛蒂有些紧张,说话也有些结巴,"在我进入公司后不久,我和他就开始了闪电式的恋爱,半年后我们就订婚了。但是杰克你知道吗?我最终发现克里斯是个问题男人,他的生命中有一部分是我无法触及并且无法了解的。他从来不会谈论自己的童年生活,不过有一些在那段时期里发生的事却一直在困扰着他。我和他在一起的时间越长,我就越能感觉到那些事占据了他心灵的很大空间。我多次恳求他告诉我,可都被他拒绝了。最终,我决定不能跟一个内心有着太多未知事物的男人结婚,不论我有多么爱他。因为这对我不公平,而且对于我的儿子尼克拉斯来说同样也不公平。"

"所以你解除了婚约?"

玛蒂点了点头,"这是我所做过的所有决定中最困难的一个。"

"克里斯接受了吗?"

"我感觉那件事就好像在他意料之中似的。他说他不会责怪我,而且仍然爱着我。"

"那么,你对他的这个秘密一无所知吗?"

"我只知道他常常因此做噩梦,那些噩梦似海浪般接踵而至。他会在睡梦中哭泣,呼唤着自己的妈妈,有时候甚至是哭喊着找妈妈。"

"你有没有问过他关于噩梦的事?"

"只有在我希望他好几天都不要跟我说话时,我才会问。"玛蒂回答道。她倒好了一杯咖啡,将杯子递给摩根。

他接过咖啡,继续说道:"我知道他是在东柏林长大的,在他八岁或九岁时,父母就去世了。后来他在乡下的一所孤儿院里长大,是这样吗?"

玛蒂点了点头,"他透露给别人的东西就只有那么多了,包括我在内。他曾告诉我最好能够忘掉过去,但是我认为他并没有真的忘掉过去,他只是不愿意对别人说而已。"

二十二

凯瑟琳娜是七点一刻到达公司的,加布里埃尔博士和伯卡特在十五分钟过后也相继走进了办公室。

三个人和玛蒂一起将他们目前所发现的情况都汇报给了杰克·摩根,包括在屠宰场的所见所闻,克里斯在失踪前已经安排好的与足球明星卡西安诺以及亿万富翁赫尔曼·克鲁格的会面,还有克里斯打给夜总会老板马克西姆·帕维尔的电话记录等等。

摩根很快就作出了决定,将调查工作兵分三路进行。一个严重睡眠不足的人居然有着如此清醒的头脑,可以将工作安排得井井有条,玛蒂不由得暗自赞叹。

凯瑟琳娜将会带领一个小组调查赫尔曼·克鲁格。

今天上午晚些时候,昨晚还在阿姆斯特丹的丹尼尔·布莱希特就会抵达柏林,他将在杰克·摩根的协助下继续调查卡西安诺的案子。这是一对黄金组合,国际私人侦探公司的董事长曾经搞定过好几个以大牌体育明星为对象的调查项目，而布莱希特会说六种语言，包括葡萄牙语——这是那名巴西前锋唯一会说的语言。

加布里埃尔的任务是更加详尽细致地追踪克里斯之前的各项行动，伯卡特负责和玛蒂一起继续跟进警察那边的官方调查，在必要的时候再援助其他人的工作。

当玛蒂和伯卡特正准备离开办公室，按照约定的计划与迪特里希见面时，她的手机突然响了，是高级政委打来的。

"是我的上司吩咐我给你打电话的。"迪特里希的语气中明显夹杂着烦恼，"约在我办公室的会面取消了……"

"什么？"玛蒂一时感到血往上涌，"你不是说好……"

迪特里希打断了她，"我再重复一遍，我即将对你说的事千万不能四处散播，明白吗？"

玛蒂很惊讶，也很迷惑，只得含糊地应答道："好的。"

迪特里希清了清嗓子，"你可能想象得到，由于屠宰场本身的性质，我们在那里发现了很多血迹。由于血迹太多，我决定随机抽取二十份样本，带回去连夜进行分析和化验。在这二十份样本当中，有十二份是动物血，四只猪，八头牛。但是，其余的八份都是来自人类。安格尔女士，我很遗憾地告诉你，经鉴别证实有四份样本都来自克里斯·施奈德，剩下的四份样本则来自完全不同的四个人。"

玛蒂听得愣住了，她使劲眨了眨眼，试图弄明白对方在说什么，"你是说除了克里斯以外，你们还发现了另外四个人的血迹？"

迪特里希犹豫了片刻，咳嗽了几声，然后回答道："没错，所以今天早上我们再次回到了屠宰场，结果发现由于地方太大，我们自己的法医取证小组人手不足。尽管我极力反对，但是我的上司还是希望你们公司的法医工作人员可以协助我们对屠宰场进行更详细的调查。"

"一小时内我们就会抵达那里。"玛蒂承诺道，然后挂断了电话。

二十三

十点一刻,玛蒂、伯卡特、加布里埃尔博士和三名国际私人侦探公司的法医取证技术员带着设备进入了屠宰场,这些设备包括蓝光手电筒、摄像机、热像仪,还有一个带着软管和喷嘴的增压箱。

高级政委迪特里希已经在现场等候了,在他身边还站着实习警员桑德拉·韦格尔,以及警方派出的法医取证小组。

"我们会分配给你们一片包含地面和墙壁的区域。"迪特里希对加布里埃尔说,眼里明显带着不信任。因为嬉皮士科学家刚刚脱掉了自己的外套,露出了一件橙黄色的T恤衫,上面印有鲍勃·马利①的头像。

加布里埃尔欣然一笑,"我看这地方足足有八十米长,四十米宽。"

"差不多吧。"高级政委的声音依旧充满不屑,"那又怎样?"

"那么让我们把工作范围缩小一点吧。"国际私人侦探公司的法医专家回答道,"或者说,起码应该让我们知道到底有多大范围是需要我们处理的。"

迪特里希用带着怀疑的神色看着他,"怎么操作?"

"用超压发光氨雾,这是我自己的发明。"加布里埃尔一边说,一边重新将自己灰白色的马尾绑好,然后盘起来,并戴上了一顶外科医生帽子。接下来,他戴上护目镜,拿起增压箱,开始扭动阀门。

"快关掉那些强弧光灯。"他大声喊道。

---

① 牙买加唱作歌手,雷鬼乐的鼻祖。他将牙买加雷鬼乐带往欧美流行音乐及摇滚乐的领域,成功地将牙买加雷鬼乐传入西方,对西方流行音乐产生了巨大的影响,后世尊称他为"雷鬼乐之父"。他以充满激情、力量、斗志的灵魂之声,获誉"首位第三世界的流行巨星",实践了音乐无国界的理念。而作为反种族主义的音乐斗士,他长期致力于牙买加社会运动,他的音乐包含宽容、博爱及信仰,至今仍被国民视为牙买加的民族英雄。

迪特里希朝自己的助手们点了点头,后者关掉了照明灯,房间里顿时变得昏暗模糊。雨水嗒嗒地急速拍打在屋顶上,声音十分明显。

"开始录像。"加布里埃尔对自己的技术员助手说道,后者正站在一台安装在三脚架上的摄像机背后待命。

柏林分公司的首席科学家将喷雾棒对准建筑物的某一片区域,然后按下了触发杆。伴随着一阵猛烈的爆裂声和持续的嘶嘶声,由发光氨、过氧化氢以及羟化盐组成的细小气雾从喷雾棒里喷射出来,继而扩展成为一团云状物,飘向建筑物的椽子,然后沿着墙壁向下蔓延,最后散落在地板上。

"狗娘养的!"伯卡特脱口而出。

玛蒂带着惊骇和恐惧点了点头。

眼前的景象就好似一幅银河系的画面,有成千上万颗星星,这里一簇,那里一丛,有的地方很密集,有的地方稀稀拉拉……由血迹形成的发着蓝光的星群替代了屠宰场的墙壁和地面。

二十四

不到半分钟,化学反应就结束了。蓝光消失了,屠宰场又恢复到了原先的荒废模样。由加布里埃尔的设备所展现出来的血迹范围如此之大,使得在场的每一个人都惊讶得说不出话来。

只有韦格尔是例外,此时她正用哀伤的声音嘀咕着:"到处都是啊,政委先生!"

迪特里希对她怒目而视,"韦格尔,正如我昨晚说过的,这里曾经是个屠宰场。发光氨只是向我们证实了血红蛋白里面铁元素的存在,它并不能表明血液的来源。"

加布里埃尔博士插嘴道:"总之,我们得对这个地方进行详细勘察,每隔三英寸①就取一次样,你看如何?"

迪特里希看上去有些烦闷,他犹豫了片刻,继而很没把握地点了点头,最后开口说道:"我想六英寸就可以了。"

玛蒂闭上双眼,在头脑里回忆着刚才看到的那些发着蓝光的星群,突然,她留意到有一个区域看起来好像比其他地方更加饱和。为了确认这一点,她走到摄像机旁,开始回放录像。

"你怎么了?"伯卡特问道。

见此情形,迪特里希也停下了交谈,专心地看着玛蒂。

玛蒂指着摄像机液晶屏上的那些发光的蓝色图案,"你们能看出什么地方浓度最高吗?"

伯卡特端详了一会儿,然后点了点头,"在那个角落。"

他们走过地上的垃圾和污物,来到对应的角落,那里有一个铁制的下水道隔栅。他们将手电筒照进了隔栅下方一个衬钢的深坑,看到深坑底部距离室内地面大约有三英尺远的地方还有第二道金属隔栅,上面布满了铅笔般粗细的小孔。

"为什么下层的金属隔栅上没有东西?"玛蒂问道。

伯卡特说:"我不明白你在说什么。"

"那里看上去像是与厨房水槽相连接的下水道,对不对?"玛蒂解释道,"但是在这样一个垃圾成堆的地方,下水道的地漏盖上除了几片小树叶之外,居然就没有其他东西了,太干净了点吧。"

伯卡特沉思了片刻,"嗯,也许那地方被人搬动过,这意味着下面很可能藏着什么东西,我们得检查检查。"

他蹲下身子,用手指勾住第一道金属隔栅上的小孔,然后把它拉了起来。

玛蒂原以为第二道隔栅的下方就是普通的地面。

然而让她惊讶的是,上下两道隔栅连同与它们焊接在一起的一截钢管被拉上来以后,那里留下了一个敞开的大洞,洞的下方散发出了一阵阵恶臭。

---

① 1 英寸 = 2.54 厘米。

二十五

地板上的大洞散发出一股夹杂着尿臊味的令人作呕的难闻气味。

伯卡特将刚才取出的那截钢管放到一边,玛蒂用手捂住自己的鼻子,然后用手电筒照了进去。里面是一段波纹钢管,大概有十英尺长,管口下方是碎石地面,距离管口差不多有四英尺。

"这下面很可能是第二道排水系统。"迪特里希说道,他已经走近了他们,看到此情此景后显得有些紧张。

"得有人下去看看,但是对我来说空间太狭窄了。"伯卡特说道。

"对我来说也是如此。"高级政委几乎是不假思索就脱口而出。

韦格尔警员盯着那段波纹钢管看了好一会儿,然后摇了摇头,"那下面一定有老鼠,我能嗅出来。我最讨厌老鼠了,我哥哥就养了一只,他常常用它来逗弄我。我讨厌老鼠,极其讨厌。"

玛蒂说:"看来只有我去了。"

"你知道我不能让你……"迪特里希假装欲言又止。

玛蒂很识趣地接过话头,"政委先生,如果我发现了什么东西,我就马上退回来。再说,你们可以看见我所看见的一切,我会带一台摄像机下去。"

看到玛蒂已经下定决心,加布里埃尔立刻转身走向停在外面的设备车。返回以后,他带来了一件白色的一次性连体工作服,一顶安全帽,一副护目镜,一对护膝垫,一台连接了照明灯的光纤摄像机,还有一部带有超灵敏度麦克风的头戴式无线耳机。他将麦克风夹在玛蒂的领角,紧接着还帮她戴上了一个口罩,以免她遭受那些可能通过空气传播的疾病的侵袭,因为那下面一定有老鼠的粪便。

他们为她捆上了登山背带,然后将背带与绳索连在一起。

"你确定你想这样做吗?"伯卡特问道。

"当然不想。"玛蒂一边说,一边蹲了下来,然后缓缓后退,进到了波纹钢管里。

伯卡特和迪特里希拉住绳索,缓慢地将玛蒂放下去。与此同时,加布里埃尔通过笔记本电脑的屏幕同步看到了玛蒂携带的摄像机所拍摄下来的画面。

波纹钢管的直径仅仅比玛蒂的肩膀宽一点点,她感到幽闭恐惧症正在自己心里滋生。幸运的是,没过多久她的双脚就触到了地面。

她解开了连在登山背带上的绳索,接着蹲下身子四处晃动着摄像机和照明灯,但是光线无法穿透四周的黑暗,她只看见了脚下的碎石地面。

"这儿看上去好像是排水系统的一部分。"她对着麦克风说道。

"我们看不大清楚。"加布里埃尔的声音从耳机里传来,"用你的神火手电筒①。"

玛蒂赶紧取出了自己的手电筒,打开以后,强光立即照亮了前方的区域,玛蒂禁不住有些欣喜。

在前方九米开外的地方,她看到了一个苍白色的物体,不过该物体的大部分都被一根承重钢柱给挡住了。接下来,她听到自己的左边有一些窸窸窣窣的声音。她用手电筒照了过去,结果看到数十只老鼠正注视着自己,并用鼻子嗅探她的存在。有几只老鼠还对着她发出了愤怒和威胁的叫声,其他同伴们则继续啃咬着面前的骨头。

真令人毛骨悚然!她好像听到了尼克拉斯的声音,恳求她赶紧离开那里。

不过,玛蒂还是弯下腰,蹑手蹑脚地朝着钢柱背后的那个苍白色物体走去。当距离缩短到三英尺时,她终于看清了那东西是什么,顿时愣住了。

碎石地面上摆放着一根骨头。

"那是人的大腿骨。"加布里埃尔的声音再次在她耳边响起。

玛蒂艰难地咽下口水,然后晃动着手电筒朝更远的地方照了过去,结

---

① 美国神火公司是位于加州的一家专门生产高亮度小型手电筒的公司。

果她看到了更多的骨头。

有一块骨头很明显是人的头骨,紧接着又出现了第二个。

接下来是更多的骨头和头骨,它们像海边的贝壳一样四处分散。

二十六

"天哪!这里居然是一块埋骨地。"玛蒂喃喃自语道。

"我们也看到了。"伯卡特的声音通过耳机传了过来,"迪特里希希望你赶快回来。"

玛蒂对此没有异议。她这一生中从来没有到过比这里更加可怕的地方,她当然希望在一切都变得更加幽闭恐怖之前赶快离开这里。

但是当她转过身正准备离开的时候,手电筒发出的光束照亮了二十米开外的一堆物体。玛蒂突然惊跳了一下,就好像下巴受到了撞击。

两具更新鲜的尸体躺在那里,一个女人,一个男人。

他们都衣衫褴褛,皮肤也严重破损。

尽管自己绝不愿这样做,但她还是移动到了离尸体只有几英尺远的地方。她认出了附着在较大尸体上的那件有凸起花纹的黑色高领毛衣,紧接着她顿时感到自己的整个世界都坍塌了。

玛蒂跪倒在地,两眼无神地凝视前方。她的呼吸变得费力而急促,在口罩里回荡着,使她觉得自己就像是一具行尸走肉,虽生犹死。

"玛蒂?"耳机里又响起了加布里埃尔的声音。

"你看到他们了吗?"她木然地问道。

"玛蒂,我们看到了,现在请你赶快上来。"

"那具较大的尸体是克里斯。"

"噢!天啊!"

玛蒂头脑一片空白,几乎昏厥过去。

她的头朝后仰着,喘了几口粗气,依旧感到头晕目眩。尽管眼冒金星,但她还是发现了一包奇怪的东西。这包东西被绑在天花板的支承架上,离她大约有四英尺远。

它的形状酷似一本平装书,外层包裹着绿色蜡纸,上面有一些俄语字母,还有一个模糊的德文印章。

接连好几秒钟,在她眼里一切都显得很不真实,她的大脑无法计算和理解那些被她看到的东西。

片刻之后,她缓缓地抬起头,结果又看见了几个相似的用绿色蜡纸包裹着的不明物体,它们都附着在天花板的支承架上。再一看,很多很多。

它们都连接着电线。

"安格尔!"伯卡特大声喊道,"那些东西是炸药!赶紧离开那里!"

二十七

一切都会成为过去。很多人都喜欢这样说,对不对,我的朋友们?

这确实是当我最后一次见到我母亲——一个不忠的婊子时,她亲口对我说过的话。

一切都会成为过去。就好像这句话对于一个八岁的男孩来说,已经足以解释任何事;就好像这句话可以证明她对自己、对我的父亲以及对我所做过的事都是正当有理的。

不过这一次,这句老话还真的应验了。一切都会成为过去,我非常肯定地知道这一点,就好比我确切知道我自己在那些被迫戴上的面具背后的样子。

我在想这些事情时,我正驾驶着自己的奔驰车毫不迟疑地快速经过了通往屠宰场内部车道的入口,就好像我正急切地赶往别处似的。

那里停放着的汽车比昨天更多了,几乎是两倍,有警车、法医取证车,还有一些无标记的轿车,整个区域都被黄色的犯罪现场警示带围了起来。

但是我并没有像昨天那样感到自己处于恐慌的边缘。相反,我变得很冷静,内心的邪念代替了昨天的不安。当我开车经过屠宰场西边的公寓大楼时,我知道自己即将面临一个艰难的决定。

很久以前,确切地说是在我尚且年幼的时候,我就学会了一个道理:要想生存下来,意味着自己必须在获得关键信息的那一刻作出最快速的反应。那里有那么多人,他们最终一定会发现屠宰场的秘密,这是毋庸置疑的。

所以,我将车靠边停在一段小斜坡的顶部,这里离屠宰场大概有几百米远,而我可以直视屠宰场大楼的屋顶。

有那么一阵子,我感到一股乡愁袭来。长久以来,那座屠宰场一直是我生命的一部分,对于我必须要做的事,我感到无比纠结。

不过,真的已经别无他法了,不是吗?

我打开副驾驶座位下面的一个纸袋子,从中取出了一个老旧、笨重的苏联时代的军用无线电控制器,机身上还带着一根伸缩天线。我找出了一个电池,然后"啪"的一声塞进了无线电控制器背后的电池仓里。

我按下了电源开关,然而开关旁边的电源指示灯却保持着熄灭状态,这让我感到十分担心。

但是几秒钟以后,它终于发出了熟悉的绿光。

我转动着机身侧面的频率拨盘,最后调节到了一个很特别的频率——几乎在二十五年前我也设置过相同的频率。此时此刻的我感到喜忧参半,心情说不出的复杂。

接下来,我的手指摸到了发送开关,同时喉咙里发出了愉快的哼哼声。

准备就绪,我的朋友们,我想现在是时候摧毁掉柏林的一个小地狱了,对吗?哼哼?

二十八

"玛蒂!"伯卡特大喊道,"快回来!"

在屠宰场的地下室里,玛蒂从受到巨大震惊的迷糊状态中重新振作起来,她抬起自己的右手伸向绿色蜡纸,扯下了带有字迹的一部分区域。

她看了克里斯的尸体最后一眼,然后开始以最快的速度朝着波纹钢管的位置移去,一路上她不断地与自己想停下来、躺在地上并且撕心裂肺地号啕大哭的冲动抗争着。

回到波纹钢管的底部以后,她抬起头,看见伯卡特正在上面埋头望着自己,眼睛里面带着极其担忧的神色。"快连好绳子。"伯卡特说。

玛蒂将刚才撕下来的绿色蜡纸塞进工作服里,将绳子的卡扣卡在自己的登山背带上,然后大声说道:"准备好了。"

她立刻开始上升。她调整着自己的姿势,让身体挤进了狭窄的管道。在那段幽闭空间里,她紧紧地闭上了自己的眼睛。最后,伯卡特用手拉住玛蒂背上的背带,然后将她提起来,稳稳地放在屠宰场室内的地板上。

睁开眼睛后,玛蒂浑身战栗,就好像她正穿着夏天的衣裤站在冰冷的冬天里。"你们看到了吗?"她哆嗦着问道。

伯卡特没有答话,倒是看上去目瞪口呆不知所措的高级政委迪特里希抛出了一个问题,"里面有多少尸体?"

"二十具,也可能是三十具,正如我刚才所说的,那里是个埋骨地。"

"管他是什么,我们得赶快离开这里。"伯卡特大声说道,紧接着他看着迪特里希,"那地方看起来已经被人安放了饵雷,立刻让你的人撤退,通知联邦拆弹小组接管这里。"

迪特里希犹豫不决,很明显他认为只有自己才具备发号施令的资格。

伯卡特见状更加坚持了,"政委先生,我以前曾在德国第九国境防卫队工作过。我认真地告诉你,你应该在拆弹专家到来之前赶紧让你的人撤离。"

迪特里希的脸扭曲着,变得无比苍白。接下来,他转过身看着韦格尔警员以及自己团队中的其他成员。这些人都面无表情地望着他,等待着他下命令。

"撤!"高级政委高声喊道,"所有人赶紧撤离,只带必要的物品,立刻执行!"

屠宰场里的十个人顿时行动起来,他们纷纷抓起电脑、摄像机和已经收集好的证据样本,继而迅速飞奔。在一分钟之内,所有人都匆匆穿过畜棚和走廊,走出了前门。

当他们一行人从屠宰场出来,一路小跑着奔向通往阿伦斯费尔德镇的公路时,雨水已经变成了蒙蒙细雨。玛蒂一言不发地跟在伯卡特身后,她感到自己已经被刚才在地下所看到的场景给击垮了。

克里斯死了。他永远地离开了。

当她快要到达警方设置的路障跟前时,背后突然传来一声巨响。

玛蒂赶紧转过身去。

只见烟雾和尘埃从屠宰场大楼的窗户和门里面喷涌而出,接下来又传来了一连串的震耳欲聋的爆炸声,屠宰场大楼立即变成了一堆废墟。爆炸产生的冲击波使玛蒂站立不稳,跌倒在地。

第二部

四十四号孤儿院

二十九

杰克·摩根走在一栋巨大的双层别墅里的走廊上,这栋建筑物位于柏林市中心,芒庇尤公园的北边。

他跟在一个脸色苍白、身材瘦弱、接近三十岁的男人身后,这个男人有一双淡蓝色眼睛,双眉穿孔,头发被漂成了白色,身上穿着及膝的黑色风衣,手上戴了一双露指皮手套,上面还有金属饰钉。这身行头让他看起来就像是吸血鬼电影中的角色。

当然,人不可貌相,丹尼尔·布莱希特是国际私人侦探公司在欧洲最优秀的侦查员之一,他八面玲珑,而且面对各种文化和语言时都可以应对自如。

布莱希特将一个黑色的书包挂到自己的左肩上,用右手握住门把手并转动了一下。他们进到了一个漆黑的房间,里面充斥着荷尔蒙的味道。

布莱希特按下了墙上的开关,这间卧室立即变得灯火通明。

一个有着棕褐色皮肤的健壮男人从床上坐了起来,愤怒地用葡萄牙语喊叫着。对于卡西安诺说出的话,杰克·摩根一个字也听不懂。

不过布莱希特可以,他迅速亮出了自己的工作证,使得这名足球运动员平静下来。与此同时,摩根注意到了一个有着丰满胸脯的金发女人,她躺在卡西安诺身旁,醉得不省人事。

摩根感到惊讶不已,之前他曾在互联网上看到过足球前锋的妻子佩尔菲格塔的照片,她是一名绝色美貌的巴西模特,而且身材极好。相比之下,躺在床上的这个女人就显得相貌平平了。

在接下来的五分钟里,布莱希特询问了卡西安诺一些问题,并且充当了翻译的角色。

"你认识克里斯·施奈德吗?"布莱希特问道,"他为国际私人侦探公司工作。"

前锋摇了摇头,"没听说过。"

"你的妻子在哪儿?"布莱希特边问边朝着那个不省人事的女人点了点头。

卡西安诺耸了耸肩,笑着说:"佩尔菲格塔在非洲拍照,后天早上回来。"

"如果被她发现你偷腥,你的日子不会好过吧。"摩根说完后,布莱希特把他的话翻译成了葡萄牙语。

运动员稍微清醒了一点,"好吧,事实上上周一我和施奈德见过面,大约交谈了十分钟。他问了我一些问题,关于我在这个赛季开头的那几场比赛中表现得不好的原因。"

"你的意思是这些比赛吗?"布莱希特已经从自己的包里取出了iPad,他打开了一个视频片段——卡西安诺错过了一记绝好的传球。

"今天早上我们看过了所有的录像。"摩根说,"在这几场比赛中,你看起来有些失常,不像在其他比赛中那样是个得分机器。"

"我病了,在那段时间里一直感到恶心想吐,真该死!"卡西安诺恼怒地说,"我去看医生,他说我在德国水土不服。这种情况周而复始,可我一直都坚持参加比赛。尽管身体不适,尽管有伤病,但我还是会上场卖命,这是我一贯的作风。"

"这么说,你没有放水?"摩根继续问道。

在布莱希特将这番话翻译成葡萄牙语以后,卡西安诺变得极其愤怒,紧接着开始用葡萄牙语朝摩根咆哮道:"我决不会这样做!再过不到三年就是下届世界杯了,你真的以为我会把自己的前途搞砸吗?"

布莱希特指了指前锋旁边的女人,后者被卡西安诺大喊大叫的声音搅扰,呻吟了一下。"看起来你正试图将你和一个超级名模的婚姻搞砸,所以说,谁知道呢?"布莱希特说。

"这只是消遣而已。"卡西安诺再次变得愤愤不平,"我的回答和刚才一样,我没有放水,我也决不会这样做,这事关我的声誉。"

"你认识马克西姆·帕维尔吗?他拥有一家易装皇后秀夜总会——卡巴莱。"

卡西安诺看上去就像是因此而受到了侮辱,"难道我看起来像那种喜欢扮演女人的男演员?"

"你并没有回答我们的问题。"摩根反驳道,"你认识帕维尔吗?"

卡西安诺叹了口气,"我已经告诉过施奈德,我曾在帕维尔的一家夜总会和他见过一面,但不是'卡巴莱'夜总会,我想应该是'舞者'夜总会。"

"那么,你知道他与俄罗斯黑手党有关联吗?"布莱希特问道。

"我也是在施奈德问过我同样的问题之后才知道的。"他思考片刻后最终回答道,"我已经说过了,我和那个人见过一面,或许只交谈了不到五分钟。"

"你们谈了些什么?"

"他说他是我的铁杆球迷,找我索要亲笔签名。"

"谁能证实这件事呢?你妻子吗?"

"当我去'舞者'夜总会时,佩尔菲格塔没和我在一起。不过,'卡巴莱'夜总会离这里很近,步行只需要十分钟就到了。所以我建议你们去做我曾经让施奈德做过的事吧,去那里直接找帕维尔问话。"

三十

消防员们用软管对准了烟尘围绕的屠宰场废墟,喷出的水柱显得有些杯水车薪。

玛蒂坐在一辆救护车的保险杠上,一名急救医生正在用蝶形绷带包扎她头皮上的伤口。尽管疼得龇牙咧嘴,但她的耳边似乎还萦绕着爆炸声的余响,她的头脑里还不断地闪现着刚才在地底下看到的那些阴暗的画面。

伯卡特坐在她身旁,一只手臂上裹着纱布。伯卡特的另一侧是高级政委迪特里希，他正因面颊挫伤而接受治疗。

在他们面前站着两个人，分别是加布里埃尔博士和瑞斯·鲍姆嘉通，后者是负责此次专项调查的德国联邦探员。

加布里埃尔说："我刚刚和杰克·摩根通过电话，得到了特别批准，我们可以召集公司在阿姆斯特丹、苏黎世、巴黎以及伦敦的团队前来协助调查，也就是说国际私人侦探公司在全球的所有资源都可以为我们所用。"

"我恰恰认为国际私人侦探公司已经过度参与其中了。"鲍姆嘉通没好气地说，她是个高个子女人，比嬉皮士科学家整整高了大半个头。

尽管耳鸣得厉害，玛蒂还是听清楚了对方的话语。"你这话是什么意思？"她生气地问道。

"安格尔女士，我的意思是说如果你没有下到那里去，爆炸就不会发生。"

"必须得有人下去调查。"迪特里希抢着说，"她的身材正好合适，再说我们也不知道那下面会有炸药。"

在爆炸发生之后，迪特里希的态度好像发生了不小的转变，再没有像从前那样抓小辫子和敌对纠缠了。玛蒂朝他略微笑了笑，以表感谢。

然而鲍姆嘉通并不买账，她显然不接受迪特里希的解释，"你居然让一个外行做这件事？"

"我可不是外行。"玛蒂反驳道。

"是你引爆了饵雷。"鲍姆嘉通说。

"这不可能，我没有绊到或踩到任何东西。"

"这么说，在你刚刚下去以后，那地方就爆炸了，难道仅仅是巧合而已吗？"

伯卡特摇了摇头，"如果真是因为她碰到了什么东西而引发爆炸的话，那里就会立刻爆炸，她根本没时间出来。我认为那些炸药是由无线电远程控制的，我们能赶在它们爆炸之前跑出来，这已经非常幸运了。"

鲍姆嘉通看了一眼他们所有人，接着对加布里埃尔说："你刚才说你们存有一段安格尔女士在地下室拍摄到的录像？"

加布里埃尔点了点头，然后在自己的电脑上将录像调出来，播放给联邦探员看。当屏幕上出现了埋骨地里的场景以后，鲍姆嘉通的表情变得非常严肃。接下来,录像中出现了克里斯的尸体,玛蒂感觉自己无法再继续看下去了,但她用余光瞥见录像中的自己抬起右手,从其中一个炸药包上撕下了一块绿色蜡纸。她赶紧将手伸进口袋,掏出了那张纸并递给联邦探员。

鲍姆嘉通端详了片刻,然后缓缓地说:"这是捷克制造的C-4塑胶炸药,看上去是苏联时代的产物,应该是在二十五年到三十年前生产的。"

"是谁在什么时候把它们安放在那里的呢?"玛蒂说,"我的意思是,如果伯卡特是对的,那么引爆这些炸药的人必须得一直监视着我们。或者说,这个人起码已经知道有警察在现场进行调查工作。幸运的是,他不知道我们匆忙地撤离了现场,他想杀死我们所有人,让我们和埋骨地一起被埋葬。"

当鲍姆嘉通还在考虑的时候,迪特里希说:"我同意这个观点,而且我认为安格尔女士发现的地方很可能是一名杀人恶魔的垃圾倾倒场。不然的话,你如何解释在同一个地方有三十个头骨呢?"

"也许他是个职业杀手。"伯卡特说,"也许别人雇用他消灭他们的敌人,而那里就是他倾倒尸体的场所。"

迪特里希点了点头,"我也可以看出这一点。"

鲍姆嘉通没有对此发表任何评论,这时另一个探员打电话给她,接下来她匆忙地离开了他们。实习警员韦格尔再次出现了,"下一步我们又该做什么呢,政委先生?"

"线索中断,调查陷入死胡同,至少对于这个地点而言是这样的。"迪特里希说,"我们除了等待取证小组找到新的证据,真的没有其他任何行动方案了。"

"那至少得花上一个星期,甚至更长的时间。"玛蒂抗议道。

"的确如此。"高级政委同意这个说法。

"这么说,你打算把这个调查搁置下来?"

"当然不是。"迪特里希说,"但是我知道我的上司会怎么说。我们手头还有几起谋杀案的积压工作尚待完成,而现在这里已经被联邦政府的调查机构接管了。在我们获得更多物证之前,我确定我会将自己的大部分时间用于办理那些更有希望在短期内结案的案子上。"

玛蒂看着眼前这位高级政委,感到有些难以置信,甚至充满愤怒,"那么,还有一件事也是非常确定的,政委先生。国际私人侦探公司柏林分公司会将我们所有醒着的时间都用来处理这起案子,不逮住那个杀害克里斯和其他埋藏在废墟底下的受害者的王八蛋,我们决不停歇。"

三十一

"卡巴莱"夜总会里面空荡荡的,而且光线非常昏暗,只有几名工作人员和一个站在舞台上练习例行舞蹈的穿着紧身连衣裤的男人。舞蹈的配乐是一首有些夸张的曲子,杰克·摩根从来没有听过。

这间夜总会的内部装潢极度奢华,四周是天鹅绒小隔间,顶部有很多个巨大的水晶枝形吊灯,从低沉浑厚的音乐声上判断,这里的音响系统不是一般的高档。

看来我们来得不是时候,摩根瞟了一眼夜总会内部的情况后立即产生了这样的想法。他很想赶快离开这里直奔阿伦斯费尔德镇,因为伯卡特刚刚打电话告诉他,玛蒂已经发现了克里斯的尸体,而且屠宰场地底下是一处乱葬岗,更严重的是整个屠宰场在不久前出人意料地被炸毁了。

不过,伯卡特也向他保证了那边的员工一切安好,再说即使摩根亲自过去也帮不上什么忙,德国联邦政府的直辖调查机构已经接管了那里的工作。因此,摩根只得不情愿地决定继续追查卡西安诺的案子。

一个身材魁梧、脖子粗壮的男人站在吧台后面,用怀疑的目光打量着摩根和布莱希特。半响之后,他才傲慢地询问他们想喝点什么。布莱希特亮出了自己的工作证,并将摩根介绍给对方认识,然后提出他俩想找马克西姆·帕维尔谈谈。

酒保是个俄罗斯人,似乎被逗乐了,他用不自然而且生硬的英语对摩根说:"私人侦探先生,你在莫斯科有分公司吗?"

"是的。"摩根回复道。

酒保笑了笑,露出了残缺的牙齿,他用下巴指了指布莱希特,然后继续对摩根说:"你把这个吸血鬼安排在柏林工作,这真是个好主意。如果是在俄罗斯,他最多只能待十分钟,当地人就会把木桩钉入他的心脏。[①]"

布莱希特面不改色,说话时特意露出了自己的犬齿,"而我专咬像你这样的家伙的脖子。"

酒保朝着布莱希特咆哮道:"在我把你扔到太阳底下之前,赶快滚蛋!"

"我们得先和帕维尔谈谈。"布莱希特说。

"他不……"

"我是帕维尔。"他们身后响起了一个声音。

摩根转过身看到了一个从大门那边朝他们走来的男人,他一边走一边脱掉雨衣,将其放在一把椅子上。帕维尔身材匀称,相貌英俊,很难判断出他的年龄。他的皮肤看上去过度紧绷,因此摩根相信他一定曾做过整形手术。

"你们想干什么?"帕维尔问道。

"我们来自国际私人侦探公司。"摩根说。

"你们的人好像经常来找我。"

"克里斯·施奈德上周来见过你吗?"

"没错。"帕维尔说,"怎么了?"

摩根说:"和你见面后不久,他就遭到谋杀,并且被抛尸于一个老鼠成群出没的屠宰场。还有,那座屠宰场在大约两小时前被炸毁了,差点使我的另外两名侦查员丧命。"

听了这话,帕维尔看上去有些吃惊,也有些紧张,"炸毁? 施奈德死了?"

"是的。"布莱希特说,"今天早上你在什么地方?"

"我在郊外开车。"帕维尔说,"这能使我平静。"

[①] 欧美文化作品中比较常见的杀死吸血鬼的方法。此外,将吸血鬼暴露在阳光下也是对其进行折磨和残害的手段之一。

"有人可以证明这件事吗?"

"如果是一个真正的警察来问我这个问题,那我一定能够找到证人。"

摩根问道:"施奈德向你提起过卡西安诺的事吗?"

"我告诉他我曾在'舞者'夜总会和卡西安诺见过一面,那是我的另一家夜总会。"

"此外就没有别的联系了?"摩根问道。

"是的,当然我还能在电视上看到他。"帕维尔回答说。

"那他的妻子呢,佩尔菲格塔?"摩根问道,"你见过她吗?"

夜总会老板犹豫了片刻,"嗯,见过一次,是同一天晚上。"

"这么说,他俩在一起咯?"布莱希特问道。

"没错。"帕维尔说,"他俩真是漂亮般配的一对。对了,现在我得去审查排演了,在今晚的演出开始之前我还得处理一些其他事务。"

布莱希特还想追问,但是摩根制止了他,接下来摩根对夜总会老板说:"帕维尔先生,谢谢你抽出时间来见我们。"

帕维尔盯着摩根,端详了几秒钟,然后大笑道:"摩根先生,如果你愿意回来看表演,我请客。"

摩根的笑容很冷峻,"易装皇后秀不合我的胃口。"

"哦,看来你太低估'卡巴莱'夜总会的表演了。"帕维尔立刻补充道,"这里的服饰、化妆、才华,一切都是伟大的艺术形式。"

"如果我改变主意,会和你联系的。"

在夜总会外面,原先的大雨已经减弱为毛毛细雨。

布莱希特说:"有人对我们撒谎了,杰克。"

摩根点了点头,"我也发现了。"

三十二

一小时过后,艾格尼丝·克鲁格坐在她那间位于柏林市威莫区①法萨安大街的豪华联排别墅的客厅里,聆听着玛蒂·安格尔和凯瑟琳娜·多鲁克的汇报,举手投足之间流露出一种王者风范和气度。两名国际私人侦探公司的员工正向亿万富翁的妻子描绘她丈夫的"课外活动"。

"三个情人?"亿万富翁的妻子说起话来的声音就像是没调好的钢琴琴弦,"还有,你们说他一天见了两个妓女?"

"是的,夫人。"凯瑟琳娜回答道,"对此我们很抱歉。"

接下来是长久的沉默。玛蒂麻木地坐在一张长毛绒豪华沙发上,她很想对眼前这个女人表示同情,但是她满脑子里想的都是应该如何告诉尼克拉斯,他生命中值得信赖的唯一一个男人已经永远地消失了。

当爆炸现场围满了新闻记者和联邦探员时,玛蒂和伯卡特一同离开了那里。他们回到公司,见到了凯瑟琳娜,后者劝玛蒂回家休息,但是被玛蒂拒绝了,玛蒂说自己现在还无法面对尼克拉斯。

凯瑟琳娜决定继续完成克里斯与克鲁格的妻子已经约好的会面,而玛蒂不能忍受在办公室静坐,所以她去更衣室里洗了澡换了衣服,紧接着与凯瑟琳娜一起行动。

不过,现在的玛蒂很想回家,然后拥抱着尼克拉斯和苏格拉底放声大哭。

"很难……"艾格尼丝打破了沉默,紧接着她咳嗽了几下,"很难接受的一个事实是,你不论以任何方式都无法使你的丈夫完全满意。你们知道她们的名字吗,那些情人?还有她们的电话号码和地址?"

---

① 柏林最有钱的人聚居的富人区。

凯瑟琳娜看上去有些苦恼，"我们知道，但是……"

"你打算怎么做，妈妈？"一个尖利的男声响起，打断了凯瑟琳娜，"收买她们吗？再次为他遮掩？"

听了这话，亿万富翁的妻子好像受到了侮辱一般。

玛蒂本来还在沉思，被这个突然响起的声音拉回到现实。她看见一个瘦削、憔悴的年轻男子穿着脏兮兮的衣服，留着邋遢的胡子，正站在门厅里朝客厅说话。

艾格尼丝抬起下巴，表情充满蔑视，"他是我儿子鲁迪。"

"我的名字叫粗鲁①，妈妈。"

"现在不是你粗鲁的时候。"

"听起来现在正是时候。"她的儿子一边说，一边走进客厅，找了个位子坐下。他朝玛蒂和凯瑟琳娜点了点头，"你们继续吧，我只想听听我的老继父在忙着做些什么。"

亿万富翁的妻子在自己的椅子上坐得更直了。

玛蒂和凯瑟琳娜一言不发。

鲁迪"扑哧"一声笑了，"你们了解到了些什么？不过我不必知道细节，事实上我知道赫尔曼的一切。除了他的钱、他的生意、他的艺术收藏以及他的名车，我那继父剩下的唯一特征就是他是个老色鬼，完全受自己的下半身驱使。而那些女人们呢？她们只是他泄欲的工具而已，甚至连我自己的母亲也是如此，她只是一个帮助他维持体面的工具。"

艾格尼丝突然变得怒气冲冲，"够了！"她朝儿子大喊道，"回你自己的房间老实待着去，快滚！"

她的儿子笑着站了起来，"妈妈，我知道你会怎么做，你会想办法在地毯下面偷偷地清扫一下。对了，你们二位知道原因吗？"

艾格尼丝没有说话，她只是恶狠狠地瞪着鲁迪。

"因为钱。"他告诉这两位访客，"维系我妈妈和继父的唯一东西就只是钱。"

---

① 在英文中人名"鲁迪"与形容词"粗鲁"的发音是一致的。

三十三

摩根和布莱希特坐在"卡巴莱"夜总会斜对面的一家咖啡馆里的靠窗的桌子旁边,讨论着为什么卡西安诺声称自己是单独一人和帕维尔见面的,而帕维尔的说法却不一致。

"也许只是记忆偏差。"布莱希特似乎对此不太在意,"或者说,也许这可以成为一个突破口。"

摩根的眼睛一直看着窗外。突然,他扔下餐巾纸,迅速站起身来,"帕维尔刚才所说的排演和其他事务应该都已经完成了,他现在开始新的活动了。"

布莱希特将钞票放在咖啡桌上,然后紧跟在摩根身后冲出咖啡馆,来到大街上。

在"卡巴莱"夜总会的大门外,夜总会老板钻进了一辆出租车里。

摩根已经挥手招来了另一辆出租车,他们跳进车里,吩咐司机紧跟着前面那辆出租车。

在出租车上,摩根开始感觉到时差的影响。他不停地点头打瞌睡,与此同时他的脑子里充满了各种想法:他很想知道帕维尔是不是真的与克里斯的死有关,还有玛蒂将如何接受这一切。

伯卡特在电话里说玛蒂表现得像个专业侦探。

在摩根睡着之前,他的最后一个想法是:可是那种状态能够持续多久呢?

十几分钟以后,布莱希特用手肘轻轻地推了一下摩根,使他猛地清醒过来。

"帕维尔在'罗马'酒店门前下车了。"布莱希特说道。

即使昏昏欲睡,但摩根还是认出了这家酒店。"罗马"酒店是他所知道的全柏林最豪华的酒店,当他来柏林出差或者视察工作时往往都会住在这里。

"你认识酒店保安部的人吗?"当他们二人走下出租车时,摩根对布莱希特说。

"当然了!"布莱希特回答道,"去年我曾帮助他们解决了一个大难题,关于那个美国电影明星的事,你看过那篇报道吗?"

摩根已经完全清醒过来,"刚才我实在是太疲倦了,以至于忘了那件事是在这里发生的。天哪!当时的局面一定非常混乱吧。"

"的确如此。"布莱希特说,"实在是太混乱了。"

他们进入了一间有着高耸的天花板和豪华大理石圆柱的大厅,然后径直走向前台,布莱希特要求面见酒店保安部的领导。

九分钟以后,布莱希特和摩根已经进入了帕维尔所在的房间对面的房间,他们还知道这个夜总会老板刚刚订了香槟和鱼子酱。

他一定是在等候什么人。

布莱希特拧开自己房间的窥视孔,插入了一台微型光纤摄像机和一个麦克风,接下来他将它们以无线方式与自己的iPad连接起来。

"这一切是我的错吗?"摩根重重地倒在特大号床上,再次为克里斯的死感到沮丧难过。

"这只是柏林分公司的事。"布莱希特安慰道,"快看,送餐服务员来了。"

摩根通过iPad的屏幕看到一辆放着香槟和鱼子酱的手推车被推到了帕维尔的房门前,帕维尔打开门让侍者进去了。片刻之后,侍者离开了房间。

"为什么我就没有这种微型监视工具呢?"摩根问道。

"这是欧洲的技术。"布莱希特说,"还没有传到洛杉矶。"

"我忘了我住在世界的末尾。"摩根自嘲道,然后用手臂捂住了眼睛,"我想打个盹儿,有什么事再叫醒我……"

国际私人侦探公司的老板迷迷糊糊地睡去了,刚要睡着的时候,布莱希特轻轻地拍了拍他的肩膀,"帕维尔的访客来了。"

摩根呻吟着睁开了困倦的双眼,布莱希特将iPad递到他的面前:一个身穿黑色风衣并戴着连衣帽的女人正站在走廊对面的房间门前。

他们听见帕维尔低沉的声音从门那边传来,"是谁?"

"我是来送货的。"女人用柔和的拉丁口音回答道,同时她摸索着寻找风衣的腰带。

紧接着,他们听见了门锁发出的响声。

女人朝左右看了看,然后一耸肩,脱掉了身上的风衣。

摩根坐直了身子,在门打开的一刹那,她那美丽动人的胴体立刻显露出来。

帕维尔瞪大了双眼,欣喜若狂,"收货确认!"

她扑进他的怀抱,门在他们身后关上了。

"这个绝世美女是谁啊?"布莱希特问道,"我看不到她的脸。"

摩根难以置信地摇了摇头,"我也没看见,但是我认出了她那标志性的巴西女人特有的泪滴形臀部。我的朋友,我敢保证她一定是佩尔菲格塔。"

三十四

当艾格尼丝位于威莫区的联排别墅的前门"砰"的一声关上之后,这位亿万富翁的妻子又恢复了她那沉着镇定的举止。

"我儿子自认为他是个无政府主义者和艺术家。"她说,"鲁迪因为我丈夫的钱而鄙视他。"接下来她酸楚地笑了笑,"但他并不会拒绝赫尔曼每月存入他账户的一万欧元。"

她调整了一下自己的姿势,然后看着玛蒂,"你有孩子吗?"

"有一个,"玛蒂说,"是儿子。"

"鲁迪也是个独生子。"她缓缓地吐出了这几个字,继而犹豫了片刻,接着继续说道,"不过你们来这里的原因应该和他无关。"

"没错。"凯瑟琳娜说,"我们来这里是因为克里斯·施奈德死了。"

这个消息使得亿万富翁的妻子极度震惊,"死了?怎么死的?他还那么年轻啊!"

凯瑟琳娜将整件事的梗概描述了一遍,玛蒂沉默地听着,就好像凯瑟琳娜的声音是从外太空传来的,那一切对她自己来说显得多么的不可思议。

"在一座屠宰场里?"亿万富翁的妻子惊讶地说,"为什么?"

"目前我们还不知道。"玛蒂回复道,"希望你可以帮助我们。"

"在过去的几周里,赫尔曼去了哪些地方?"凯瑟琳娜问道。

艾格尼丝在自己的椅子里坐立不安,"我想他大部分时间应该都在柏林,具体情况得问他的秘书。"

"我已经问过了。"凯瑟琳娜说,"她说他出差了。"

"或许是照看他的那些情人去了。"

"难道他不跟你一起住在这里吗?"玛蒂问道。

亿万富翁的妻子脸上闪现出一丝痛苦的表情,"赫尔曼在这里有一张床,他偶尔会回来住。他想来就来,想走就走,丝毫不在意我的感受。"艾格尼丝紧紧地凝视着玛蒂,后者不知怎的赢得了她的信任,"你应该知道的是,他过去并不总是这样,至少我认为不是这样的。这一切都是钱造成的。"

"你们是在哪里认识的?"玛蒂问道。

"就在柏林,我们是在柏林墙倒塌之后不久认识的。他的第一桶金靠的是他以最快速度将纺织品带到百废待兴的东柏林,那时我是他的秘书,而鲁迪还是个婴儿。我的前夫已经抛弃了我,还有……嗯,赫尔曼是个健谈的人。"

"还是个知道如何赚钱的人。"凯瑟琳娜插话道。

"他很自然地变成了一个资本家,这套玩法很适合他。"

"我不太明白。"玛蒂说。

"尽管他是在东柏林长大的,但是当柏林墙刚一倒塌,他就立即开始行动了。"

"这一点倒是与克里斯很相像。"

她再次打量着玛蒂,"看来他对你来说不仅仅是一个同事。"

在短短二十四小时里,这已经是第二次被人看穿了,玛蒂十分恼火,但她还是淡淡地说:"他是我前未婚夫。"

"噢!天啊!"亿万富翁的妻子禁不住将手放在嘴边,"我真为你难过,安格尔女士。"

玛蒂点了点头,艰难地咽下了一口唾沫。她感到自己的心跳都快要停止了,那些伤痛的感觉再度袭来。这时艾格尼丝问道:"你们认为他的死可能和我丈夫有关?"

"你认为呢?"凯瑟琳娜问道,"他有能力这样做吗?他有这样做的动机吗?会不会是因为克里斯知道了他和那些女人的事,并且准备将一切都告诉你,这驱使你的丈夫杀了他?"

亿万富翁的妻子沉默了片刻,接下来变得有些气愤,"对于这一点,我儿子的看法是正确的:赫尔曼的灵魂是黑色的。"她冷酷地说,"你们有必要知道一些关于赫尔曼的传言。"

"什么传言?"玛蒂问道。

艾格尼丝盯着她们俩看了好一会儿,然后平静地说:"至于具体细节,你们去问我儿子吧,那些阻挠我丈夫的人往往会在看似平常的事故中失踪或死去。"

三十五

马上就要到下午五点了,下了几乎一整天的雨终于短暂地停了下来,淡淡的日光投射到了特雷普托公园里的苏维埃战争纪念碑上。在高级政委汉斯·迪特里希看来,整个塑像好像被镀了一层镍。

这位谋杀案侦查员站在湿淋淋的塑像底座上面,他感到自己肿胀着的脸颊十分疼痛。

周围是一派胜利的气氛,突然,上校迈着大步走进了他的视野。他看了看手表,现在是五点零七分,上校依旧很准时。

上校再次用严厉的目光上下打量了儿子一番,视线最终停留在高级政委脸颊上的绷带上,不过几秒钟后上校的表情重新恢复成充满蔑视的状态。

"走开!别打扰我,汉斯。"他命令道。

"今天过后我就不会再打扰你了,上校。"高级政委承诺道,"在阿伦斯费尔德镇的屠宰场……"

"我不是告诉过你别管它吗?"上校边说边继续往前走。

这一次,迪特里希并没有伸出手去抓住自己的父亲,而是来到父亲身后大声喊道:"就在今天早上,有人用东德时代的C-4塑胶炸药把它炸毁了。"

上校停下脚步,转过身来,将信将疑地问道:"我想我刚刚听你提到了'炸毁'这个词?"

高级政委点了点头,"在屠宰场被炸毁之前,我们在地下室里发现了很多腐烂的尸体和骷髅,大概有三十多具。"

在今天以前,迪特里希一直认为自己的父亲是不可动摇的,但是这个消息显然使他变得紧张和慌乱。"不可能。"上校的声音突然变得非常苍老,"这不可能……"

"可事实就是这样。"迪特里希坚持道,"对此你有什么看法?你知道些什么?"

上校用右手摩挲着自己的左臂,就好像是为了舒缓疼痛,"我真的什么都不知道。"

"但是有些传言和屠宰场有关。"迪特里希步步紧逼,"我听说你有一天晚上……"

上校的脸扭曲了,他更用力地按住自己的左臂,同时嘶叫道:"到处都是传言,可以关于任何事,也可以关于任何人。没有人知道哪些是真的,哪些是杜撰的。没有人知道,我也一样。"

"难道你不愿意知道吗?"

"没错。"父亲的声音低沉而嘶哑。接下来,上校转过身去,右手依旧按着自己的左臂。

他朝着最近的大理石石棺的方向走出了几步,然后停了下来。突然,他有些站立不稳,一个踉跄后向右摔倒在了砾石小径上的一个水洼里。

迪特里希非常震惊,甚至在好长一段时间里都无法动弹,他完全没有想到竟然会发生这样的事。"爸爸!"回过神来的他一边喊一边跑了过去。

上校的眼睛瞪得很大,出现了窒息的征兆。迪特里希跪在地上按摩着父亲的胸腔,为他做心肺复苏。

这时,父亲突然抬起自己的右手,抓住了迪特里希的外套衣领,"我知道我不是一个好父亲。"他费力地说,"但我是个好人吗?"

对于高级政委来说,这是他人生中头一次不知道该如何回答一个问题。但对于上校来说,沉默已经意味着一种回答。老人的脸颊收紧了,他将视线从自己的儿子身上移开,转而望着高耸在他们头上的意气风发的苏联战士和紧张畏惧的德国小孩。

"我不是一个好公民。"上校喘息着说,"这一点你是知道的。"

接下来,迪特里希的父亲呼出了最后一口生命的气息,他睁开着的眼睛变得呆滞无神,再也不会转动。

三十六

现在是晚上八点,我走进了"伊甸园"天体浴场,这里位于西柏林郊外,是一个豪华温泉浴场,并且可以提供你所能想象出的任何服务。

里面的设施一应俱全,有室内游泳池、极可意①水流按摩浴缸、桑拿浴房和女按摩师,当然更重要的是这里还有很多不同种族、不同肤色的漂亮

---

① 世界上最豪华、最奢侈的浴缸品牌,很多产品甚至装备了电视机和立体声音响系统。

女人赤裸着身体，昂首阔步地在你身边走来走去。

也许有人会认为我的肉体欲望已经在与朋友合奏的傍晚小插曲中得到了满足，我的这个朋友就是我以前说过的深信我爱着她的女人。但是，过去两天里发生的那些死亡事件看起来使得我的体内再次充满了遏制不住的各种肉体欲望。

我支付了入场费，来到更衣室，脱去衣服，换上了浴袍和橡胶拖鞋。我没有落下我的帆布包，那里面装着我最近得到的面具。接下来，我顺着楼梯向上走，一路上耳边都萦绕着女人们的笑声。

还有什么东西能比女人的笑声更让我欲罢不能呢？漫步在这些笑声中，我感到自己充满了活力。我可以变成任何我想成为的人，她们也能够变成我希望她们成为的任何人。

在如此漫长、如此艰难的一天结束之后，这对我来说是安慰自己和放松身心的最佳方式。

然而，当我四处漫步，评估着那些不符合标准的女人们时，我的脑海中不断闪现着我那窃贼朋友被电击枪击中时的脸。

尽管四周充斥着震耳欲聋的音乐声，可我依旧可以听到螺丝刀刺进他的骨头时所发出的"嘎吱"声。

在这一切的背后，还有一幅闪烁着的背景画面：异常壮观、难以置信的火球从屠宰场上方升腾起来，烧焦了我的一部分过去，并将其粉碎为一堆尘埃。

当我走过温泉浴场并欣赏着那些浸泡在漩涡里的女人们时，我头脑中那些愉快的回忆转而被亟待着我去完成的事情所取代。要想永久地埋葬我过去所做的一切，我还有很多工作要做，我会竭尽全力迅速完成它们，而且不留下任何蛛丝马迹。

但是，我会等到明天再去处理这些重要的任务。

此时此刻，我试图使自己彻底得到净化，将感情上的包袱转化为原始欲望的释放，使自己从目前的紧张状态中彻底解脱出来。

我在浴池中央的一座高台上发现了我的猎物。

她是一个富有异国情调的漂亮女人，乌黑的长发、闪闪发亮的棕色眼睛和古铜色皮肤组合在一起，实在是太美妙了。

她正面对着躺在浴池里欣赏她的几个男人跳着慢节奏的肚皮舞,除了手腕上戴着一条金项链,她的身上不再有其他任何服装或配饰。

我站在原地注视着她,直到我们的视线交汇。我微笑着朝她弯曲一根手指,而她则微笑着继续跳舞。

我们继续保持着这种状态,两人之间逐渐产生了一种微妙而美妙的电荷。最后,她离开高台,穿过浴池来到我的身边。她的棕色眼睛依然闪闪发亮,而我发现她的臀部比远看时更美。

她说她的名字叫贝蒂娜,接着问我是否需要她的陪伴。我用热情的笑容回应了她,她立即扑进我的怀抱,就好像她已经属于我了。当然,事实的确如此。

我告诉她,我包里的东西会给她一个小小的惊喜。

"什么惊喜?"贝蒂娜问道。

"待会儿你就知道了,傻姑娘。"我戏谑地说。

片刻之后,在一个装满镜子的房间里,我让她在床上趴下,美丽的胴体在我眼前一览无余。

我打开帆布包,取出了一个面具:外形就像是黑色美洲豹的脑袋,有着金色的眼睛和血红色的嘴巴,牙齿也是金光闪闪的。

贝蒂娜的脸转了过来,紧张地看着面具。

我已经可以感觉到自己的身体发生了变化。

我戴上面具,并为下一步行动做好了准备。

贝蒂娜在我面前显得烦恼不安,她显然是误会了,我并不认为想象着勒死她或用螺丝刀捅进她后颈的场面可以让我自己比现在更加兴奋。

"这个面具的由来是什么?"她的声音小而发颤。

"是一个古老的玛雅文化遗物,贝蒂娜。"我边说边伏在她的身上,然后像美洲豹一样运动着自己的身体,使得她发出了怀疑和害怕的呻吟声。"这只美洲豹是他们的图腾,是夜晚的统治者,而且还是地狱的掌管者。"

三十七

晚上八点半,玛蒂摇摇摆摆地站在自己的家门口。她闻到了烤曲奇饼的香味,还听到了电台播音员播报新闻的声音——关于屠宰场爆炸事件的只言片语。

她有些笨重地将头靠在门上。她刚才喝得太多了,现在醉得厉害。

杰克·摩根要求在下午六点召开战略会议,原本是为了更好地管理和协调调查中的各种线索,但会议最终演变成了即兴的为克里斯举行的守灵活动。

大家无数次地干杯祝酒,讲了很多故事,流了很多眼泪,有时甚至因一些过去的回忆而发笑。

站在家门前的玛蒂伸手摸出了自己的钥匙,她意识到现在自己和克里斯之间就只剩下回忆了。

而且将来永远都是这样。

但是尼克拉斯还活着,尼克拉斯还有未来,我得让他明白这一点。

玛蒂打开门,看见塞西莉亚姨妈正从厨房里走出来。

"他在哪儿?"玛蒂问道,语气中无法隐藏自己的悲伤。

"他刚刚去自己的卧室了。"塞西莉亚姨妈的脸上露出了关切担忧的神色,"克里斯怎么样了?"

玛蒂紧咬住嘴唇摇了摇头,"他死了,塞西莉亚姨妈。"

"噢!不!"塞西莉亚姨妈边哭边朝玛蒂跑了过来,"天啊!这是怎么回事?"

玛蒂跌进她的怀抱,眼睛里再次盈满了泪水,"我得先和尼克拉斯谈谈,晚点再向你解释吧。哎!可是我甚至都不知道该如何向我自己解释。"

塞西莉亚姨妈紧紧地抱住了她,玛蒂的情感堤坝终于决口了,她扑在姨妈的怀里不停地啜泣着。

"孩子,生活有时候真的很残酷。"塞西莉亚边说边抚摸着玛蒂的背。

"为什么会这样?"玛蒂哭喊道,"为什么?"

"我没资格回答这个问题,亲爱的,你得去问上帝。"

"妈妈?"

玛蒂抬起头来,看见尼克拉斯正站在走廊里望着她。他已经换上了睡衣裤,而且看起来非常害怕,这使得她几乎被悲伤击垮。但是她很快控制住了自己的情绪,离开姨妈朝儿子走了过去,"尼克拉斯,我很难过。"

她儿子的下巴震颤着,有一阵子她以为他会责备她,并且转身跑开,但他突然放声大哭,扑进她的怀里呃逆着说:"但是我还以为……我一直在祷告……塞西莉亚姨婆说过……"

玛蒂抱起儿子,来到电视房,坐在一把安乐椅上,轻声说道:"我明白,我明白。"

尼克拉斯蜷缩在母亲的膝盖上,苏格拉底不知从哪儿冒了出来,并且跳上了尼克拉斯的膝盖。

玛蒂抱着他们俩,看着自己的姨妈坐在沙发上哭泣,突然意识到这三个生命是她生活中仅有的精神支柱和依靠。

三十八

第二天早上,几乎度过了一个不眠之夜的玛蒂抑制住了提前去公司的冲动,她决定和尼克拉斯待在一起,为他做早餐,并陪同他步行上学。尼克拉斯在柏林约翰·列侬中学的附属小学读书,学校和他的家之间只隔了几条街。

当他们快要到达学校的时候,尼克拉斯停下脚步,抬头看着自己的母亲,"妈妈,你会好起来吗?"

她正准备问他同样的问题。接下来,她抱紧了他,"孩子,只要有你在,我就一切都好。"

"我也一样。"尼克拉斯说。

她亲吻了他的额头,然后轻声地说:"快走吧,不然要迟到了。放学的时候塞西莉亚姨婆会来接你的。"

"我可以自己一个人走回去。"

"我知道你找得到路。"玛蒂说,"但她还是会来这儿接你。"

她目送着儿子走向学校,直到尼克拉斯的身影登上学校门口的台阶之后消失不见了。她正准备离开,突然手机响了,是凯瑟琳娜打来的:"我们在塔赫勒斯艺术中心见面吧。"

"哦?我正在去公司的路上。"

"我发现鲁迪·克鲁格在塔赫勒斯艺术中心居住和工作,现在很可能是和他交谈的好时候。我听说如果你想和艺术家或无政府主义者见面,时间安排得越早越好。"

玛蒂的心思意念全放在关于克里斯的往事上,不过她还是能看出与亿万富翁的继子谈话的重要性。

"具体什么时间?"她问道。

"我会在二十分钟以后抵达那里。"

玛蒂朝着罗森塔尔广场地铁站走去,今天的风很大,空气也很凉爽,乌云在深蓝色的天空中飘移。玛蒂看着那些乌云,心里想象着人的生命不过就像一片飘浮在蓝色天空中的云朵,用不了多长时间就会消散在风中。

她的头脑一直被这样的想法所占据,不知不觉间就走进了地铁站。经过一家报摊时,摆放在显眼位置的《柏林日报》和《柏林晨报》的头条新闻引起了她的注意。她匆匆拿起两份报纸,付了钱,接下来在开往奥拉宁堡街的地铁列车上阅读着关于屠宰场的新闻。

两份报纸都记录了爆炸事件,以及警方车辆在爆炸的前一天就被目击者看见停放在那个区域的事实,还提到了关于高级政委汉斯·迪特里希即将负责办理这起案件的传闻。联邦探员瑞斯·鲍姆嘉通是唯一一个在报道中出现过的政府官员,不过她本人只透露了很少的信息,并且拒绝透露警方在屠宰场被炸毁之前在那里面做什么。

《柏林晨报》的报道更加深入一些,并且还简述了屠宰场的历史:在20世纪50年代末期,东德政府建造了那座备用屠宰场,作为东柏林主要牲畜饲养场和屠宰场的辅助机构。随着东德的经济走向瓦解崩溃,那座备用屠宰场就很少使用了,最终被彻底废弃。直到昨天的爆炸之前,它就一直这样空荡荡地矗立在那里。

"那地方从来就没有被彻底地废弃过。"玛蒂走出地铁列车时喃喃自语道,"有人很早就知道那里的地下室,以及那个排水管道,很早很早就知道了。"

三十九

位于米特区的塔赫勒斯艺术中心是柏林历史文化的缩影,从外面看该中心是一座满是弹眼、炸痕累累、外墙布满涂鸦的建筑物,它在"二战"之后十分幸运地没有被东德人拆毁。

当柏林墙倒塌以后,一些思想前卫的年轻人趁乱迁入了这栋当时还是奥拉宁堡街百货公司的楼房,并自发组成了一个小型的艺术家社区。在接下来的二十年里,有超过一百名艺术家在这栋楼里居住和工作,正是由于这个原因,近年来这里逐渐演变成了一处包含了很多间工作室、好几家餐馆、一所新潮电影院、一座巨型雕塑花园以及一个室外表演舞台的综合会所。

现在已是早上八点一刻,不过这栋低矮的建筑物内外几乎都是完全寂静的。她们顺着楼梯向上走去,因为鲁迪·克鲁格租用的房间位于三楼。走到一半,凯瑟琳娜的智能手机响了,但不是来电铃声,而是接收到新闻推送的提示音。她取出手机看了看。

"有意思!"她说,"瑞典金融家奥利·拉尔森刚刚宣布他已经获得了克鲁格实业公司百分之五的股份。"

"这意味着什么?"玛蒂问道。

"有可能是恶意收购的前兆,金融家妄图抢班夺权。这篇报道还说克鲁格本人对此没有发表任何评论,据说他现在正在国外出差。"

"既然如此,我敢打赌这一定是恶意收购,而且会带给赫尔曼·克鲁格很大压力。"

"当然还会让他远离他的那些女人们。"凯瑟琳娜说。

"不过,也许这种压力足以促使他行凶杀人?"

"我也不知道,我们去问问看吧。"

她们找到了鲁迪·克鲁格的工作室,门里面传出了电子音乐的声音。凯瑟琳娜重重地敲了几下门。

"我正在工作!"鲁迪·克鲁格立即高声喊道。

凯瑟琳娜表明了自己的身份,片刻之后,音乐声减弱了,门被打开了一条缝,但还挂着安全链。亿万富翁的继子穿着一身白色连体工作服,上面溅有黑色和蓝色的颜料,"我很忙。三天之后我就要举办一次展览,而且一小时后我还有个会。"

"我们只是想和你谈谈你的继父,他涉嫌杀人。"玛蒂说。

他审慎地凝视着她们,思索了好一阵子,然后打开了门。

三个人一起走进了一间阁楼,这里的天花板很高,北面有一扇窗户,室内的采光很好。画架上有一幅尚未完成的帆布油画,还有一些画好了的油画堆放在墙边。它们都是抽象派画作,以蓝色和黑色为基调,每幅画上都点缀着很多用亮黄色或红色的颜料写成的字——"粗鲁"、"堕落"和"放纵"。

"你是画来卖的吗?"凯瑟琳娜问道。

鲁迪以一种傲慢并且轻蔑的眼神看着她,"买卖几乎和艺术无关。我主要是搞艺术创作,而不是销售艺术品。"

"嗯。"玛蒂说,"给我们讲讲你的继父吧,你母亲说他曾经害死过很多人,但她不知道详情。"

他的嘴唇扭曲着,就好像吃到了腐烂变质的食物,"那些都是谣言。"

"哪里来的谣言?"

"坊间流传的而已。"他说。

"那么你知道更多的细节吗?"玛蒂询问道。

"你只需要看看他所做的那些项目就知道了。"鲁迪说,"如果你真的想挖掘下去,那就去查吧,尤其是他在非洲的项目。"

"我们正有此计划。"凯瑟琳娜说,"克里斯·施奈德上周一给你打过电话,他也是为了这件事吗?"

玛蒂立即皱起了眉头,此前她完全不知道克里斯还打过电话给鲁迪。亿万富翁的继子看起来同样惊讶,"你怎么……"

"我们浏览过施奈德所有的电话记录。"凯瑟琳娜说,"你的号码位列其中。"

"你们为什么要这样做?"

"他死了,"玛蒂说,"被人谋杀了。"

鲁迪看上去非常震惊,接下来他回答道:"是的,克里斯给我打过电话,当时他正准备要同我的继父见面。同时,他还想知道赫尔曼·克鲁格是不是真的像媒体报道的一样,是一个残忍而无情的混蛋企业家。"

"你是怎么回答的?"凯瑟琳娜问道。

鲁迪笑起来的样子就像一只土狼,"我告诉他,我继父本人还要坏得多。他是那种为了获得一欧元的利益就可以割断自己亲生母亲的喉咙的人。"

四十

"嗯,我们知道了,看得出来你不喜欢你的继父。"凯瑟琳娜说,"这又是为什么?"

鲁迪从调色板里拿起了一支画笔,构思着他的杰作,片刻之后他回答道:"因为赫尔曼是一头非常纯粹的资本主义企业猪,这里我需要强调的是最后那个字——猪。"

"能举个例说明一下吗?"凯瑟琳娜继续追问道。

他将画笔扔回调色板,"就拿他对待我母亲的方式来说吧。二十年前,他让她签署了一份婚前协议,限制了她离婚后的财产分割份额。正是这份协议使得她离不开他,不论他做了什么,她都不会放弃财富。还有,她也发自肺腑地相信他是真心爱她的。"

他哼了一声,紧接着一个劲地摇头。

"如果离婚,她会分得多少?"玛蒂问道。

"一千万欧元。"

"哦,这也不算少了啊。"凯瑟琳娜说。

"如果你丈夫的身价达到了三十五亿欧元,可他却独占了几乎全部的财产,你还愿意同他结婚吗?"

玛蒂说:"我懂你的意思了,但是她又能怎么做呢?"

"她又能怎么做?"鲁迪讥讽地笑了笑,"她可以表现出应有的骨气和人格,然后离开他。"

"这是你的建议吗?"

"她要么这样做,要么就得学会忍受与三个情妇以及一大堆妓女一起生活。"

"你对奥利·拉尔森了解多少?"凯瑟琳娜转移了话题。

亿万富翁的继子立刻泄了气,就像一只缩头乌龟,"他是谁?"

"瑞典的金融家。"凯瑟琳娜说,"一个小时以前,他对你继父的公司发起了恶意收购。"

鲁迪的呼吸变得有些急促,"我没听说过这个人。"

"鲁迪?"一个女人的声音响起。

她个头很小,不会超过一百磅[①],有一张漂亮的脸蛋,连同向后梳着的发型,使她看上去颇像章子怡。她的脖子上系着一条方格子围巾。

"这位是塔尼娅。"鲁迪介绍说,"我的……嗯,学生。"

---

① 1 磅 = 0.45 千克。

"哦,了解了。"凯瑟琳娜有些敷衍地应答道。

"集会的时间到了,鲁迪。"塔尼娅说。

鲁迪拉开工作服的拉链,露出了里面穿着的牛仔裤和深色毛衣。他对玛蒂和凯瑟琳娜说:"如果你们来这儿的目的是想了解我的继父是否和克里斯·施奈德的死有关,那么我只能说我真的不知道。

"但是,如果你们是想问我他是否有能力做出那样的事,我的回答是,赫尔曼·克鲁格有能力做他想做的任何事。"

四十一

我将一辆奥迪 A5 稳稳地停在位于西柏林的德国联邦档案馆的大门外,一看手表,正好是上午九点。

也许是德国人的天性使然,也许是因为我幼年时被抚养的方式,总之在我的印象中,我自己从一开始就是个非常守时的人。

我透过镜子检查了一下自己的容貌:脸上的化装、灰白色的头发,还有使我看起来像个花甲老人的服装。我戴着一顶巴伐利亚登山帽,这帽子对我来说有点大了,所以帽檐几乎遮住了我的眉毛。我从车上下来,拿着公文包和一根手杖。

当我走向档案馆的门卫室时,我让自己时不时地颤抖一下,就好像我曾经中过风,留下了会颤抖的后遗症。

在大门旁边,我出示了一张伪造得精妙逼真的身份证,将自己扮演成一位有些健忘的老教授——从海德堡大学荣誉退职的历史学教授卡尔·格勒宁。"我"专程乘火车来到柏林,希望对 19 世纪的农业政策进行研究。对了,一般情况下门卫还得同时查验"我"的驾驶证,不过健忘的"我"不小心把它落在家里了。

门卫递给我一张蓝色的研究员证,然后让我进去了。

里面的景色看起来很像衰败了的大学校园,有一大片栗子树和一块长长的空草坪。我找到了我想去的那栋楼,它耸立在一群建筑物的远端。

当我走进公共阅览室时,我像其他研究员一样戴上了棉布手套。接下来,我来到服务台,申请查阅所有与柏林及其周边地区的东德孤儿院有关的档案文件。

"您可能需要等上大约一个小时。"办事员对我说。

"没关系,亲爱的。"我说,"我的回程火车比较晚。"

四十二

凯瑟琳娜和玛蒂回到办公室以后,看到杰克·摩根正坐在休息区的茶几旁边享用一杯咖啡,不过看起来非常难过。

"你该不会是在这里过的夜吧,杰克?"玛蒂边说边为自己倒了一杯咖啡。

"不是,我保留了'罗马'酒店的房间。"他说,"你儿子还好吧?"

"他以我所能想到的最好的心态接受了事实,谢谢你的关心。"

摩根点了点头,"我很喜欢克里斯,他是个好人。每当好人死去的时候,你都会更容易回想起你曾失去的其他人。"

"昨天晚上我梦见了我母亲。"玛蒂说,"在梦中她和克里斯在一起。"

"你的父亲住在美国,是一名警察,是吗?"

"对,在芝加哥。"她回答道。

凯瑟琳娜问道:"那么杰克,你失去过什么人吗?"

国际私人侦探公司的老板沉思了片刻,"战友,朋友,还有一位旧爱。"

"她是怎么死的?"玛蒂问道。

"朱斯蒂娜还活着,死去的是我们之间的感情。"

"你们的感情是什么时候结束的?"

"几年了吧。时间已经足够长,我本该早就走出来的。"

"你还没有忘掉她?"

"我和朱斯蒂娜的关系就像沙滩上的海浪,来了又去,但总会再次回来,尤其是因为她一直都在公司的洛杉矶总部工作。"

"你的生活真是难懂,杰克。"凯瑟琳娜说。

"嗯,是吗?"

"你没有其他爱慕对象吗?"玛蒂问道。

他淡淡地笑了笑,"我一直都在寻找真爱,只可惜我不太擅长创造爱情。"

"而我则不擅长抓住爱情并且维系它。"

"在我看来,好像有一种超出你的控制范围的力量将它从你身边带走了。"凯瑟琳娜说,"我已经开始调查赫尔曼·克鲁格了。"

玛蒂点了点头,她的眼里盈满了泪水,但她拒绝再次哭泣。片刻之后,她站起身来离开了桌子,"我得去找加布里埃尔,现在是时候彻底查明克里斯可怕的童年秘密了。"

四十三

玛蒂在办公室的二楼找到了加布里埃尔博士,他正在自己的实验室里工作。今天他穿着黑色牛仔裤,戴了一块红色头巾,身上是一件以吉米·亨德里克斯[①]为头号明星的"蒙特利流行音乐节"主题T恤衫,图案中有一把燃烧着的红色吉他。

她将自己的想法告诉加布里埃尔,后者立即放下了手头正在进行的

---

① 著名的美国吉他演奏家、歌手和作曲人,被公认为是流行音乐史中最伟大的电吉他演奏者。

工作。他们将信息用高分辨率投影机投射到一个巨大的幕布上，这样就使得他们可以同时调出文档、照片和录像进行研究，就好像他们是在一块大型公告板上指点这些信息。

他们首先采掘的是公司资料库里的记录，很快就找到了克里斯的人事档案，里面包含一份他的出生证明书的数字扫描件：克里斯多夫·罗尔夫·施奈德于1975年出生于德累斯顿市，其父阿尔弗雷德·施奈德，其母玛丽亚·施奈德。

他们试图找到与他的出生证明书相匹配的信息，然而在德累斯顿市的档案库中却没有克里斯多夫·罗尔夫·施奈德的注册信息。他们又试图寻找阿尔弗雷德·施奈德和玛丽亚·施奈德的婚姻记录，同样一无所获。

他们将搜索范围扩大到整个东德，找到了一些名叫克里斯多夫·施奈德的人，但是年龄却对不上号。此外，他们不论在哪里都找不到名叫阿尔弗雷德·施奈德的男人与名叫玛丽亚的女人结婚的婚姻记录。

他们挖掘得更加深入，甚至查询了学校数据库，可依旧没有结果。

"我有个感觉，关于克里斯的一切都是不真实的。"加布里埃尔博士说。

"也许是吧。"玛蒂也非常困惑，"但他确实是一个活生生的人。我们再回头找找看吧，在他的个人档案中有没有服兵役的记录？"

"这个一定有。"加布里埃尔说。他再次搜索了一分多钟，然后将结果数据调了出来。

看到克里斯的照片，玛蒂禁不住露出了笑容。他看起来相当年轻，基础信息与他离开德国宪兵队以后来到国际私人侦探公司入职时所填写的信息完全符合：相同的父母亲名字，相同的德累斯顿市的出生证明，还有相同的住址……很明显这些东西从一开始就是虚假的。

看到这里，玛蒂认为他们遇到了不可逾越的障碍，调查陷入了死胡同。片刻之后，她突然在部队档案表格上注意到了克里斯的教育背景。

在小学与初中教育经历一栏中，他填写了"四十四号孤儿院"，这是一所位于柏林市南郊的孤儿院，它的西面是哈雷市。

"恩斯特，东德时期的孤儿院记录应该去哪里查找呢？"

加布里埃尔博士思索了片刻,"我也不太清楚,会不会是联邦档案馆?"

四十四

十点钟的时候,我听见有人在喊"我"的名字:"格勒宁教授?"

我的朋友们,这就是德国人的精准!

还有什么是比这更让人放心的呢?

我微笑着慢吞吞地离开了自己的座位,从阅览室左后方的角落朝服务台走去,一路上我注意到了安装在天花板上的那些摄像头。

在服务台,我看到了十六个文件盒,并且被告知在楼下的大厅旁边的缩微胶片室里还有更多的资料可供我查询。

这位善良的女职员还帮我将装有文件盒的手推车推到我的座位旁边。

我迅速浏览着纸质档案文件,接着在第四个盒子里找到了四十四号孤儿院的记录。这是一所位于哈雷市郊外、柏林市南面的孤儿院,距离柏林市区大概有一小时的车程。厚厚的一叠记录涉及到数百个人名,而且都不是按照字母顺序排列的,非常混乱无序,让我一时不知该如何是好。

但是接下来我冷静仔细地研究了一下,终于发现这叠记录是按照入院时间的先后顺序来排列的。

我不由自主地笑了起来。

不到十分钟,我就找出了六个孩子的记录文件,里面还包含了他们被带到四十四号孤儿院的第一天时所拍摄的快照。

有一阵子,我的目光一直停留在一张小男孩的照片上。

他骨瘦如柴,有一双凹陷的黑色眼睛,目光中流露出了恐惧和憎恨。

他和我记忆中的那个男孩完全一致。

但是现在我没有条件再重温过去的好时光,有一些事情得赶紧处理。

我数了数这六叠文件的页数,总共是五十六页。

我先把它们合在一起放在桌上,然后拿起我的公文包去洗手间。待四处无人时,我打开公文包里面一个隐秘的侧袋,从中取出了一叠白色的经过做旧处理的纸张。这些纸张看上去就像已经被放置了好几十年,上面打印了很多胡言乱语。我数着取出了五十六页,然后将它们塞进六个早就准备好的旧档案袋。

我将这些东西放回公文包,然后拉上了拉链。接下来,我回到了档案阅览室,并细心留意着其他研究员的表情,没有人注意到我。回到自己的座位后,我将公文包放在椅子右侧的地板上,并将包口开得大大的。

我耐心地等待着,五分钟过去了。

时钟刚指向十一点,一名办事员推门进来,带来了一车刚找到的资料。

正在等待的研究员立即向服务台冲了过去,其他所有人都抬起头来,目光被这场突如其来的小混乱给彻底吸引了。

在那些人熙攘的同时,我将桌上那六叠文件迅速滑进地上的公文包里,然后将伪造的文件拿出来放回桌面,紧接着又迅速将它们放进了文件盒,夹在那些关于其他人的真文件中间。

还不到一分钟,这一切就收拾妥当了。

我将文件盒放到座位旁边的手推车上,然后拿起公文包来到洗手间,并在那儿将六叠真文件塞进了隐秘的侧袋里。

接下来,我来到楼下大厅旁边的缩微胶片室,我预订的那几个胶片盒已经在那里等我了。我拿起它们,来到了房间里远离服务台的那一侧,躲在一台机器背后。在那里,我迅速旋转着缩微胶片卷筒,在一条二十英尺长的胶片上,孩子们的资料一个接一个地呈现出来。

我再次检查了一下,房间里的办事员们都很忙碌。

我将手伸进自己的口袋,掏出了一把锋利的折叠刀,毫不犹豫地从合适的位置切断了那条胶片。紧接着,我继续拉出后面的胶片,一直来到了那几个孩子的相关资料的另一端,并在那里再次切了一刀。接下来,我用一根橡皮筋固定住缩微胶片,并将割下来的那一小段塞进了我的外套口袋。

当我的手再次从口袋里出来时,上面握着一管可靠的超强力胶水。

我的朋友们,你们也可以用这个东西做很多事情,不是吗?

我查看了房间里的动静,然后挤了一滴胶水涂在被切割的胶片上,继而将它和刚才切下来的另外一截黏合在一起,中间只重叠了四分之一英寸。

我捏住它,持续了一分钟,然后小心翼翼地试着拉了拉。它黏紧了,没问题!我将处理好的卷筒放回到盒子里,然后又将这个盒子利索地放回到我背后的其他盒子中间。

我站起身来,提着公文包朝门口走去。

"你今天就要回去吗,教授?"办事员问我。

"当然。"我回答道,"票已经买好了,我吃过晚饭再走。"

我的喉咙抑制不住地发出了"哼哼"声,然后微笑起来。

当我走出档案馆的大门时,喉咙里再次发出了"哼哼"声,脑海中闪现出了克里斯还是男孩时的画面。

克里斯,我想你彻底没机会了,而且其他人也没有机会了。

四十五

玛蒂来到德国联邦档案馆的大门,在门卫室里,门卫们正在检查一个老人的公文包。老人穿着一件长长的风衣,戴了一顶巴伐利亚帽,双手不停地抖动着,似乎神经系统有些问题,看上去很像帕金森病,但又不是。

玛蒂很清楚帕金森病的症状,她母亲就死于这种病,眼前这个老人抽搐和震颤的节奏都与之不同。不知怎地,这让她感到有些奇怪。不过,当玛蒂看着这个老人颤颤巍巍地取回自己的公文包并交回研究员证时,仍然产生了怜悯之心。

玛蒂一直没能看清他的脸,但是出于一些她自己都无法解释的原因,她一直注视着他沿着人行道慢吞吞地走远了。接下来,玛蒂将自己的工作证和身份证出示给门卫看,并且交出了自己的手枪。

她穿过园区,然后来到了档案阅览室。进去以后,她在服务台前叫住了一名办事员,并咨询对方如何才能以最快捷的方式查找到一所名叫四十四号孤儿院的东德孤儿院档案。

这名办事员皱了皱眉,继而走到另一名档案管理员身边,两人窃窃私语起来。

她回来时对玛蒂说:"那些文件已经借出给另一名研究员了。"

玛蒂感到非常惊讶,她立即环顾了一下阅览室,"是哪一位?"

办事员略微有些慌张,"根据政策我们不能……"

玛蒂倾身伏在服务台上,亮出了国际私人侦探公司的工作证。

"我在调查一起谋杀案。"她温和地说,"快告诉我,到底是哪一位?"

档案管理员的眉头紧锁,紧接着她指着左边角落处的一张桌子说:"他刚才还坐在那里的,但是后来他好像去缩微胶片室了。"

"他长什么样?"玛蒂询问道。

"是个老人,好像是海德堡大学的教授。他有帕金森病,你一定不会错过他的。"

"天哪!我刚刚错过了。"玛蒂叹息道,"在他离开后,你有没有触摸过那些文件盒。"

"他戴着棉布手套,如果你是在往这个方向想的话。"办事员说道,"你不至于认为是他杀了人吧?他不可能这样做,他有帕金森病,这是他亲口告诉我的。依我看,那位老人连一只苍蝇也伤害不了。"

四十六

一路上我都提醒自己不要呼吸太快,直到我驱车远离了档案馆,这时我一把扯掉了头上的假发。

我的朋友们,我认出了刚才在档案馆大门旁看见的那个女人。她正是那天我在屠宰场外面看到的和一个秃顶男人站在一起的短发女人,而且在克里斯的电脑硬盘里有很多她的照片。

她的名字是玛蒂·安格尔,曾经是克里斯的恋人,而且两个人已经订婚了。她和克里斯都在国际私人侦探公司工作,她还有个儿子叫尼克拉斯。

她正在寻找我,这使得我不安起来。还有,她的脸……天!她的脸真的很像我母亲,这又让我感到异常愤怒。

我花了一些时间才抑制住自己的冲动。刚刚我还在想:我是不是应该清理好所有的钱财,然后离开柏林,甚至离开德国?

去南美洲?

不!我为什么要逃跑?我感到越来越生气,那个婊子什么都发现不了。

档案馆里没有留下什么有用的资料,这就好比克里斯和其他人从来都没有在这个世界上存在过。虽然没有面具,但是他们在茫茫人世中也是不可见的,就像我一样。

而且不需要太长时间,甚至很快很快,他们就将彻底不复存在,而我的人生还可以继续。

十分钟后,我将车开进了自己的车库,最后停在白色厢式货车和奔驰ML500中间。在确保四下无人之后,我从奥迪车上下来,进入到厢式货车的货厢,然后在那里用擦拭巾卸掉脸上的装。

未来的几个小时里我还得做一些真正的工作——会见客户和业务伙伴,所以眼下我必须把自己打扮得像样一点。

但是,当我注视着后视镜的时候,脑海中再次闪现出玛蒂·安格尔的模样,继而产生了一种多年以来一直缠绕着我并且挥之不去的紧张不安的感觉。克里斯曾是她的恋人,即使他们的关系已经终结了,可是她一定还对他怀有感情。这就意味着她有强烈的动机想要找到我,意味着她非常危险,极其危险!

我的朋友们,既然情况如此,我已经作好了决定。如果事情真的发展到了那一步,那么我就得让玛蒂·安格尔也永远地隐形。

不过在那之前,我还得照顾好其他人——那些可以认出我并且可以撕掉我的面具的人。

四十七

一名侏儒用嘴唇转动着一支未点燃的雪茄,并斜着眼盯着丹尼尔·布莱希特和杰克·摩根。半晌之后,他用粗重刺耳的声音问道:"这么说,你们认为有人在操纵比赛?"

小海尼·瓦格纳是一名黑市博彩经纪人,多年以来布莱希特一直将他作为自己的线人。这天中午,小海尼、布莱希特和摩根一起围坐在位于柏林市中心的乔治布朗啤酒馆里的一张桌子旁边,从这里可以俯瞰施普雷河。

"我们是想向你请教,这些比赛是否有买球的嫌疑。"布莱希特说道。

经纪人耸了耸肩,放下了雪茄,"柏林赫塔队是乙级联赛球队,并不是最热门的球队,我没有仔细研究过他们的比赛。再说,与英格兰足球超级联赛相比,德国联赛在博彩界的人气本来就要低得多。"

"我们并不期待你能特别了解。"摩根在布莱希特翻译之后说道,"但是也许你能为我们提供一些有用的东西。据你所知,那几场比赛中有没有出现过明显偏大的赌注?"

小海尼再次耸了耸肩,"总之在我的登记簿里面是没有的。但是你得知道,在德国,体育博彩的方式一直都在改变,甚至每天都在改变。"

"请解释一下。"摩根说。

"几年前,政府通过了一项博彩法案,该法案规定只有政府机构才能掌控体育博彩。"他边说边咯咯地笑了起来,"这项法案本来是为了限制赌博成瘾。"

"没起到作用?"摩根好奇地问道。

"起作用了,但是效果完全相反。"侏儒答复道,"今年我的业务量上涨了百分之二十五。在线业务涨得更多,达到了百分之三十。"

"你的网上经纪公司是在国外注册的吗?"布莱希特问道。

"这是非法的,不过事实就是如此。"小海尼边说边再次笑了起来,"政府的人实在是太愚蠢太自负了,他们以为只要是通过政府颁布的法案,人们就一定会重视,尤其是那些赌博成瘾的人。"

布莱希特转而对摩根说,"我很想知道这些通过互联网进行的赌博行为的数量有多大。"

"成千上万。"摩根回答道,"遍及全世界,甚至也许有好几十万。"

布莱希特翻译以后,经纪人点了点头,继而问道:"你们在怀疑谁?"

"我该如何跟他说呢?"布莱希特用英语问摩根。

摩根答复道:"就问他对马克西姆·帕维尔了解多少。"

这个名字还未翻译就引起了小海尼的注意,"噢!这挺难办的。他是好几家夜总会的老板,不过据我所知,他是个思想扭曲、极其恶毒的混账东西。坊间传言称他杀人不眨眼,他当然也可以这样对待你们。"

"那他是俄罗斯黑手党的成员吗?"摩根问道。

"我听到过的比较权威的说法是他曾是克格勃[①]成员。你们怀疑是他在操纵比赛吗?"

[①] 即苏联国家安全委员会,是1954年3月13日至1991年11月6日期间苏联的情报机构,以实力和高明而著称于世。克格勃的职权范围大致与美国的中央情报局(CIA)和联邦调查局(FBI)的间谍、反间谍部门相当,在某些方面甚至超过美国。

"我们还不确定。"布莱希特说。

"有没有什么方法可以让我们了解到柏林赫塔队所参与的比赛的投注量?"摩根继续问道。

小海尼思索了片刻,"我没有办法,不过你们在拉斯维加斯有没有联系人?"

摩根突然眼睛一亮,喜上眉梢,"被你说中了,事实上我们的确有。"

四十八

现在是中午十二点半,这个时间对于赶着去柯若尔餐厅赴约的艾格尼丝·克鲁格来说已经有些迟了。亿万富翁的妻子希望同一个她可以信任的人谈心,而这个人最好别是自己的直系亲属。想来想去,她的好朋友英格丽德·达尔无疑是最佳人选,此人既不是艾格尼丝的亲戚,又非常机智和聪明,完美符合她的需求。

她本有一名专职司机可供自己使唤,但是今天她心底有一种强烈的愿望,希望自己能表现得更加独立,因此她选择了亲自开车过去。

她乘坐电梯来到车库,一眼就看到了自己那辆黑色的保时捷"卡宴",它正静静地停放在一大堆属于她丈夫的汽车中间。

一分钟过后,艾格尼丝按下按钮,升起了车库的大门,继而驱车驶离了别墅。她的南侧是法塞恩广场,由于不久前突然又下起了瓢泼大雨,所以此时此刻广场上空无一人。

在法塞恩街与斯切佩尔街交叉的十字路口,她遇上了红灯,于是将车停下。这里离她的家还很近,等红灯一过,她就可以左转进入斯切佩尔街。这时,一个身穿黑色雨衣、头上戴着雨帽的人突然向她的车跑过来,并猛烈地敲打着车窗。

亿万富翁的妻子吓了一跳,然后生气地打开了车窗。

"你想干什么?"她问道,"我已经告诉过……"

话音未落,艾格尼丝·克鲁格猛地瞧见眼前冒出了一个空塑料可乐瓶的瓶底,它罩住了一根手枪枪管。

"求你别……"她正想乞求。

一颗子弹击中了她右眼上方的前额,鲜血立刻喷溅在副驾驶座位和车窗上。

她踩住刹车的脚松开了。

"卡宴"驶到街对面,撞上了一辆停在那里的菲亚特汽车。

一时间警报大响,杀手迅速消失在暴风雨中。

四十九

在柏林分公司的阶梯会议室里,加布里埃尔博士点开了一个视频文件,紧接着屏幕墙上开始播放德国联邦档案馆里的摄像头所拍摄的监控录像,主角是格勒宁教授。

玛蒂"啪"地合上手机,"真奇怪!在海德堡大学并没有一个叫格勒宁的教授,甚至连名字相似的都没有。"

"我根本就没指望过会有这样一个人存在。"加布里埃尔回复道。

凯瑟琳娜也刚刚挂断了电话,"是布莱希特打来的,他们又去了夜总会,结果被告知自昨天以后就再没有人看到过帕维尔。"

"这么说,赫尔曼·克鲁格和马克西姆·帕维尔现在都下落不明?"

"事实显然如此。"凯瑟琳娜说道。

屏幕墙上继续播放着监控录像,加布里埃尔放大了图像的细节。

在阅览室里,"教授"巧妙地用帽子遮挡住了自己的脸,不过他们还是看到了他设计盗走那六份关于四十四号孤儿院的档案文件的整个过程。

"这家伙很机灵,不管他是谁,他的双手就像魔术师一样动作敏捷。"加布里埃尔说。

玛蒂点了点头,"把那个公文包放大一下看看呢。"

加布里埃尔博士照做了,"它的材质看上去有点像鳄鱼皮,而且比较旧。"

玛蒂原本乐观地相信档案馆大门的监控录像可以更加清楚地看到"格勒宁教授"的脸,然而不论是进去时还是出来时,他的身体都震动和颤抖得很厉害,这样一来就无法捕捉到清晰的定格画面。更不幸的是,门卫室的摄像头的位置很高,几乎是以垂直向下的角度拍摄的。

"瞧我那蠢样!居然注视着他离开了。"玛蒂沮丧地喊道。录像中的她正走向窗边,继而站在那里一动不动。"看到他时我的确有一种异样的感觉,可我还是让他离开了。我想可能是因为他的模样让我想起了自己的母亲,从而对他产生了怜悯之心。"

"在那种时候,你本来也不可能知道真相。"凯瑟琳娜安慰道。

玛蒂知道凯瑟琳娜说得对,但是这并没有让她自己的感觉稍好一点。

就是这个人杀害了克里斯吗?他是克鲁格和帕维尔当中的某一个乔装打扮的吗?

帕维尔拥有一家易装"皇后秀"夜总会,他必然懂得如何化装,不是吗?而克鲁格呢?他是一个亿万富翁,所以完全可以雇用专业人士为他打扮,对吗?再说,他还可以付钱给别人,让对方帮他盗取文件。

玛蒂再次迷失在自己的思想里,突然凯瑟琳娜的手机响了,将玛蒂拉回到现实中。

"什么?"凯瑟琳娜大吃一惊,她赶紧按下了手机扬声器的开关,周围的人都可以听见对方讲话的内容。

"他动手了!"鲁迪在一个非常喧闹的地方大声喊叫道,"他杀了我母亲!"

"慢点说,鲁迪。"凯瑟琳娜说。

"她死了!"他用颤抖的声音说道,"我刚刚接到了柏林刑警局的电话,她在家附近被人射杀了。一定是赫尔曼干的!这一点毫无疑问!要么是他亲自动手,要么是他雇人干的。这只可恶的资本主义猪!他……"

鲁迪更加激动了,"噢,天哪!他……我告诉过她……"

"鲁迪,事情太突然了,我知道你很难受。深呼吸一下吧,现在你在什么地方?"

"我正要离开集会。我们聚集在一起,就是想抗议那些像我继父一样的企业猪,他们试图拆掉塔赫勒斯艺术中心,然后在那里重建一栋高楼。现在警察想让我去确认我母亲的身份。"

"我们也去,十分钟以后我们会在那里和你见面。"

五十

当玛蒂和凯瑟琳娜到达现场时,高级政委汉斯·迪特里希的身影已经出现在那里了。大雨如注,他站在一辆车门打开着的黑色保时捷"卡宴"旁边,脸上写满了冷酷、憔悴和阴郁,而他的背显得比以前更驼了。

玛蒂看到实习警员韦格尔正站在黄色的犯罪现场警示带后面,离自己不远,于是向她打招呼。韦格尔朝她们走了过来,一脸的困惑。

"你们来这儿干什么?"实习警员问道。

"艾格尼丝·克鲁格是克里斯·施奈德的客户。"玛蒂说,"迪特里希知道这一点。"

听了这话,年轻的实习警员突然变得有些生气,她看了一眼高级政委,然后对玛蒂和凯瑟琳娜说:"他什么都不告诉我,就好像我不存在一样,但是他脑子里的想法多着呢。他父亲昨天晚上因心脏病发作在特雷普托公园去世了,是他自己发现的。"

"噢,真可怕!"玛蒂说。

"那么他现在又投入到工作中了?"凯瑟琳娜问道。

"在我看来,工作就是迪特里希的全部。"实习警员回答道。

玛蒂以前也听到过同样的描述迪特里希的评语,她正准备说话,突然听到了鲁迪·克鲁格的哭喊声:"她在哪儿?"

亿万富翁的继子刚走下出租车,继而朝着她们的方向冲了过来。当他看到街对面失事的"卡宴"时放慢了步伐,然后呜咽道:"天啊!他对她做了什么?"

在玛蒂眼里,鲁迪不再是那个傲慢自大的艺术家和无政府主义者,他只是一个失去母亲的男孩。

泪水从他眼睛里涌了出来,他用手猛烈地摩擦着自己的双颊,"他做了什么?他到底对她做了什么?"

"你就是鲁迪·克鲁格吗?"高级政委迪特里希问道。他原本是朝韦格尔走来的,结果看到了亿万富翁的继子正在哭喊。

"没错,是他。"玛蒂回答道。

迪特里希没有搭理玛蒂,"克鲁格先生,我知道这对你来说很难做到,但是我需要确认死者是否就是你母亲,现在你父亲显然是无处可寻。"

鲁迪的声音听起来非常茫然,"是她。"

"可你从这里看不到人。"

"这是她的车。"

"很抱歉,先生,我需要你过去确认一下她的脸,接下来我们会把尸体运走。"

鲁迪转过头看着凯瑟琳娜和玛蒂,"你们能跟我一块儿去吗?"

迪特里希看上去对此有些不快,但是玛蒂立即回答道:"当然可以。"

当他们来到"卡宴"旁边时,亿万富翁的继子的身体抖得像一片风中的树叶,他的下嘴唇也不停地震颤着。玛蒂看到驾驶座上的尸体正是艾格尼丝·克鲁格,她软绵绵地向右倾斜着,嘴边挂着大量的已经干涸的血迹。

鲁迪点了点头,眼泪顺着他的脸颊流了下来,"是的,她是我母亲。"

接下来他猛地转过去,弯下身子呕吐起来。

五十一

当鲁迪的情绪略微稳定下来以后,玛蒂和凯瑟琳娜带着他离开了事发现场。

"我想喝点水。"他木然地说。

"这个交给我好了。"实习警员韦格尔说完便匆匆地走开了。

现在雨已经停了,但是刮起了大风,将艾格尼丝·克鲁格家门前的大树上的叶子吹落下来。鲁迪坐在湿漉漉的台阶上,看起来伤心而且孤单。

"克鲁格先生……"迪特里希正想说话。

玛蒂走到高级政委面前,递了个眼色并低声说道:"还记得你昨天晚上的感觉吗?给他一些时间吧。"

迪特里希是一个不习惯接受命令的人,也不喜欢让别人知道自己的私事,不过此时此刻他还是用一种平和的语调回答道:"行,就按你说的做吧,安格尔女士。"

韦格尔走上前来,将一瓶矿泉水递给亿万富翁的继子。"谢谢你,"鲁迪说,"你真好!"

趁鲁迪正在喝水的时候,迪特里希告诉他,目前还没有找到目击者,而且案发时下着倾盆大雨,邻居们都没有听到任何异常的声响。

"一小时之前你在哪里?"迪特里希见鲁迪喝完了,冷不丁问了一句。

"我?"鲁迪说,"那时我正在参加一个为保留塔赫勒斯艺术中心而举行的集会。"

"有人看见你了吗?"

"至少有好几百人。"他说,"因为我是演讲者,从今天早上开始我就一直在那里。"

"那么据你所知,谁最具备杀害她的动机?"

鲁迪突然变得极其愤慨,"很可能与杀害克里斯·施奈德的凶手是同一个人,这个人就是赫尔曼·克鲁格,或者是为他工作的人。这一点我可以向你保证。你们打算什么时候逮捕他?"

"我们得先找到他。"迪特里希说,"听听他是怎么解释的。"

"天啊!"鲁迪悲叹道,"这……"

"怎么了?"玛蒂走上前来,取代了迪特里希。

接下来,凯瑟琳娜和玛蒂又提出了更多的问题,这些问题使得鲁迪饱受痛苦的折磨。鲁迪说:"在你们离开之后,我立刻启程去参加集会,路上我和我母亲通过电话。我问她打算如何处理与赫尔曼之间的问题,她说她会继续维持他们的婚姻。"

"那样真的很完美吗?"他苦涩地问道,"所以,艾格尼丝一心想得到钱。为了钱,她决定继续维持她那早已名存实亡的破碎婚姻。然而,他却把她杀了,在她还没有机会告诉……"

在街的那一边,刑警们将艾格尼丝·克鲁格的尸体装进黑色的袋子里,然后抬上了一辆救护车。

鲁迪见状重重地叹了一口气,看起来他即将再次痛哭起来,不过他沉默片刻后自言自语道:"我想我最好去检查一下她的房子。"

"我倒宁愿你离它远点。"迪特里希说,"我们即将对它进行搜查。"

这使得亿万富翁的继子有些惊讶,但他很快答复道:"当然,很抱歉,我……我想我现在可以回家了吧?"

迪特里希点了点头,"或许你应该去通知她的朋友和家人。"

鲁迪耷拉着脑袋说:"再过两天,我的第一次画展就该开幕了。她原本会来的,你们明白吗?我母亲说过她会来观看我的画展的。"

突然,高级政委的手机响了,他接通电话并离开了人群。

鲁迪站起身来,看起来精疲力竭,他对玛蒂和凯瑟琳娜说:"谢谢你们!我一个人可应付不了这种事。"

"你回家后有人照顾你吗?"凯瑟琳娜问道。

"哦,集会结束后塔尼娅可能会去那儿。"他说,"我也不确定。"

"如果你需要帮助,就给我们打电话吧。"玛蒂说。

他茫然地点了点头,然后失落地走开了,俨然一个被悲伤和痛苦击垮的男人。

这时,玛蒂听见迪特里希正对着电话抱怨着:"我现在忙得不可开交,脱不开身,让别人去吧。"

接下来,他挂断电话,摇了摇头。

"发生了什么事,政委先生?"实习警员韦格尔问道。

迪特里希先是犹豫了片刻,然后慢吞吞地说:"哈雷市警方在一条流经该市的河流中发现了一具浮尸,他们经过鉴定已经确认了死者的身份:柏林理工大学的博士生,据说是个超级计算机天才。他们需要我们的帮助,但是我们这边已经有太多的事情等着我去处理,我希望赶紧找到赫尔曼·克鲁格。"

玛蒂本想把档案馆的文件被盗一事告诉迪特里希,但是她现在一心琢磨着刚刚得到的新信息,同时还联想到了前两天有人用极其绝妙的技能入侵了公司的电脑网络系统的事。

凯瑟琳娜也是如此,她对迪特里希说:"你有这个死去的学生的名字吗?"

"韦格尔可以帮你查询。"高级政委边说边走开了。

"我想接下来我有必要去一趟柏林理工大学。"凯瑟琳娜说,"四处打听一下。"

"我就不去了。"玛蒂说,"我要去哈雷市。"

五十二

朋友们,现在不过才下午三点,但是我得承认我已经被这些必须在今天之内处理完毕的漫长而艰巨的任务给折磨得筋疲力尽。尽管如此,我很喜欢把之前的事情先清理妥当,光亮得像块玻璃,然后才开始继续做新的事情。

这就是隐形人的行事方式。

一些老习惯从来没有消失。

我低下头盯着自己的双手,看了好一会儿,心里想着我从来都没有在不用镜子的情况下真正地看到过自己。而镜子呢,它不过只是生活幻觉的一部分,不是吗?

我真的完全不知道我自己看上去是什么样子,而且我想我永远也不会知道。

既然连我本人都不知道,那还有谁能知道呢?

当然,这不包括那些已经在过去的两个星期里被我迫不得已地清除掉的人,事实上他们当中没有一个人认识我的新面孔。

可他们知道我的声音。

在他们临死前,当我跟他们说话的时候,他们看着我的眼神非常怪异,就好像我是一个可怕的不完整的拼图。

当我往自己的脸部和双手涂抹即时免晒美黑乳液时,我忍不住笑了起来,而且感到异常振奋。接下来,我又用有色隐形眼镜将自己的眼珠从棕色变到绿色,还粘上了浓浓的黑眉毛。最后,我在自己的上唇和下巴上都贴了一些小胡子。

我穿上了一套蓝色连体工作服,上面还绣着一家当地管道公司的名字。如果你明确地知道自己想找什么,那么你会发现你可以在旧货商店里找到很多令自己惊讶的好东西,我甚至还在那里找到了一顶与我的头型非常匹配的帽子。

完成这一切以后,在目前的生活中没有人会认出我,对此我感到心满意足。我拿出一个工具箱,将几把大小不一的扳手和螺丝刀装了进去,另外还有一个迷你喷灯。由于高兴,我的喉咙里发出了愉快的"哼哼"声。在工作开始之前先选择好正确的工具,这一点是非常重要的,你说是不是,我的朋友们?哼哼?

五十三

玛蒂回到公司的时间差不多是下午三点,她申请了一辆车,然后开着它向南行驶了一百七十千米,来到了哈雷市。

这是一座阴郁荒凉的城市,到处都矗立着东德时期的建筑。此时此刻,另一场暴风雨即将来临,整座城市被浓浓的雾气所笼罩,看起来更加昏暗和阴森。

玛蒂将车停下后,脑子里再次想象着那个电脑天才的尸体是否真的与公司遭遇的黑客行为、克里斯的死以及艾格尼丝·克鲁格在光天化日之下被人枪杀有关。是赫尔曼·克鲁格在幕后操纵着这一切吗?会不会有一个跟他身材相似的人帮助他完成了这些厚颜无耻和冷血残酷的事?

为了弄清楚这些问题的答案,玛蒂来到市政厅,想咨询一下关于四十四号孤儿院的事。一个文了身的酷女孩接待了玛蒂,但这个女孩说她自己从来都没有听说过这所孤儿院的名字,更不用说与它相关的记录了。

不过,一位坐在酷女孩后面的座位上的中年妇女告诉玛蒂,四十四号孤儿院的地点位于哈雷市郊外,旁边就是连接着克莱普齐希市和罗伊森市的城际公路。

"它现在还在那里吗?"玛蒂问道。

"不会太久了。"中年妇女回答道,"有人会在下个月拆毁它,然后在那里修建一条绿色灯泡生产线。"

"它的档案记录放在哪里?"玛蒂问道。

"我想在德国重新统一之后,它们已经被转移到了德国联邦档案馆。"

"会不会在别的地方还有副本?"

"据我所知应该没有。"

玛蒂开始考虑自己是否应该认输,但是接下来她决定开车去看看那所孤儿院。她告诉自己,这样做也许会帮助她了解克里斯的童年经历。

一想到孩童时期的克里斯,玛蒂立刻又想起了尼克拉斯。两个男孩的形象同时出现在她脑海里,这不禁让她感到喉咙有些哽住,眼睛不由自主地涌出了泪水。她不得不使出浑身力气,确保自己继续坚持着在湿漉漉的通往哈雷市东郊的公路上飞驰。

风使劲地吹着,雨下得更大了。玛蒂驶上了一条坑坑洼洼的二级公路,这条路南起克莱普齐希市,北至罗伊森市,两旁时而是一望无际的农田,时而是一排排叶子已经开始掉落的阔叶树,时而是高耸的白色风车,巨大的风车叶片划过了冷酷的天空。

最后,玛蒂终于发现了那所孤儿院的屋顶轮廓线,它位于一片杂乱的灌木丛和树林背后,旁边还有一块农田,一位农夫正坐在拖拉机上犁地。

通往孤儿院的车道上已经是杂草丛生,左右各有一根结实的木头柱子,几张裱在塑料薄膜里的土地征用通知被钉在柱子上。两根柱子中间还悬挂着一条很新的钢丝绳,上面挂着一张写了"闲人免进"四个大字的标牌。

玛蒂将车停在路边的紧急停车带上,然后戴上雨衣的帽子走下车去。她一路小跑着跳过钢丝绳,继而踩着湿漉漉的杂草以及缠住她裤腿的荆棘丛,朝那栋建筑物前进。

这是一栋面积很大的三层楼高的房子,屋顶已经开始下垂和塌陷了,歪斜的外墙上爬满了葡萄藤。房子很旧,每一扇窗户都是空的,只剩下一些齿状的玻璃碎片还连在窗框上。

玛蒂来到大门前,两扇门板都早已朽坏,倒在地板上,里面是一条阴森森的中央通道,好几处地面都坍塌或凹陷了。

直觉告诉玛蒂不要进去,远离四十四号孤儿院的秘密。

伴随着一阵雷鸣,雨比刚才更大了,就像天豁开了口子。

玛蒂的心中感到强烈的紧张不安,她不停地问自己是不是疯了,但她还是走了进去。

五十四

走过一小段走廊以后,玛蒂停下脚步,拿出了自己的手电筒。她四处照了照,发现自己右边的一个房间里有一些办公用品的残骸:在遍地的树叶、蘑菇和霉菌中间,有一张只剩下两条腿的桌子和一把椅子,椅子里面的填充物和生锈的弹簧都暴露在外,旁边还有一个没有抽屉、翻倒在地的文件柜。

这里一定曾是院长或女教师处理工作的地方,玛蒂心想。她继续往前走,查看着孤儿院的一楼,几乎所有的东西都早已面目全非了。

她找到了厨房和饭厅,它们也破败不堪。

当她走上通往二楼的楼梯时,她开始想象克里斯住在这个可怕的地方时的情景,他才八岁啊,没有父亲,也没有母亲……接下来,玛蒂又开始假想如果尼克拉斯必须被送进一所孤儿院……她感到自己马上就要再次哭出来了。

在二楼,玛蒂看到了教室的废墟,就在这时她突然意识到拖拉机犁地的声音消失了,也许农夫的工作已经结束了吧。

她又来到三楼,走廊两旁都是学生的宿舍。第一间宿舍是空的,在它对面的第二间宿舍里,玛蒂看到了一些生锈的钢制双层床框架,它们都是用螺栓固定在墙壁上的。

玛蒂走过嘎吱作响的地板,进入到第二间宿舍。房间里的第一张双人床顶部的天花板已经塌陷了,建筑材料压在了床板上。或许正是由于这个原因,这张床是房间里唯一一张还有褥子的床。

褥子污秽不堪,长满了霉菌,床上和地板上到处都是小水坑。出于自己无法解释的原因,玛蒂来到这张有褥子的双层床前面停下了。

脚下的地板已经开始朽坏,踩上去感到软绵绵的。头顶上的天花板破了洞,雨水倾泻下来浇在玛蒂身上。但是玛蒂没有在意这些,她麻木地站在原地,看着褥子和碎裂的托梁发呆。

这曾经是克里斯的床吗?

玛蒂仿佛看到了年轻的克里斯正躺在这张床上,不过片刻之后其他的回忆又填满了她的脑海。

她和克里斯在加米施帕滕基兴①租下了一间滑雪公寓,这是罕见的尼克拉斯没有在他俩中间充当"电灯泡"的浪漫时刻。

克里斯为她做好了早餐,然后将早餐放在托盘里端了过来。托盘里有一朵玫瑰花,还有一小盒巧克力,盒子上系着蝴蝶结。他愉快地看着她吃饭,接下来饶有兴致地看着她打开了装巧克力的盒子。

盒子中央是一枚戒指,两块翡翠环绕着一颗祖母绿钻石……

不知怎的,玛蒂突然回到了现实中,此刻正站在孤儿院残骸里的她被一种难以名状的恐惧所包围,这栋建筑物对她来说就像屠宰场的地下室一样极其险恶。

一道闪电划过天空,使她差点睁不开眼睛。

雷声响彻头顶,震耳欲聋。

玛蒂不由自主地躲避着,她渴望自己马上就能离开这里,驱车赶回家与尼克拉斯团聚。

她跑出了房间。

跑到楼梯口时,她突然愣住了。

眼前那段楼梯底部的暗处里站着一个男人,身上穿了一件长长的黑色雨衣。

他的脸隐藏在帽子下面。

一把双筒猎枪瞄准了她。

---

① 加米施和帕滕基兴从前是两个小镇,1936 年冬季奥运会时两地合并为一个镇。此镇是德国著名的冬季运动之都和滑雪胜地。

五十五

"你是谁?"举着猎枪的男人咆哮着问道,"你来这儿干什么?"

事情来得太突然,玛蒂一时不知道该如何回答。

他调整了一下姿势,"喂!问你话呢。"

她将手伸进自己的衣袋。

"住手!"男人吼道,他手中的枪依旧瞄准着玛蒂。

"我在找……我的工作证……还有身份证。"她结结巴巴地说。

他的眼睛离开了瞄准器,"你是警察?"

"我在国际私人侦探公司柏林分公司工作。"她将自己的工作证展示给对方看。

他挥了挥手,示意她下楼。

"先生,你的枪?"她说,"它让我感到很紧张。"

几秒钟后,他终于放下了枪,并掀开了头上的连衣雨帽,显露出一张瘦削的脸。这个年近四十的男人对玛蒂说:"当我停止耕作后,我看到了你的车。你不该来这儿的,他们下个月就要拆除这栋房子。"

"很抱歉。"玛蒂说。此时她已经恢复了理智。她一边下楼一边对男人说:"这地方以前是一所孤儿院,我有一个很亲密的朋友曾经住在这里。"

"很多人都曾经住在这里,不过喜欢这里的人不多,至少我听说的是如此。"

她朝他伸出右手,"我是玛蒂·安格尔。"

"我是达里克·艾贝哈特。"他答复道,但并没有同她握手,"你得离开这里,安格尔女士。这地方很危险,地板已经朽坏了,你随时可能会踩空掉下去,伤到腿或者胳膊,甚至折断脖子。"

"我的朋友是……他已经死了,被人谋杀了。"玛蒂说,"他不仅仅是我的朋友,他还是我的未婚夫,我只是想了解一下他的童年生活。"

艾贝哈特注视着玛蒂,脸上几乎没有表情,"我为你失去的感到难过,但是你无法从这里得到任何有用的信息。这地方已经被废弃了整整二十年,洗劫者将里面的大部分东西都劫掠一空。柏林墙倒塌以后,这里被充公了,政府最终将这块地卖给了一家绿色能源公司。"

"我听说了,是一家做电灯泡的工厂。"

艾贝哈特一言不发地转过身去,开始下楼。

玛蒂赶紧跟了上去,"四十四号孤儿院的档案记录现在被存放在联邦档案馆里,它们……它们不完整。"

艾贝哈特没有答话,继续朝大门走去。

玛蒂在他身后喊道:"我希望我可以找到一个了解这所孤儿院的人,这个人有可能认识克里斯。"

艾贝哈特走出了大门,此时雨已经变小了,不过雷声还在轰鸣,一道闪电在他们的东边划过。

"我得回去继续犁地了。"艾贝哈特头也不回地说。

玛蒂跟在他后面说:"真的很抱歉,我原本希望……"说着说着她就哽咽起来,"这真的太艰难了……我不知道他为什么会死,不知道他以前的生活是什么样的,不知道这地方是不是有什么不可告人的秘密。"

她用袖子擦拭着脸上的泪水,难以自已。艾贝哈特转过身来,面对着玛蒂,他脸上的神色难以捉摸。

"真的很抱歉。"她再次说道,"我得走了,很抱歉打扰了你,中断了你的工作。"

玛蒂转过身,沿着杂草丛生的车道朝公路走去。

"哈丽雅特·莱德维格。"农夫突然说道,"她住在哈雷市的一所养老院里。"

玛蒂停下脚步,一脸困惑地看着他,"她是谁?"

"是我父亲的表姐,她经营这地方长达二十二年。"

五十六

三十五分钟以后,玛蒂走进了一个充满了老年气息的房间,她还闻到了柑橘香型消毒剂的味道。

哈丽雅特·莱德维格笔直地坐在一把靠近病床的椅子上,她的鼻孔里插着一根与氧气瓶相连的软管,咳嗽得很厉害。这是一个身材娇小的年长女人,穿着睡衣、长袍和拖鞋,腿上还搭着一块毛毯。她身边堆放着一些书,膝盖上搁了一本打开着的书,书页上还有一个放大镜。

咳嗽平息后,哈丽雅特·莱德维格朝纸巾里吐了一口痰,接着将它扔进了放置在书本中间的垃圾桶里。

"你找我有什么事吗?"老妇人用低沉嘶哑的声音略带怀疑地问道。

玛蒂表明了自己的身份,并将工作证亮了出来,然后对老妇人说:"在古老的四十四号孤儿院大楼的外面,我见到了你表弟的儿子——达里克,他建议我过来跟你谈谈。"

哈丽雅特突然变得非常戒备,"你为谁工作?你是政府的人?"

"不是,我……"

老妇人拿起放大镜,在玛蒂面前摇晃着,"我可没有参与过强迫收养,从来没有,一次也没有,我有证据可以证明这一点。"

玛蒂知道她在说什么,在东德时期有时会出现一种很特别的现象:那些被认为对国家不忠诚的父母的孩子会被强行带走,接着被改名换姓,最后被交托给那些被认为忠于国家的家庭。

"我不是因为这个理由来这里的,莱德维格夫人。"玛蒂向她保证道,"而且也不关我客户的事。我只是想寻找关于我的一位很重要的朋友的信息,他在上个世纪的七八十年代住在四十四号孤儿院。"

哈丽雅特注视着玛蒂,那眼神就像眼镜蛇盯着自己的猎物时一样专心,"你朋友叫什么名字?"

"克里斯,嗯,他的全名是克里斯多夫·施奈德。"

老妇人眨了眨眼,表情先是困惑,接下来她的脸上掠过了一丝痛苦的神色。

她再次开始咳嗽,并且伴随着痉挛性抽搐,在这期间她有意躲避玛蒂的目光。

待她的发作平息之后,玛蒂继续问道:"你认识克里斯吗?"

哈丽雅特看上去正处于某种内心挣扎当中,但是片刻之后她侧着脸对玛蒂说:"不管在那个男孩身上曾经发生过什么事情,都和我没有关系,完全没有!"

五十七

玛蒂感到胸口一阵刺痛,她注视着眼前这个曾经经营着四十四号孤儿院的老妇人,"克里斯身上发生过什么事?"

"我不知道。"哈丽雅特啜嚅着回答道。

"不,你一定知道。"

老妇人费力地调整了一下坐姿,"我真的不知道。你为什么来这儿?为什么是现在?"

"因为克里斯上周被人谋杀了。"

哈丽雅特的眼睛呆滞了好一会儿,就好像她坠入了时空隧道。接下来,她喘息着说:"我一直以来都希望他能够很安全,并且活得长久。我曾经希望他们都能……我……除了尽我所能地帮助他以外,我什么都没有做。但是,那已经超出我的能力范围了。我是个好人,只可惜遇上了无法完成的任务!"

老妇人几乎是哭喊着说出了最后的话:"我是无辜的!"

"为什么这样说?"玛蒂询问道,"难道克里斯在你的孤儿院里被人虐待?"

哈丽雅特强迫自己坐得更直一些,"绝对不是!不论那些事是什么,总之都是在他来到孤儿院之前发生的,在他们所有人来到四十四号孤儿院之前发生的。"

"所有人?"

老妇人犹豫了片刻,接下来在断断续续的咳嗽声中,她讲述了发生在1980年2月12日晚上的那个雪夜里的往事。

远处驶来了一辆小轿车和一辆警车,一个男人从小轿车的后座上走了下来,他告诉哈丽雅特自己为政府工作。他带来了三个女孩和三个男孩,年龄介于六岁到九岁之间,据说他们都是被人发现在东柏林街头流浪的孤儿。当时,四十四号孤儿院是那一地区唯一一所还有空缺的孤儿院。

当这些孩子来到孤儿院时,每个人都处于一种极度震惊的状态,他们发疯似的紧紧抱在一起。大多数孩子在晚上都会做可怕的噩梦,并且在醒来后都尖叫着要寻找自己的母亲。有两个女孩是孪生姐妹,几乎形影不离。值得一提的是,这六个孩子都很畏惧男人。

在刚开始的几年里,哈丽雅特试图哄他们说出曾经发生在他们身上的事情,但是每当她这样问时,他们都会变得非常害怕和抗拒。对此,克里斯说过的唯一一句话就是"有些事情最好被忘记"。

"所以我依了他们。"老妇人用低沉沙哑的声音说道,"从那时开始,我尽最大努力好好照顾他们,确保他们吃饱穿暖,并且接受教育。在那六个孩子当中,有几个显得比其他人更出色一些,克里斯和亚瑟就是最拔尖的两个。

"接下来,他们都长大了,关于柏林起义的消息甚至传到了四十四号孤儿院,所以他们在某一天的晚上一起上那儿去了。后来他们回来过,但没有待太久。他们都已经成年,可以做他们自己想做的任何事情。再往后,我和他们失去了联系,不过我听说克里斯选择了参军。"

玛蒂点了点头,"但是除了他在军队的经历,以及他曾在孤儿院长大的事实,其他关于他童年的记录就没有什么是真实的了,至少从相关资料上看是这样的。"

哈丽雅特喘息着说:"是我的原因,那都是我做的。"

老妇人解释说,她看到那六个孩子的心灵都受到过严重创伤,而且对于谈论他们曾经经历的事情有病态的恐惧,于是她开始相信有人曾经威胁过他们,不允许他们将事情说出去。

"我不想让那个曾经折磨过那些孩子的人有办法找到他们。"她说,"他们来到孤儿院时都缺失了出生记录等证明文件,所以我为他们伪造了那些材料。即使后来当那些孩子有能力告诉我他们父母的名字时,我也坚持让他们沿用我写下来的新名字替换掉他们自己以及父母的真名。"

"这件事你一直都没有告诉过别人吗?"

"那是一个与现今截然不同的时代。正如克里斯所说的,最好被忘记。"

"克里斯的真名是什么?"

"罗尔夫·克里斯多夫·沃尔夫。"

"那他父母的名字呢?"

"这个我从来都不知道,我想我那时也不愿意知道。"

"在今天早些时候,有个人冒充一位教授,从联邦档案馆偷走了六份四十四号孤儿院的档案文件。我相信克里斯的文件就在其中。"

哈丽雅特眨了眨眼,看上去有些眩晕,"这怎么可能……"她重重地喘息着,就好像有什么东西勒住了她的脖子,接下来她咳嗽着说:"天哪!他们都是在同一天来到孤儿院的,而我是按时间顺序将文件整理好以后再送过去的。"

老妇人开始啜泣,"不,这都是我的责任,我只希望他们能够安全!"

玛蒂走到她身旁,蹲下身子将自己的一只手放在她的毛毯上。玛蒂可以感觉到老妇人的腿,它们细得像树枝一样,"哈丽雅特,你还记得其他五个孩子的名字吗?"

哈丽雅特的哭泣减缓了一些,"我知道在柏林墙倒塌之后会发生什么事,我知道很可能会有政治迫害,所以我保留了曾经住在我的孤儿院里的所有孩子的档案文件的副本。"

玛蒂的心猛跳了一下,"我能看看它们吗?可以复制吗?"

老妇人点了点头,"那些东西还可以证明我是一个正派的好人,而不是那种在当时的非常时期里会使我周围的人都饱受折磨的小人。"

第三部

第五个孤儿

五十八

"博士,快帮我查一查这几个人。"玛蒂在说话的同时"啪"的一声将六个蓝色文件夹扔在嬉皮士科学家的工作台上,"这可是重要线索。"

"慢着!"凯瑟琳娜有些不高兴地说,"他还得先处理我的事情呢。"

加布里埃尔博士正弯腰对着一台电脑,准备取下它的硬盘。

"凯瑟琳娜……"玛蒂当然也有些着急。

她的朋友打断了她,"这是恩斯特·诺依曼的电脑,他就是那个已经死去的计算机天才,柏林理工大学的博士生。还有,据他室友描述,他是个兼职黑客,前两天刚刚凭借这本事挣了一大笔现金。"

"真的?"玛蒂明显受到了触动,"那么还是让我自己来研究我的东西吧。"

加布里埃尔头也不抬地用一把螺丝刀指着一台苹果 iMac 一体机,"你就用那台电脑吧。"

玛蒂和凯瑟琳娜一起朝那台 iMac 走去,"那些文件夹里装着什么?"凯瑟琳娜问道。

"虚构的谎言。"玛蒂边回答边坐到电脑面前。

这时,加布里埃尔的实验室的门被打开了,杰克·摩根和丹尼尔·布莱希特走了进来。他们正准备离开公司去体育场观看卡西安诺的比赛,不过摩根希望向其他人通报一下他们所调查到的帕维尔的背景——从前的克格勃成员,以及帕维尔昨天晚上离开他与佩尔菲格塔共享的房间之后就再也没有出现过的事实。

"此外,我还和我在拉斯维加斯的一些老朋友联系过了。"摩根说,"在卡西安诺表现得很拙劣的那些比赛中,博彩公司的投注量比其他比赛要大得多。而且我们还注意到了一个事实,在那几场比赛中,博彩公司公布的柏林赫塔队获胜的赔率都是五比三。"

"我不太明白。"凯瑟琳娜说。

"设局的人很高明,普通人不会想到这当中有猫腻,他们只会以为卡西安诺表现得不好是偶发事件。如果赔率过于悬殊,那么别人就会怀疑比赛受到了人为操控。"摩根解释道。

"这和帕维尔有关?"玛蒂问道。

"我们的确是这样认为的。"布莱希特说,"这是他的照片。"

玛蒂盯着夜总会老板的照片看了好一会儿,但是她无法分辨出这个人就是她那天上午在档案馆看到的男人。

接下来,她将自己在哈雷市的发现也告诉给了其他所有人。

玛蒂刚一说完,加布里埃尔立即放下电脑天才的硬盘,冲到玛蒂身边,将她从椅子上一把推开,急匆匆地打开了第一个文件夹,"你怎么不早说呢?"

"喂!"凯瑟琳娜开始抗议了。

"研究电脑硬盘要花费好几个小时。"他说,"但这个只需要几分钟就够了。"

第一个文件夹的主人是伊尔莎·弗雷,她是六个孩子当中年龄最小的一个,1980年2月12日被送到四十四号孤儿院时只有六岁。

摩根和布莱希特动身去比赛现场了,没过多久,加布里埃尔就找到了一个名字与年龄都与资料相匹配的人,现居法兰克福市附近。

"她是一名律师助理,居住在巴特洪堡镇①郊区。"老嬉皮士读出了屏幕上的数据。接下来,他又录入了一个命令,将她的名字与国际私人侦探公司有权调用的各种执法数据库进行比对。

很快,博士就找到了匹配项,但是他的表情突然变得异常痛苦。

"怎么回事?"玛蒂一边问,一边走到了博士的椅子背后。

"伊尔莎·弗雷在十五天之前就被宣告失踪了。"

---

① 法兰克福市的卫星城。

五十九

我的朋友们,如果是在二十年前,我可能需要花费好几个星期的时间才能找到格里塔·阿姆泽尔的地址。我之所以知道这一点,是因为差不多二十年前,在我经历过外科手术之后不久,我决定找到并杀掉那个把我生下来的婊子。

我用了整整一个月的时间,连续不断地研究了无数文件,终于才找到了我那亲爱的母亲的地址,继而结束了她的生命。当然,这些都是后话了。

而这一次在谷歌的帮助下,我只花了一个小时就确定了格里塔现在是一名护士,独居在西柏林市郊的一栋小型公寓楼里,那儿离法尔肯塞市①不远。

此时此刻,我正坐在我的蓝色厢式货车上,并在脑子里复习着当我找到她以后准备采取的行动。我是个很敏锐的人,但是当我刚才停好车并给她打电话时,却通过她的电话答录机听到了一个陌生人的声音。这真有趣,我已经听不出她的声音了。

我的车就停在公寓楼的斜对面,我拨通了公寓管理员的电话,对方是一个名叫古斯塔夫·班特尔的男人。我谎称自己是一个来自曼海姆市的电力设备推销员,希望在稍后顺便拜访他,时间大概是五点半。班特尔告诉我那是不可能的,因为他四点半就下班了。

"真不幸。"我对他说,然后挂断了电话,静静地坐在车里等候格里塔。

我刚才说过,我没有听出她存在电话答录机里的声音,但是当她骑着自行车从我身边经过的时候,我一下子就把她认出来了。她仍然留着一

---

① 柏林市的卫星城,位于柏林以西约二十千米。

头自然金发，标志性的高颧骨一点也没有变，脸上带着失落的表情。我看了看手表，现在是四点四十五分，班特尔已经下班了。

格里塔在公寓楼旁边锁好了自己的自行车，接着打开前门走了进去。我等待了十分钟左右，然后把脚下的工具箱提起来，放在我身旁的副驾驶座位上。

我继续等待着，又过了几分钟，一个年轻男人提着包沿着街道的远端走来，紧接着走向了公寓楼的前门。我赶紧跳下货车跟了上去。

当他正要将钥匙插进锁孔时，我在他身后问道："请问我在哪里可以找到班特尔先生？就是那位公寓管理员。"

这个年轻人转过头来看着我，"班特尔？他早就下班了。"

我生气地摇了摇头，"有人打电话叫我来修理三楼漏水的卫生间。"我拍了拍自己的口袋，"我这里有客户的电话和名字，但是我想我应该先和班特尔先生打个招呼。"

年轻人耸了耸肩，"班特尔真是个毫无价值的家伙，当住户的卫生间漏水的时候他却走了，在被人需要的时候他总是不在场。对了，我住在212，漏水的卫生间不会是在我的楼上吧？那样的话恐怕连我的天花板也得遭殃了。"

"不是。"我对他说，"出问题的房间是347，我可以进去吗？"

年轻人心不在焉地点了点头，并在一楼走廊里的信箱柜旁边停了下来。

在他打开自己的信箱之前，我就已经进入电梯并关上了电梯门。

我在三楼走下电梯，然后顺着楼梯井上到四楼。

我找到了429房间，开始敲门。尽管我无法透过窥视孔看清楚里面的动静，但是我全身都兴奋得不由自主地战栗。

"来了！"我又听到了那个陌生的声音，"是谁啊？"

"我是管道工，阿姆泽尔女士。"我大声说，"是班特尔先生打电话叫我来的，他说329房间的住户抱怨天花板上有水渗漏下来。他想让我来检查一下你家的卫生间。"

门那边沉默了很久。

接下来，我听到了链条滑动和门闩打开的声音。

六十

"是谁报告她失踪的?"玛蒂问道,此时她眼前的电脑屏幕上显示着一份 PDF 文件,抬头是法兰克福市刑警局。

"让我看看……嗯,是她的姐姐,伊洛娜。"加布里埃尔博士边控制鼠标边回答道。

玛蒂打了个寒战,"伊洛娜也是那六个孩子当中的一个,她留下地址了吗?"

"没有,只有一个手机号码。"凯瑟琳娜说道,她也在看那份文件。

玛蒂赶紧拿出自己的手机,开始拨打电话。这时,汤姆·伯卡特走了进来,径直来到玛蒂身边,"我想我找到了一些东西。"

她竖起一根手指,示意伯卡特不要说话。伊洛娜·弗雷没有接听,电话自动转入了语音信箱,一个合成的机器音提示对方留下语音信息和回叫号码。

"嗨!伊洛娜,我叫玛蒂·安格尔,是克里斯·施奈德的朋友。我和他都在国际私人侦探公司柏林分公司工作。如果你能给我打电话,我会非常感激的。你可以在任何时候给我打电话,白天晚上都可以。请尽快回电,我有非常重要的事情要跟你说。"

"这个叫格里塔·阿姆泽尔的人我也查到了,玛蒂。"加布里埃尔在她挂断电话之后说道,"她住在法尔肯塞市附近,从这里出发顶多只需要二十分钟就可以到达。"

玛蒂匆匆记下了地址,然后朝门边走去。伯卡特在她身后再次说道:"安格尔,我想我刚刚对你说过,我找到了一些东西。"

玛蒂犹豫了片刻,接着对伯卡特说:"你和我一起去吧,在路上讲给我听。"

六十一

当我那亲爱的老朋友格里塔·阿姆泽尔打开房门的时候,腰上系着一条围裙,而我立即闻到了煎培根的香味。她上下打量着我这身管道工的伪装,接下来站到了一边,"沿着走廊过去,卫生间在右手边。不会是管道爆裂了吧?"

我笑着耸了耸肩,然后用很愉快的声音回答道:"谁知道呢?我先去看看吧,怎么样?"

当我穿过两侧都是光秃秃的墙壁的走廊时,培根的香味一直环绕在我的周围。来到卫生间以后,我注意到这里并没有我所能想象到的大量的化妆品、洗液和香皂。

格里塔过着一种十分简朴的生活。

我将工具箱放在地上,紧接着戴上了橡胶手套。我转过头去,发现她正注视着我。我再次笑着说:"你正在做饭,是吗?我想我只需要一分钟的时间就可以判断出是不是这里出了问题。如果不是,那我在两分钟以后就可以离开了。"

她犹豫了一下,接着便转身走开了。

我在卫生间里等待着,直到听见厨房里的碗碟发出了声响,继而收音机也开始播报当天的新闻。我将手伸进工具箱,取出了一把扁头螺丝刀和一个夹着一张白纸的写字夹板。接下来,我用水冲洗了卫生间,然后将螺丝刀藏在夹板下面,朝着有培根香味的地方走去。

"嗨!你在厨房吗?"我亲切地喊道。

格里塔正站在炉子旁边,离我大约有六英尺远。她将培根片卷起来,放到一个盘子里的纸巾上,然后抬起头看着我,"都弄好了吗?"

"是的,你的卫生间没有问题,也许是隔壁邻居家的出了故障。"我将写字夹板递到她面前,"请你帮我签个字,就说我来你这儿检查过了,这样我好给班特尔交差,好吗?"

格里塔朝我走了过来,我感到自己已经无法控制住脸上的表情。现在她离我那么近,这比我预料中的还更加让我兴奋。我的喉咙里不自觉地发出了愉快的"哼哼"声。

格里塔的脸上立即显出了困惑和怀疑的表情。

"你认得我,格里塔,是吗?哼哼?"我说,"过了这么长的时间,你还是认得我。"

她因恐惧而愣住了,不过我却非常兴奋。我扔下写字夹板,握着螺丝刀朝她冲了过去。

格里塔一把抓起长柄平底煎锅,将里面的热油泼向我。我的脸被烫伤了,内心的兴奋转变成了愤怒。

她开始尖叫,而我迅速地将平底锅从她手中击落,然后赶在她叫喊得更大声之前用拳头堵住了她的嘴巴。

她瞪大眼睛看着我,低声地呜咽着。

"你记起来了,是吗,格里塔?"我用嘶哑的声音低语道,"我们曾有过的所有快乐,还有你和你母亲,你都记起来了,是吗?哼哼?"

六十二

伯卡特将公司的车停在格里塔所住的公寓楼斜对面的街道上,这时正好有一位穿着蓝色连体工作服、戴着与衣服相匹配的帽子的年长男人从前门走出来,手里提着一个工具箱。

玛蒂第三次拨通了格里塔的电话号码,可还是没有人接电话。刚刚离开公寓的那个工人此刻已经走进了一辆深蓝色的无侧窗厢式货车。

玛蒂几乎没有注意到那个工人,她的头脑里还一直回想着伯卡特在路上告诉她的那些信息。

这名反恐精英在阿伦斯费尔德镇没能发现更多的关于那座屠宰场的文档,于是他又顺道去了柏林市档案馆,然后查询了保存在那儿的阿伦斯费尔德镇档案库,不过找到的东西并不比他们已经发现的更多。

屠宰场爆炸以后,围在周围看热闹的当地人告诉伯卡特,他们已经和瑞斯·鲍姆嘉通探员谈过话了。那些人只知道那座屠宰场是一个对于他们的孩子来说非常危险的地方,除此之外他们就一无所知了。

后来,伯卡特来到一家距离屠宰场不远的咖啡馆里吃午餐,并在那儿遇见了一位退休的商店店主和他的女伴。

店主是在屠宰场附近的一个农场长大的,他说他知道一个叫"福克"的男人经营那个地方,他还描述说福克是个酒鬼,有着痛苦和悲观的人生态度。

福克有个儿子,也在屠宰场工作。店主记不起"小福克"的名字了,但是他记得当他最后一次见到福克的儿子时,小福克大概是二十岁左右。尽管接受的学校教育很有限,可是小福克非常聪明。

店主的女伴告诉伯卡特,她在七十年代末期的一天深夜曾走路经过屠宰场,当时她觉得自己好像听见了一个女人的尖叫声,但她同时认为那很可能是一头猪在嚎叫。"猪是很聪明的。"她对伯卡特说,"它们很清楚自己在什么时候会被杀戮。"她曾将自己的遭遇告诉给了已故的丈夫,结果她丈夫要求她从此把自己的耳朵捂住。

深蓝色厢式货车的引擎已经启动了。

"你不打算去敲一下门试试吗?"伯卡特问道。

"来都来了,为什么不去呢?"玛蒂边说边走下车去。

厢式货车从他们身边经过,他们看都没看它一眼。

他们在公寓前门按了两次格里塔家的门铃,没有人回应。

"我们明天再来吧。"伯卡特提议道。

这时,一位年长的老先生从他们身后走来,"你们在找谁?"

"格里塔·阿姆泽尔。"玛蒂回答道。

老人四下看了看,"那是她的自行车,她一定在家。"

"我们按了门铃,可没有人来开门。"

"这栋楼的很多门铃都坏掉了,但是既然她的车在这里,那么她就一定在家。"

伯卡特亮出了自己的工作证,"我们可以上楼去直接敲她家的门吗?"

"没问题。"老人回答道,然后放他们进去了。

他们来到位于四楼的格里塔的房门前,敲了几下门,依旧没有任何回应。突然,他们的鼻子感觉到不太对劲,培根香味和头发被烧焦的刺鼻异味混合在一起,穿过门缝飘了出来。

"出事了!"玛蒂说。

"是的。"伯卡特回答道。他弯下身子,撬开了门锁。

他们俩举着枪进到了门厅,这里的气味更加浓重了,还夹杂着粪便的味道。

卫生间里的灯亮着,马桶座圈被立了起来,换气扇还在转动。

厨房里的换气扇也在运行,在那里他们看到格里塔·阿姆泽尔的尸体四肢伸开趴在地上。

她的手指已经被烧焦了。

六十三

在距离球门还有三十米远的时候,卡西安诺突然一个急停,带着球耍起了花样。在毫无征兆的情况下,他将球高高挑起,继而沿着一条弧线飞过了杜塞尔多夫队最后一名后卫的头顶。紧接着,这个巴西人的速度爆发了,他飞快地在几名目瞪口呆的中卫和后卫身旁迂回穿行,最后赶在皮球落地并反弹起来的那一瞬间用左脚凌空抽射。皮球飞入了球门的右上角,速度极快,角度极其刁钻,守门员只得"望球兴叹"。

柏林赫塔队的球迷沸腾了,杰克·摩根和丹尼尔·布莱希特也站起来鼓掌。

"帽子戏法!"布莱希特欢呼道,"他实在是太棒了!"

"难怪曼彻斯特联队会对他感兴趣。"摩根说,"他的确出色得让人难以置信。"

"那他为什么要拿自己的职业生涯来冒险,与帕维尔这样的人扯上瓜葛?"

"嘿!这句话可是他自己的原话,你还记得吗?"摩根说道。

"但是他在那六场比赛中的糟糕表现是无可否认的。"布莱希特反驳道,"简直就是判若两人。"

在球场上,主裁判吹响口哨,结束了比赛。卡西安诺慢跑着奔向更衣室,一路上汗流浃背的他微笑着朝崇拜他的粉丝们挥手致意。

摩根沉默地注视着卡西安诺,好一会儿没有说话。

"我想他说的是实话。"他在卡西安诺跑进更衣室以后说道,"我认为他不会拿自己的职业生涯冒险,不会与帕维尔这样的人合作,但是也许佩尔菲格塔有这种动机。"

"嗯,她确实在帕维尔面前脱光了衣服。"

"没错。"摩根附和道,"我想再找卡西安诺谈谈,还有他的教练,以及俱乐部总经理,所有人一起,你可以安排这件事吗?"

"什么时候?"

"现在就很好。"

六十四

"政委先生?"玛蒂对着自己的手机说道,此刻她正站在格里塔的寓所的门厅里。

"你是谁?"迪特里希的声音听起来沙哑而迟钝。

"我是玛蒂·安格尔。"她说,"现在又发生了一起谋杀案。"

电话那头是长久的沉默,接下来迪特里希简短地问道:"是什么人?在哪里?"

"是克里斯童年时代的朋友。"玛蒂回答道,"她叫格里塔·阿姆泽尔,她和克里斯曾经一起住在哈雷市附近的一所孤儿院里。"

高级政委再次沉默了很久,"那么她死了吗?"

"我们刚刚在她的寓所里发现了她的尸体。我们没有碰触这里的任何东西。我想我们刚才看到杀手了,他伪装成一名管道工,正好在我们到达这里的时候离开了。"

"你看清楚他的模样了吗?"

"没有。"她承认道。

迪特里希的第三次沉默比前两次更加长久,玛蒂觉得他好像在喝什么东西。"给韦格尔警员打电话吧。"他终于开口说道,"让她带领一队取证小组和三名刑警,对受害人的公寓进行彻底的检查。我会在明天中午开始着手处理所有的事情。"

玛蒂犹豫了片刻,有些不相信自己的耳朵,"明天?政委先生,恕我直言,我认为你应该立刻过来,然后听我们向你汇报我们之前发现的各种新情况。还有,另一个克里斯童年时代的朋友现在也失踪了。"

高级政委以他粗重的呼吸声作为回应,玛蒂听得出迪特里希的呼吸有些费劲。

最后,高级政委沙哑的声音再次传来:"安格尔女士,我得向你坦白,如果以我现在的状态出现在犯罪现场的话,我一定会极不专业。明天早上我要埋葬我父亲,而我现在正在喝酒,马上就要喝醉了。你得打电话通知韦格尔,我让她今晚留下来值班,其余的刑警局谋杀案小组成员也可以协助她。"

接下来,电话"咔哒"一声被挂断了。

六十五

我的朋友们,我现在真的很难控制住自己的情绪。事发到现在已经过去两个小时了,可我仍然还像一头即将成为牛排的小牛一样不停地发抖。煎培根的味道和肌肉被烧焦的味道依旧还在我的鼻子里作孽,被热油烫伤的右脸颊直到现在还在抽痛。

我的脑子里充斥着各种念头。

我在格里塔的寓所里只待了不到十二分钟。

我让换气扇一直开着。

照理说,她的尸体本该在几天以后才被人发现。

但是,我出来的时候居然看到了玛蒂·安格尔和那个大个子秃顶男人,接下来我的脑子里就装满了各种问题。他们是如何找到格里塔的?我明明从档案馆里拿走了所有的相关文件。他们还知道些什么?难道是克里斯在来屠宰场找我之前告诉了他们一些事情?

将近二十五年以来,我第一次感觉到自己被一种想法给淹没了:我的面具,还有我的隐形术,也许它们已经不再是百分之百的安全了。

不过,我很快就摆脱了这种想法。他们不可能找到任何与隐形人有关的线索。

当然,我毕竟是个现实主义者,这点是最重要的。我可以清楚地看到,我能够用来抹去我的过去的时间已经非常有限,可是另外三个孩子至今仍下落不明。

再干掉三个人,我就彻底自由了。

我的朋友们,不管你喜不喜欢,明天都将会是繁忙的一天,非常繁忙!

六十六

当伯卡特驱车驶入玛蒂所住的街道时,已经将近晚上十一点了。

在这之前,他们已经在格里塔遇害的犯罪现场待了好几个小时,看着韦格尔警员带领一队由刑警侦查员和犯罪现场取证专家组成的工作小组对尸体和公寓进行详细的调查和记录。

年轻的韦格尔警员看起来对于自己正面对的职责有些不知所措,尽管她只是负责这一个晚上的调查工作。不过,当玛蒂和伯卡特陈述事实的时候,她听得非常仔细,而且做了很多笔记。

玛蒂没有隐瞒任何东西,她将自己所知道的全部都告诉给了韦格尔警员,包括档案馆文件被偷窃,伊尔莎·弗雷的失踪报告,以及哈丽雅特的断言——在克里斯和他朋友的身上曾经发生过十分可怕的事情。

韦格尔一边倾听一边记录下了玛蒂所说的一切,接下来她开口问道:"这么说,你的意思是这名死者和赫尔曼·克鲁格之间没有什么关联?"

"我不知道。"

韦格尔看上去有些紧张不安,"今天下午,上级部门就艾格尼丝·克鲁格被谋杀一案给政委先生施加了很多压力。他们认为那起案子是所有事件的核心,迪特里希也是这么认为的。"

伯卡特说:"我能不能这样理解,一个贵妇人死了,这件事比一个护士死了更加重要?"

韦格尔表现得更加犹豫,不过接下来她点了点头,并告诉他们她曾亲自和赫尔曼的秘书交谈过。秘书承认在五天以前亿万富翁对她说过他将会在下个星期因个人事务出差,结果他就这样消失不见了。柏林刑警局已经安排了情报专家,试图追踪他的财务状况,但是到目前为止他们所获得的信息和亿万富翁本人一样扑朔迷离。

事态已经很明了了，不论在格里塔身上发生了什么，韦格尔相信官方调查的焦点一定都会放在赫尔曼身上，直到他们找到他，并查清他是否有罪。

"那六个孩子才是真正的关键。"当伯卡特将车停在玛蒂所住的公寓大楼的大门前时，她坚决地说，"案子的核心应该是他们，而不是赫尔曼。"

"这我同意。"伯卡特说，"不过我能看出一点，像艾格尼丝这样的人在光天化日之下被谋杀，一定会分散和转移大多数人的注意力。"

"我们得赶紧找到其他孩子，然后警告他们。"

"加布里埃尔说了，他会一直待在办公室里加班，直到找全他们。"伯卡特说。

玛蒂点了点头，但是她感到非常沮丧，因为他们差一点就可以拯救格里塔。杀手就那样从容地从他们身旁走过去了，而且还开着车从他们身旁经过！

她将手放在门把手上，正准备拉开房门，可突然又停下了，继而望着伯卡特，"你还没吃东西吧？"

"只吃了午饭。"他承认道。

"想吃一顿家常便饭吗？"

"你经历过这样的一天之后，还有力气做饭？"伯卡特有些好奇。

"在我家是我姨妈负责做饭，如果我像今天这么晚才回家，我就可以把她做好的饭菜热一下再吃。"

六十七

当布莱希特将自己拍摄到的视频展示给卡西安诺看时，巴西人开始用葡萄牙语咆哮起来。在视频中，卡西安诺的妻子走到帕维尔的酒店房间门口,脱掉了自己的衣服……

这名柏林赫塔队的明星前锋从球队会议室里的椅子上一跃而起,猛地朝门口冲去,并像野蛮人一样大喊大叫。

布莱希特一把抓住了巴西人的胳膊,然后用对方可以听懂的语言坚定有力地说了几句话。在某个瞬间,摩根还以为卡西安诺会将布莱希特捏碎。但是片刻之后,这名前锋的态度开始软化,并且回到了自己的椅子上。

"他在喊些什么?"球队总经理克劳斯·布莱梅问道,他身旁还坐着主教练席格·穆勒。

布莱希特说:"他想用一把大砍刀切掉帕维尔的蛋蛋,然后再将它们硬塞进佩尔菲格塔的喉咙,直到她窒息为止。我告诉他,对于一个准备参加世界杯的足坛新星来说,这实在是个很糟糕的主意。"

"这么说,他的意思是他还不知道这件事咯?"主教练问道,"说得明白点吧,他还不知道赌球的事?"

布莱希特将这个问题翻译成葡萄牙语,卡西安诺摇了摇头。

"你再问问他,那几场他表现得糟糕透顶的比赛到底是怎么回事。"摩根说。

布莱希特照做了,巴西人立刻又朝着摩根大喊大叫起来。

布莱希特解释道:"他说他昨天已经告诉过你了,那时候他生病了。他并没有放水,可你却在他刚刚发现自己的妻子跟一个俄罗斯老混蛋通奸的时候再次提及这件事,他真恨不得扇你两巴掌。"

摩根没有说话。

卡西安诺又转而看着自己的主教练,喋喋不休地用葡萄牙语说了一大堆话。

"你是相信我的,对吗?席格?"布莱希特帮巴西人翻译道。

总经理布莱梅发话了:"卡西安诺,这不是相不相信的问题。我们需要证据,表明你没有牵涉其中。"

在布莱希特将此番话用葡萄牙语讲述给卡西安诺的时候,巴西人再次愤怒地喊叫起来。

"我该怎么做呢?"布莱希特帮他翻译道,"我妻子是个娼妇,而我又是谣言的受害者,我需要怎么做才能证明自己的清白?"

"告诉他,让他提供给我们一些头发样本。"摩根说,"国际私人侦探公司会处理好余下的事。"

六十八

"妈妈!"玛蒂刚一打开房门,立即就听见了尼克拉斯的声音。

紧接着,她的儿子穿着睡衣裤向她跑了过来。

她抱起儿子责备道:"这么晚了,你怎么还不睡觉?"

塞西莉亚姨妈也跟着走出来了,她穿着睡衣,戴着卷发器,"他不听话,自从比赛结束后他就变成了一个疯小子,一直都兴奋若狂,并且拒绝上床睡觉。他说他一定要等着你回来,然后把他所看到的一切都讲给你听。"

"卡西安诺太神奇了!"尼克拉斯兴奋地说,"他进了三个球!三个耶!"

这时,伯卡特出现在了门厅,看上去有些尴尬。

玛蒂笑着介绍说:"尼克拉斯,塞西莉亚姨妈,这位是伯卡特先生,我们俩是同事。"

塞西莉亚姨妈的脸一下子红了,她将自己的睡衣拉得更紧了一些,接着抱怨道:"噢,玛蒂,我不知道你会把同事带回家里来。"

"是他开车送我回家的,下车的时候,我们俩才意识到我们都已经很饿了。"

一听这话,塞西莉亚姨妈立刻转过身,匆忙地朝厨房走去,"我准备了一些冷餐肉,土豆煎饼,自制的苹果酱,另外还有冰啤酒。你们稍等片刻,很快就好。"

"快给叔叔问好,尼克拉斯。"玛蒂边说边放下了此时有些害羞的儿子。

伯卡特蹲下身子,伸出了自己的右手,"很高兴见到你,尼克拉斯。"

尼克拉斯犹豫了片刻,接下来握住了伯卡特的手,"你好大个!"

"我知道,再过几年你也会变得和我一样的。"

"那么我的头发也会掉吗?"

"尼克拉斯!"玛蒂赶紧斥责道。

伯卡特只是笑了笑,"秃顶和个子大没有什么关系,尼克拉斯。秃顶大都是精神状态造成的。"

玛蒂也笑了,这一天的紧张褪去以后,整个人反倒更加精疲力竭,"我得去让他上床睡觉了。"

"好的。"伯卡特说,"也许我该走了?"

"噢,不不,我的姨妈可不想听到这个,对她来说,看到有人饿着肚子是非常难以接受的事。"

"我已经听到了!"塞西莉亚姨妈在厨房里喊道。

玛蒂将手放在尼克拉斯的肩头,"跟叔叔说晚安吧。"

"晚安,伯卡特先生。"尼克拉斯说。

"你可以叫我汤姆。"

尼克拉斯淘气地笑了笑,然后拉着母亲的手一起进到了他自己的卧室。片刻之后,玛蒂为儿子盖好了被子。

尼克拉斯说:"你和汤姆会逮住杀害克里斯的凶手吗?"

"当然会的!"

玛蒂亲吻了儿子的额头,"快睡觉吧,我的小家伙。"

"汤姆说我以后也会变成一个大个子男人。"

"没错,就和他现在一样。"

她朝门边走去,准备离开。

"妈妈?"

"什么事?"

"在查找凶手的过程中,你会是安全的,是这样吗?"

玛蒂折返回去,用双臂抱住了他,"别担心,我会很安全,并在这里一直陪伴着你,直到你长得和伯卡特一样高大。"

尼克拉斯也紧紧地抱住了她,"我爱你,妈妈。"

玛蒂开始掉泪,"我也爱你,尼克拉斯,非常爱你。"

六十九

我的朋友们,现在还不到清晨六点,而我已经开着我的奔驰ML500行驶在路上了。我还有一段很长的路要走,即使高速公路畅通无阻,到达法兰克福市也得花去四个半小时的时间。

既然前面的道路那么长,还有什么时候比现在更适合听一个故事呢?我得承认我非常喜欢那些有声读物,难道你不喜欢吗?

现在请你坐好,认真听我讲。

正如我之前提到的,在柏林墙倒塌两年后,我在南美洲完成了自己的外科手术,接下来花了整整一个月的时间才找到那个生下我的婊子。

她住在位于德国中西部地区的红发山脉自然公园附近——比登科普夫县郊外的一个寂静的小村庄里。

你知道那个地方吗?

这不重要。你只需知道我母亲独自一人居住在偏僻农村中的一栋小木屋里,四周都被浓密的森林所环绕,这就足够了。

十一月里的一个寒冷漆黑的夜晚,我敲响了她的房门。

"是谁啊?"一个胆怯颤抖的声音问道。

"是我,妈妈。"我回答道,接着说出了那个在我刚出生时她为我起的名字。

在短暂的犹豫之后,木门缓缓地打开了,门背后站着一个年老虚弱的女人,我几乎认不出她了。

她手里拿着一把老式的鲁格尔手枪①,枪口正对着我的胸口。她的眼睛里写满了怀疑。

"你是谁?"她警惕地问道。

"我是个面具爱好者,妈妈。"我说话的时候,喉咙里不自觉地发出了"哼哼"声,"尤其是《唐璜》里的面具。"

她立即瞪大了眼睛,嘴巴也张得很大,这使得她的脸显得更加苍老。片刻之后,她缓缓地放下枪,"真的是你吗?"

"那还用说!"我说,"你还有那个古老的非洲面具吗?"

"他们来找过我,说你在霍恩施豪森监狱②里死去了!"她大哭着向我扑了过来。

我就像一个久未谋面的亲儿子一样抱住了她,"他们也来找过我,并且说你在那里死去了。"

她惊恐地后退了好几步,"不会吧!"

"是这样的,我没说谎。"

"可他们在我这边的说法是,他们告诉过你我已经去了西德。"

"他们说了很多事。"我回复道,"不过我全都不信。"

"我也不应该相信他们的,快进来吧!外边太冷了!"

我对她表现出来的母爱报之一笑,然后跟着她走进去,并关上了身后的房门。

我母亲居住的地方非常简陋,屋子里有一把垫得又软又厚的阅读专用椅,还有一盏灯和一个燃烧着的柴炉。我还注意到她住的地方没有照片,这使得我的任务看起来更加容易了。

她再次用惊奇和欣喜的眼神打量着我,"我刚才没把你认出来。"

"时间隔得太久了。"我说。

她怯生生地问道:"你的父亲死了,是吗?"

"嗯,已经五年了。"

"我也听说了。"她的表情突然变得十分痛苦,"但是我相信一切都会

---

① 该枪1908年问世,装备德军长达三十多年,由乔治·鲁格尔设计,后来有多种派生枪。
② 霍恩施豪森监狱是东德秘密警察的监狱所在地,冷战期间关押过一万多名政治犯,现已改为纪念馆。

过去的。"她艰难地咽了一口口水,然后用恳切的目光望着我,"你会原谅我吗?"

我无法控制住自己接下来的行为。

我不由自主地伸出右手,抓住我那亲爱的母亲的脖子,继而将她高高地悬空举起。她瞪大着的眼睛很快变得毫无生气,没过多久就停止了呼吸。

"我不能骗你,妈妈。"我说,"老实说,我永远都不能原谅你离我而去。"

七十

国际私人侦探公司的喷气式飞机是一架线条明快、造型优美的湾流G650公务机①,这是当今世界最顶尖的民用公务机。上午九点四十五分,飞机如期降落在法兰克福机场,与预期的时间完全一致。

玛蒂喝完了自己的咖啡,并将杯子递给了乘务员。她刚才一直在看《柏林晨报》的头版新闻,报纸大篇幅登载了艾格尼丝·克鲁格被谋杀一事,以及赫尔曼·克鲁格的离奇失踪。

柏林刑警局得到搜查令以后,对赫尔曼在柏林的所有办公室和已知的住所都进行了搜查;克鲁格实业公司的股票在海外交易市场中的价格暴跌;与此同时,瑞典金融家奥利·拉尔森已经提交的文件表明他所拥有的克鲁格实业公司的股份已经从先前的百分之五上升到了百分之十。

玛蒂摇了摇头,非常困惑,她很想找出这些事情之间的关联。赫尔曼是不是参与其中了?当克里斯还是个孩子时,是不是以某种方式认识了

---

① 美国著名公务机公司——湾流公司的产品,是目前民用航空中最快的飞机,能接近音速飞行,并拥有同级别飞机中最大的座舱,可同时容纳十八名乘客。G650采用的发动机是由罗尔斯-罗伊斯(劳斯莱斯)公司生产的BR725发动机,最大航程达到了一万三千千米。

克鲁格?克鲁格是东德人,不是吗?

她抬起头看着伯卡特,这名反恐精英正坐在玛蒂对面的棕褐色皮革船长椅①上闭目养神。他的大光头向右边垂下,呼吸缓慢而有节奏。

玛蒂感觉到自己以前可能低估了伯卡特。昨天晚上,在关掉尼克拉斯的房间灯以后,玛蒂回到了厨房,看到塞西莉亚姨妈正在开怀大笑,而伯卡特也是笑容满面,他面前的盘子里盛放着香肠和土豆煎饼。

"他真幽默。"塞西莉亚姨妈说。

"她是位了不起的厨师。"伯卡特边喝酒边赞叹道。

"这我知道。"玛蒂简短地回答道,然后开始享用自己的食物和啤酒。

他们一边吃一边聊,一个小时就这样过去了。伯卡特很风趣,而且见多识广,谈吐不凡,令人感到非常愉快。玛蒂认为他之所以具备这些特质,得归因于他在加入公司之前所从事的行当。

伯卡特吃完以后,接连两次对塞西莉亚姨妈表示了感谢。接下来,玛蒂将自己的同事送到家门口。

"这是很长时间以来我吃过的最好的一顿饭。"伯卡特说,"谢谢!"

"不客气。"

他笑着说:"那么我们明天在早会上见咯,安格尔?"

"叫我玛蒂吧。好的,我会参加早会的。"她承诺道,然后关上了房门。

伯卡特是个很不错的人。但是,当她走向自己的卧室时,脑子里想着的人并不是他。一直到她即将入睡的时候,浮现在眼前的全都是克里斯和格里塔在雪夜里一同走进四十四号孤儿院的场景。

早上六点二十分,她的手机响了,她只睡了不到六个小时。加布里埃尔博士又找到了一名孤儿的下落,他的名字叫亚瑟·贝克尔,后来被改为亚瑟·耶格尔,现在是宝马公司驻慕尼黑的设计工程师。

玛蒂将电话打给宝马公司的安全保卫处,想索取耶格尔的手机号码,却被告知他已经去法兰克福参加国际汽车展览会了,而公司政策规定不允许透露员工的私人手机号码。不过,玛蒂没有放弃,她坚称耶格尔处于

---

① 有扶手和高靠背并且可以转动的椅子。

危险之中，然而公司的值班保安员也是寸步不让。

万般无奈之下，她沮丧地拨通了杰克·摩根的电话，后者告诉她可以乘坐公司的喷气式飞机立即去法兰克福。

接下来，她又给伯卡特打电话，两人约定在公司设在机场的私人航空集散站见面……

她伸出右手轻轻地拍了拍他的前臂，反恐精英猛地惊醒了。

"我们已经着陆了。"她说。

伯卡特打了个哈欠，"谢谢！离车展还有多远？"

"顶多十五分钟的车程。"玛蒂回答道，这时飞机已经停稳了。

他立即坐直了身子，整个人完全投入到工作状态中，紧接着他又看了看手表，表情突然变得异常冷酷，"希望我们可以及时赶到那里。"

七十一

跟在六个抬着上校的灵柩的老人后面，高级政委汉斯·迪特里希艰难地向前跋涉着。他们穿过一片潮湿的草地，朝一个敞开着的墓穴走去。这里是位于东柏林利希滕贝格区的斯费尔德中央公墓，也是原东德最高档的墓地。由于昨晚饮酒过度，高级政委感到自己的脑袋悸动发涨。他之所以喝下那么多伏特加，是因为他试图使自己的思想麻木，以免自己被淹死在黑暗、扭曲的关于他父亲的回忆里。

但这并不容易。

迪特里希醉酒后的思想并没有停留在他所希望的地方——屠宰场、克里斯·施奈德、艾格尼丝·克鲁格和那个叫阿姆泽尔的女人，相反，他却一直沉湎于对上校的回忆里，以及对父亲抚育他时所采取的那种冷漠无情的方式的后怕。

的确，他无法改变这个事实。尽管自己因宿醉而感到无比难受，走路时脚步踉踉跄跄,高级政委的脑子里依然反复回想着在自己的成长过程中父亲的冷血态度,还有那些莫名其妙、令人难以理解的残忍行为。

迪特里希已经五十二岁了,从孩童时期开始,他就试图了解上校。然而,当他注视着这些老人目送他父亲的灵柩被放进墓穴时,高级政委再一次意识到,自己既不可能解读父亲,也不可能与父亲达成共识。

上校已经死了,而且即将被埋葬,然而高级政委突然产生了一种令自己战栗的想法:也许这个人给我带来的凶兆永远都不会消失。

迪特里希困倦无神地望着那些围绕在他父亲的最终安息之所周围的人们,他们都在七八十岁上下,每个人都穿着深灰色西装和黑色雨衣,戴着软呢帽。

现场没有牧师。事实上,如果有牧师在场的话,上校很可能会愤怒地从坟墓里爬出来。

但是,其中一个老男人最终来到了人群的正前方,他是个矮胖子,有一双阴冷的眼睛,红扑扑的酒糟鼻十分显眼。片刻之后,他开始念出悼词:"康拉德是独一无二的,在我看来,将这里作为他的最终安息之所再合适不过了,这样他就可以与那些杰出的伟大人物并肩站立。"

迪特里希转过身,看了看前方那面爬满了葡萄藤的弧形砖墙,他知道墙那边埋葬着很多大人物的灵柩。

这些人都是我父亲眼中的英雄,迪特里希幽怨地想道,他们隔得如此之近,却又如此遥远。

他又回头看了看他父亲的送葬队伍,他们都用期待的眼神看着他,这时他才意识到那个矮胖男人的讲话已经结束了。

高级政委没有说话,他上前走出两步,捧起了一把潮湿的黑土。他本想将它们猛地甩下,可最后他还是将它们轻轻地撒在灵柩上。接下来他开始后退,尽管意识到自己的双手沾有泥土,但他毫不在意。

那些送葬者一个接一个地将手上的泥土撒进了墓穴,然后走过来与迪特里希握手,使他的手变得更黑。

矮胖男人走在最后面,他边握手边对迪特里希说:"高级政委,内部委员会向你表示慰问,你父亲是一位尊贵的成员。"

迪特里希面无表情地点了点头,"谢谢你,威利。"

威利犹豫了片刻，突然变得冷酷无情，"我想你现在一定感到很安心了，因为他已经死了。"

迪特里希在说话时不得不抑制住胃里翻腾着的恶心感觉，"事实上，我感觉自己被他诅咒了，被你们所有人诅咒了。我不能摆脱那种感觉，除非我可以等到你们每一个人都死了，而且你们的秘密都随同你们一起被埋葬的那个时候。"

七十二

现在刚过上午十点，我将奔驰车驶入了法兰克福国际车展会场西北角的停车场里。这是全世界规模最大的车展盛会，连停车场里也停满了闪烁发光、充满异国情调的坐驾。一看到它们，我立刻就变得兴奋异常。我喜欢汽车，它们是最好的伪装道具。

我的朋友们，在合适的汽车里，你可以变成任何人，难道你不是这样认为的吗？

我将车停稳后，拿出手机仔细端详着那张从网上下载的亚瑟·耶格尔的照片，心里暗自感谢那位乐于助人的秘书，是她告诉我在哪里可以找到这名工程师。

我看了看镜子，检查着自己的化装，现在我已经变成了一个比实际年龄老得多的秃顶男人。我将蓝色风衣的拉链拉紧，然后又在外面套上了一件印有"阿斯顿·马丁"①标志的红色风衣。

我戴上了一顶和自己的头型相匹配的鸭舌帽。

接下来，我停顿了一会儿，调整着自己的呼吸。

我知道自己所冒的风险有多大。

---

① 英国轿车品牌。

这不像我的作风,我更喜欢稳扎稳打地办事,但是现在我已经别无选择。

所以,我从汽车的座位下方拿出了手枪和消音器,然后将武器放进了我佩戴在风衣内侧的手枪皮套里。

我打开车门,并在下车时做出很痛苦的动作,就好像我的臀部受了伤或者有严重的关节炎——起码今天的我是这样的。

我跛行着朝车展大厅的入口走去,一路上不停地告诫自己要像父亲教我的那样冷酷无情和不择手段。在我离开法兰克福的时候,我很可能会成为一个更加隐形的人。

七十三

从机场开出的出租车将玛蒂和伯卡特载到一座名为卡斯特与帕勒克①的双塔式建筑楼下,对面就是法兰克福国际车展的观众入口。他们付了入场费,进入到一个庞大的园区,周围是几个巨大的由自动人行道和自动扶梯连接起来的独立展厅。

今天已经是车展的倒数第二天了,但是这里还是人满为患。他们借助车展地图朝着宝马公司设在一号厅的展台走去,尽管不认识亚瑟·耶格尔,不过两个人的手机上都有加布里埃尔博士发送过来的照片。

玛蒂很快就找到了亚瑟·耶格尔,他正站在公司的展台上,身旁站着一名穿着晚礼服的漂亮车模,背后是一辆正在旋转台上徐徐旋转的豪华跑车。他握着一个麦克风,大声描述着这辆造型优美的概念车所汇集的纷繁难懂的技术细节。

玛蒂挤到了人群的最前面,展厅里实在是太喧闹了,噪音几乎完全盖

---

① 古希腊罗马神话中的孪生神灵。

过了耶格尔那流利夸张的推销套话,以至于她没能听见是什么响声使得这名工程师猝然一动,紧接着扔掉麦克风向后倒了下去。

但是当耶格尔的头部撞到展台的地板时,她看见了从他嘴里流出来的鲜血。

"有人开枪了!"伯卡特咆哮道,"大家快卧倒!"

围绕在宝马公司展台周围的观众开始尖叫着扑向地面,继而跌跌撞撞地朝出口涌去,整个展厅里迅速陷入一片混乱。

玛蒂立即掏出自己的手枪,她在头脑里回忆着耶格尔倒下的方向,并试图判断出子弹飞行的路线。紧接着,她往相反的方向望了过去,结果发现在那些试图逃跑的观众当中,有一个年长的男人看起来与众不同,他穿了一件红色风衣,走起路来一瘸一拐,但是速度很快。

"就是那个穿红色风衣的家伙!"玛蒂朝伯卡特喊道。

那个"老男人"似乎听到了玛蒂的声音,他开始加速,在混乱的人群中挤出了一条通路,并显示出了惊人的力量和敏捷的身手。

但是伯卡特就像一头服用了类固醇的犀牛,他把挡路的群众像稻草人似的推到一边,奋力追赶,而玛蒂则紧随其后。

杀手跑到展厅的出口处,挤入了一条拥挤的通道,继而消失不见了。十秒钟后,伯卡特和玛蒂也沿着同样的通道跑出了一号厅,然后在人群中扫视着。更多的观众已经开始意识到一号厅里发生的疯狂行为,他们纷纷从各个展厅蜂拥而出,惊慌失措地谈论着枪击事件。

整个车展园区变得更加混乱了,而那个"老男人"也没了踪影。

也许不应该用"老男人"这个词来形容他?

玛蒂正在思索,突然发现不远处的地板上有一件红色的风衣。

"他换了衣服!"她朝伯卡特喊道。

与此同时,园区西侧的出入口附近突然传来了一声枪响,紧接着是人群的尖叫声。

七十四

一名保安人员试图上前阻止暗杀者,然而却被对方用枪射中了自己的胸部。当他倒下时,他手中的枪掉落在地上,并且发生了走火。

玛蒂和伯卡特追到殉职的保安身旁时,看到出入口外面的布斯勒尔街上有一个穿着蓝色风衣、戴着黑色帽子的男人正在人群中穿梭躲避。伯卡特全速向他奔去,玛蒂气喘吁吁地跟在同事身后。

玛蒂和伯卡特来到了布斯勒尔街的人行道上,杀手离他们不远,但是紧接着他们看到杀手将一个男人从一辆玛莎拉蒂跑车里拖出来,继而用枪柄打晕了他。接下来,杀手飞快地钻进跑车,"玛莎拉蒂"啸叫着驶离了现场。无奈之下,伯卡特和玛蒂只好用双腿继续追赶。大雨再次降临了,街道很快就变得十分湿滑。

在奔跑途中,伯卡特向一个站在一辆红色宝马轿车旁边、脸上写满了震惊的男人出示了自己的工作证,"给法兰克福刑警局打电话!"他朝着那个男人大喊道,然后一把夺走了对方手中的车钥匙。

"喂!"那个男人高声抗议道,"这不是我的车!你不能……"

"你就说这辆车被国际私人侦探公司柏林分公司的人借走了,杀手偷了一辆'玛莎拉蒂',正在逃窜。"伯卡特边跳进驾驶室边命令道,"那家伙已经杀了两个人。"

玛蒂也跳进宝马车,坐到了副驾驶座位上,她在系上安全带时说:"他占了先机。"

"而且他的车马力更强。"伯卡特发动了汽车,迅速松开离合器,"但是他的驾驶技术未必比得过我。"

宝马车发出一阵尖利刺耳的啸叫声,跟上了那辆"玛莎拉蒂",后者不知何故突然调低了速度挡。紧接着,玛莎拉蒂开始漂移,继而急转了一个 U 形弯,掉过头沿着奥斯陆街向正东方向行驶。在某个瞬间,"玛莎拉蒂"与宝马车正好近距离擦肩而过,他透过车窗看了他们一眼。

他们当然也看到了他:光头,戴着墨镜,有小胡子,很难分辨出他的年龄。

当伯卡特也转过那个 U 形弯并追赶上去时,杀手已经在奥斯陆街上右转了。宝马车加速跟上了"玛莎拉蒂",一路上经过了一系列的右转,几乎是环绕着车展园区跑了一大圈。接下来,"玛莎拉蒂"闯过一个红灯,上到了 44 号公路,继而向西行驶,宝马车也闯过红灯追了上去。两车之间的距离一直维持在四百米左右,尽管"玛莎拉蒂"顺着一段斜坡挤入了 648 号高速公路,可仍旧未能拉开与追赶者的距离。

由于伯卡特非凡的驾驶技术,杀手一直都找不到脱身的机会。"玛莎拉蒂"行驶到 648 号高速公路与 5 号高速公路的交叉口时转了个弯,接着向北行驶,宝马车依然紧随其后。

"快通知刑警局。"伯卡特对玛蒂说,"让他们出动直升飞机,并且把他的方位告诉他们。"

但是天空突降暴雨,狂风夹杂着雨水淹没了车前窗,雨刮器已经毫无作用。伯卡特并没有减速,相反,他就像个在盲道上前行的盲人一样胸有成竹,驱车在三车道高速公路上飞驰,并在车流中左躲右闪,与天空晴好时的行驶方式似乎没什么分别。

这可使玛蒂吓破了胆,她无法让自己的双眼离开前方模糊不清、难以辨认的道路。

"快打电话!"伯卡特厉声催促道。

玛蒂喊叫着说:"你得先减速!"

"我一旦减速,他就会跑掉的!"伯卡特喊了回来。

"我们甚至看不到他在哪里!"

"没错!但是我们可以看到那些被他影响的车辆亮起的刹车灯!"

伯卡特追得越来越近了,玛蒂只得不顾一切地拨出了电话。她感到自己的意识有些恍惚,她似乎听见了自己正在对着尼克拉斯讲话,说她不会在寻找杀害克里斯的凶手的过程中死去。

当他们到达罗莎·卢森堡大街的北端时,有一刹那玛蒂还以为伯卡特最终能够从侧面包抄"玛莎拉蒂"。

然而接下来杀手却做出了完全疯狂的举动。雨比刚才小了一些,玛蒂可以看到"玛莎拉蒂"加速驶向通往巴特洪堡镇的方向,紧接着从公路侧面飞了出去,跳到了另一条岔路上,不过这一招并没有甩掉伯卡特。

此时杀手所处的位置是661号高速公路的A5出口外面,这条岔路很短,前方出去就是乡间小路,不可能再高速行驶。玛蒂和伯卡特正感到有些庆幸,突然看到"玛莎拉蒂"一个急刹,转过了一个一百八十度的弯,然后呼啸着驶过A5出口,上到了661号高速公路。

玛蒂瞪大了眼睛,喘着粗气惊叫道:"天哪!他在逆行!"

七十五

我的朋友们,驾车高速撞入661号高速公路上的车流当中,是我认为我在整个人生中做过的最正确伟大的决定之一。

当我以一种看上去就像是送死的举动疾驰着冲向他们时,眼前那些车辆都轻易地为我让路,这使我获得了非凡卓越的成就感。

一辆"蓝旗亚"①在差点碰到我的前保险杠时一个急转,结果撞上了路边的水泥护栏,紧接着开始横翻筋斗。那个司机的脸充满了恐惧,而我则开怀大笑起来,这是多年以来我觉得最刺激最有趣的时刻。

更重要的是,我看了一眼后视镜,发现那辆一直跟在我后面的红色宝马车没能做出和我同样激进的举动。我的朋友们,出其不意总是值得的,不是吗?

当我远离A5出口以后,我找到一个机会调低速挡,然后让车旋转了一百八十度,继而猛踩油门向前飞驰。

---

① 意大利豪华轿车品牌,菲亚特集团旗下的品牌之一,在中国并不多见。

前方通往巴特洪堡镇的道路出乎意料的通畅，一路上我不断地查看着前后左右的动静，仍然没能看到红色宝马车的影子。这一回合他们输了！下一个出口距离 A5 出口有十五英里远，他们不可能那么快就赶上来。

不过，我清楚地知道这辆玛莎拉蒂跑车过于招人耳目，我得尽快将它脱手。

十分钟后，我把车开进了一条树木繁茂的车道深处，这里是巴特洪堡镇西北边的霍赫陶努斯自然公园，你知道这个地方吗？

这不重要。

你只需知道我已经没有时间还可以浪费了，很快就会有无数警察聚集到这个地区，而我还有很长的一段路要走。

我将车停在我所能找到的最阴暗最隐蔽的地方，擦干净了方向盘和车门，然后走下车朝着正东北的方向步行，很快就进入了一片潮湿的树林。

我一边快走，一边扯掉了帽子、鼻子上的假体和脸上的小胡子。我发现了一条小溪，于是用泥土和冰冷的溪水去除了我脸上的伪装。我丢弃了那件蓝色的风衣，继续在雨中前行，一路上我的脑子里飞快地旋转着。

我眼前不断地闪现出那张惊恐万分的脸——等待着他的是连人带车在空中横翻筋斗。

我的朋友们，我无法控制我的心思意念。

独自一人待在树林里的我停下脚步，伸出两只拳头，将它们挥向正在哭泣的天空，然后我开始仰天大笑起来。

没过多久，我就变得歇斯底里，接着跪倒在地。

我做到了！再杀两个人，我的任务就彻底完成了。从此没有人知道我是谁，没有人知道我做过什么。

也许有人会怀疑我。

还有一些人，他们也许会对我进行推测和猜想。

但是，当我站起身来继续朝着东北方向的福瑞德瑞茨多夫村的火车站走去时，我比以往任何时候都更加确定——过去的我和未来的我永远都不会被联系起来。

七十六

"你最后一次看到他时,他在什么地方?"伯卡特喊道。此时他们正沿着661号高速公路向北行驶,前方不远处就是下一个出口。

玛蒂在自己的座位上伸长脖子四处查看,她还没有从刚才的震惊中摆脱出来。

"安格尔?"伯卡特追问道。

玛蒂眨了眨眼,指着前方的出口说道:"他好像离开大路往那边去了。"

"哦,那边过去是巴特洪堡镇。"伯卡特说。

但是,当他们向前行驶了十五英里,来到巴特洪堡镇外寂静的小村庄以后,他们知道他们已经没有机会追上那辆"玛莎拉蒂"了,它有可能驶入了周围几个方向中的任何一个。村庄里面的房屋都很朴素,有着光滑的灰色围墙。

伯卡特用拳头重重地敲打着方向盘。

玛蒂也感同身受。他们和杀手已经如此的接近,然而他们还是未能拯救亚瑟·耶格尔和那名保安的性命,也没能阻止后来发生的那场车祸。杀手再一次打败了他们,而玛蒂已经开始感到害怕——杀手很可能是个无坚不摧、无人能挡的家伙。

"我们得回去。"伯卡特失望地说,"找到警察,然后把情况汇报给他们。"

玛蒂正准备同意,但是她的脑子里突然闪现出了一个念头。

"不,等等。"她边说边掏出自己的手机,"把车开到路边停下。"

她拨通了加布里埃尔博士的号码,对方几乎是立即就接听了电话。玛蒂开门见山地说:"伊尔莎·弗雷住在哪里?就是那个失踪的女人。"

"巴特洪堡。"博士回复道。

"你有她的地址吗?"

博士让玛蒂稍等片刻,然后将地址告诉了她。"发生什么事了?你在哪里?"他焦急地问道。

"我在巴特洪堡。"玛蒂说完就挂断了电话。她对伯卡特说:"伊尔莎·弗雷住在离这里不足一英里远的地方,杀手也知道地点,这就是他来这里的原因。"

伯卡特立即发动了引擎。

六分钟过后,红色宝马车来到了一栋中规中矩的两层楼高的公寓旁边,这里是巴特洪堡镇的镇乡结合部。此时刚才的大雨已经变成了毛毛细雨,远处传来了警笛鸣响的声音。

伯卡特故意将红色宝马车停放在显眼的位置,这样就可以引起警察的注意。他们来到公寓的后门,敲了几下。

过了十几秒钟,当他们正准备再次敲门的时候,窗边突然出现了一个外表和善的金发女人,大概三十出头。女人用怀疑的眼光打量着他们,片刻之后她打开了房门,不过门上还挂着安全链。

"你们有什么事?"

玛蒂出示了自己的工作证,"我们是国际私人侦探公司柏林分公司的侦查员,我们……"

话音未落,金发女人突然用一只手按住了胸口,大声问道:"是克里斯派你们来的吗?他找到伊尔莎了吗?"

七十七

"克里斯死了?"二十分钟过后,蒂娜·汉诺威用柔和而悲伤的声音问道,"而且伊尔莎也死了?"

在这间简朴的厨房里,三个人正围坐在一张小桌子旁边,喝着主人准备的咖啡。

玛蒂的脑子里闪现出了克里斯尸体旁边的女人尸体,"我不敢确定,我们也没有机会鉴别,但是在克里斯旁边的确躺着一具女人的尸体。"

伊尔莎的室友的肩膀震了一下,紧接着泪水顺着她的脸颊往下流。她缓缓地摇着头,"可怜的伊尔莎!看来她感到害怕是对的。我告诉过克里斯,她很害怕,而且很小心。我想我……"

她啃咬着自己的指关节,将脸转到一边。

"伊尔莎为什么会感到害怕?"伯卡特问道,"还有,为什么克里斯会来找你?"

蒂娜长叹一声,用袖子抹掉了脸上的泪水,"他来是因为伊尔莎那疯狂的姐姐——伊洛娜,是伊洛娜让他这样做的。他说他们几个都是童年时代的好朋友。"

玛蒂立即将脑子里的离散信息整合在了一起——伊洛娜·弗雷一定就是那个在克里斯失踪前拜访他的神秘女人。

"你还是从头说起吧。"伯卡特说。

此后的半个小时里,蒂娜·汉诺威告诉玛蒂和伯卡特,两周前的某一天,伊尔莎·弗雷下班回家后显得心烦意乱,而蒂娜从来没有见过她如此不安。但是,伊尔莎拒绝告诉自己的室友是什么事情使得她如此烦恼。

更奇怪的是,伊尔莎径直走进自己的房间,开始给住在柏林的姐姐打电话,这就极其不同寻常。根据蒂娜·汉诺威的说法,伊洛娜·弗雷是伊尔莎生命中的烦恼之源。伊洛娜是一个美沙酮[①]成瘾者,并被诊断出患有精神分裂症。她经常进出收容所,而且总是死缠着找自己的妹妹要钱。

"你怎么知道伊尔莎是在给伊洛娜打电话呢?"伯卡特突然问道。

蒂娜的脸一下子红了,整个人在椅子里局促不安地扭动着,"我……嗯……",她变得有些戒备,"我在她的房门旁边偷听。她是如此的不安,

---

① 一种人工合成的麻醉药品,药效与吗啡类似,具有镇痛作用,并可产生呼吸抑制、缩瞳、镇静等作用。美沙酮是"二战"期间德国合成的替代吗啡的麻醉性镇痛药,20世纪60年代初期人们发现此药具有控制海洛因依赖的药效作用,此后便被广泛用于戒毒治疗,成为西方欧美国家首选的戒毒药物。

以至于我控制不住地想这样做。"

"她跟她姐姐说了些什么?"玛蒂问道。

伊尔莎的室友再次显得坐立不安,过了许久才开口答道:"我没能听清楚全部内容,因为门板实在是太厚了,但是我知道了梗概。她认出了一个她们曾经认识的人,她说他叫福克,说出这个名字时她极其不自然。我的意思是,她一定对福克感到相当的恐惧。"

"福克?"伯卡特问道,"你听清楚了吗?"

蒂娜点了点头,而玛蒂则一脸困惑地看着伯卡特。

反恐精英说:"那个曾经经营过屠宰场的男人,他的名字也叫福克。"

"但他不可能……"玛蒂突然想到了什么,"对了!他有个儿子。"

"没错,他有个儿子。"伯卡特认真地点头确认。

自从克里斯失踪之后,玛蒂头一次感觉到杀手已经浮出了水面,"你把这一切告诉给克里斯了吗?"

蒂娜点了点头,"看起来他好像知道福克是谁。"

"他是怎么说的?"玛蒂追问道。

"什么也没说,但是我可以从他的身体语言看出来,他认识福克。"

房间里沉寂了片刻,接下来伯卡特问道:"那么克里斯离开这里之后又去了哪里?是伊尔莎工作的律师事务所吗?"

"律师事务所?"蒂娜异常惊讶地说,"不是。"

"但是你刚才说过,她是在自己的工作时间里认出了福克。"玛蒂困惑地说,"福克是她在事务所的客户吗?或者说,她是不是在法院看到了福克?"

"不,不。"她断然否认道,紧接着脸又红了,"伊尔莎……她……"

蒂娜再次变得戒备起来,她认真地说:"十八个月以前,伊尔莎就从律师事务所辞职了,因为她发现自己可以只用一半的时间工作,赚取更多的钱。新工作的地点是小镇北边的'伊甸园'天体浴场俱乐部,她……她是个有执照的职业性工作者。"

七十八

"伊甸园"天体浴场俱乐部坐落于巴特洪堡镇以北,占据了大约十英亩[1]农田。尽管天气阴沉,不过浴场门口还是停着近二十辆高档轿车,而且还有很多出租车在不断地进进出出。

玛蒂和伯卡特走过一段水泥路,两旁的花园里有很多灰白色的希腊式塑像——裸体的男人和女人摆出了各种色情姿势。最后,他们来到一栋白色建筑物的门口,门廊的两侧各矗立着几根希腊式石柱。

"他们太过分了,难道不是吗?"玛蒂用沙哑的声音不快地说道。刚才正好有两个男人从建筑物里走出来,他们都色迷迷地盯着她。

"我说过你应该待在车里的。"伯卡特回答道。

玛蒂的手机响了,她接听了电话。

"你们偷了一辆车?"凯瑟琳娜·多鲁克的声音比平常要大得多。

玛蒂感到很不适应,于是将手机拿远了一些,然后才回答道:"我们在追赶杀害克里斯的凶手,他想逃跑。"

"你们又不是警察!"凯瑟琳娜厉声呵斥道,"你们无权征用车辆!法兰克福刑警局的人已经勃然大怒了!你们想被审问并且被……"

玛蒂关掉了手机,"我稍后再跟她解释。"

"嗯,让她先冷静一下。"伯卡特表示赞同。

他们穿过了一扇对开的木门,门板上雕刻着《印度爱经》[2]里面的场

---

[1] 1英亩=4046.86平方米

[2] 这部书描述了两性生活中男女各自的特征,男女恋人如何相处,如何追求喜欢的对象,如何避免第三者插足,女人如何能够挑选到好男人,以及完美女人需要拥有的特质等要点。这是一部关于古印度人如何进行求爱、结婚以及两性关系的社会档案,是了解古印度爱情、婚姻和两性文化与社会风俗的重要读物。

景,门里面的大厅看起来出人意料地奢侈,四周充斥着震耳欲聋的迪斯科音乐。

大厅的尽头有一个柜台,后面站着两个年长的女人,她们身后的架子上挂满了土耳其浴巾和浴袍。两个老女人先是盯着伯卡特,然后又看了看玛蒂,接下来她们互相对视了一下。

其中一个人狡黠地笑了笑。

另一个老女人耸了耸肩,"六十五欧元的入场费,可以随意使用里面的设施、食物、咖啡和饮料。女孩是额外收费的,五十欧元就可以享受半小时的异性陪护,以此类推,包你满意。"

她说出这些话的同时还对着玛蒂假笑,而后者拒绝作出回应。最后,另一个老女人对玛蒂说:"你也想进去玩玩吗,宝贝?价格好商量。"

七十九

玛蒂掏出了自己的工作证。

站在柜台后面的两个老女人立刻僵住了,其中一个生硬地说:"我们这里是合法机构。"

"我们不是警察。"伯卡特怒气冲冲地说,"我们是国际私人侦探公司柏林分公司的侦查员。"

玛蒂补充道:"我们正在着手调查你们这儿一名员工的失踪事件,她叫伊尔莎·弗雷。另外,我们认为有一名杀手曾在上个星期二的时候来你们这儿找过她。"

"我不知道……"其中一个老女人似乎很想将两名访客打发走。

"我记得这个人。"另一个老女人打断了前者的话,"他付了入场费,接下来进到里面去和好几名女孩交谈过,后来又匆匆地离开了。"

"你知道他具体和哪些人交谈过吗?"

"这个我不知道,但是你们可以进去找米歇尔。米歇尔是这里的万事通。"

伯卡特和玛蒂立即朝着通往这所妓院内堂的门走去。

"站住!你们得遵守这里的规矩。"柜台后面的老女人边说边伸手将一件浴袍递给玛蒂,然后将一条浴巾递给伯卡特,"如果你们想进入伊甸园,就得支付入场费,并且脱去你们平时穿的衣服。"

玛蒂正准备抗议,但是伯卡特抢先发话:"你们这儿可以刷信用卡吗?"

"当然可以。"另一个老女人立即回答道。

片刻之后,他们穿过那扇门,然后进入了一条丁字形走廊,走廊的尽头分别通往男女更衣室。

玛蒂来到女更衣室以后,发现这里除自己外空无一人,而且出奇的干净,完全比得上她经常去锻炼的健身房的更衣室。她犹豫了几秒钟,接着脱掉了自己的牛仔裤和衬衣,并将自己的手枪、手枪皮套连同衣裤一起塞进了储物柜里。

她穿上浴袍后才发现这件浴袍对于自己来说实在是太大了,以至于她不得不将腰带束得非常紧。她找到并穿上了一双已消毒的橡胶拖鞋,然后朝着更衣室尽头的一段向上的楼梯走去。楼梯侧面的墙上画了一个箭头,旁边写着"温泉SPA"。

走完楼梯,玛蒂进到了一个巨大的房间,里面有很多浴池和"极可意"浴缸,到处都种植着充满异域风情的花朵。一些漂亮的裸体女人正四处走动,还有一些漂浮在浴池里。

男更衣室的出口附近,十几个只在腰间系了浴巾的男人正在互相交谈,同时评估和鉴赏着周围那些女人。伯卡特也在其中,他站在一堆兰花附近——确切地说是躲在那堆兰花后面。她们为他准备的那条浴巾相比他那庞大的身躯实在是太小了,只能勉强遮住他的关键部位,而他的双手一直都紧紧地抓住浴巾的两端。

玛蒂抑制不住地笑了起来,"你的手可千万别打滑了。"

"你本来应该老老实实地待在车里的!"伯卡特不自在地朝她喊道。

"那样的话岂不是错过你脸上的表情了?"

这时，一个有着极其丰满的自然胸部的高个子金发女人漫步来到了他们身边。她将涂着红宝石色指甲油的手指抵在伯卡特的胸膛上，转过头看着玛蒂，然后用匈牙利口音问道："他被遮住的那部分也和他的上半身一样强壮吗？"

玛蒂强迫自己不要笑出来，"这我可不知道。"

金发女人的两眼有些放光，"你和他的第一次约会，你就同意来'伊甸园'？看来你一定对自己的身材很自信啊。嗯，想找米歇尔谈话的人一定就是你们俩了，对不对？"

八十

我的朋友们，现在我正以一百三十千米的时速平稳地行驶着，照这样下去，我应该可以及时回到我的伤疤之城，赶上那个我不能错过的傍晚约会。

我忍不住打了个哈欠。事实上，我花了超过一个半小时的时间才走到火车站，然后乘坐火车回到了车展现场。幸运的是，我的奔驰车还停放在原地，而且停车场距离挤满了警察的一号展厅很远。

从那时到现在我一直在开车，而我得承认我已经非常疲惫了。

我的朋友们，我应该将车靠边停下，然后睡上一觉。

但是，在我可以考虑休息之前，还有很多事情等着我去完成。

所以，我将手伸到前方的汽车手套箱里，取出了一瓶安非他命[①]。我先吃了两颗，犹豫片刻之后，又吃下了第三颗。

我打开了车载收音机，新闻播报员正在讲述亚瑟·耶格尔谋杀案以

[①] 一种中枢神经兴奋药及抗抑郁症药，因静脉注射或吸食均具有成瘾性而被大多数国家列为毒品，即使供药时亦列为管制药品。

及高速公路上的追车事件。接下来,新闻还说警方已经找到了那辆"玛莎拉蒂",他们正在提取指纹和DNA样本。

这一点都不能搅扰我,车上找不到任何与我有关的痕迹。

安非他命开始生效了,我看了一眼先前被我放在副驾驶座位上的文件夹,然后打开了它。这是亚瑟的档案文件,里面有一张他和他母亲的合影,在这张照片的下方还有另一张合影:两个女孩互相拥抱在一起,她俩一个九岁,一个六岁。

她们是伊洛娜和伊尔莎。

我用尽了各种招数,想逼迫伊尔莎将伊洛娜的住址告诉我,但是直到最后关头她都一直在抵抗。她只告诉我,正是因为我的缘故,伊洛娜变成了一名精神分裂症患者,而且还是美沙酮成瘾者。

想到这儿,我突然灵机一动。

美沙酮成瘾者……

这就意味着她持有管制药品许可证,意味着伊洛娜必须以实名进出于医疗机构。

这样我就可以找到她了。

如果我足够幸运,那么今天晚上她就会离开人世,而我的几乎所有秘密将会随她而去。

伊洛娜·弗雷……我沉思着,伊洛娜?

我又看了一眼照片。

这是一个别人给你起的名字,伊洛娜,你过去的名字是什么呢?

这已经无关紧要了。不管别人怎么称呼你,我都记得你。你和你的妹妹长得很像,但却完全不像你们的母亲。

八十一

米歇尔趾高气昂地走在"伊甸园"天体浴场俱乐部里的一条走廊上，伯卡特和玛蒂跟在她身后。走廊两侧有很多门，门和门之间的距离很短。

"我们这是要去哪里？"玛蒂不安地问道。

"去和吉纳维芙谈谈。"米歇尔边说边拐了个弯。

玛蒂很不情愿地跟了上去，走在她身旁的伯卡特仍然用手抓住自己的浴巾。这段走廊的两侧依然有很多门，不过与刚才不同的是门与门之间还放着一些镀金的沙发，上面有深紫色的天鹅绒坐垫。在其中一个沙发上坐了一个闭着眼睛的男人，一个裸体女人的头在他的双膝之间上下摆动着。

"他们居然在公众场合做这种事？"玛蒂压低声音愤愤地对伯卡特说。

反恐精英结结巴巴地说："我也不知道这里面居然是这般模样。"

米歇尔已经来到了走廊尽头的最后一扇门旁边，她使劲敲门，然后大声说："吉纳维芙，我是米歇尔。请停下你正在做的事情，然后告诉你的顾客，他不用承担此次费用。"

没过多久，一个气鼓鼓的意大利男人出现在门口，接着他高声斥责米歇尔打断了自己的好事。伯卡特走上前去，吩咐这个意大利人赶紧去洗个澡，很明显他的个头比对方高出很多。男顾客犹豫了一下，然后愤然离去，一路上还用意大利语喋喋不休地咒骂着。

吉纳维芙走了出来，她是一个来自瓜德罗普岛的年轻、漂亮的女人，有着光滑的深褐色皮肤和长长的鬈发。

"我损失了一百五十欧元。"吉纳维芙朝米歇尔抱怨道。

"我们会补偿你的。"玛蒂向她保证。

吉纳维芙斜着眼打量着玛蒂,"你又是谁?"

玛蒂说:"我们最好还是到里面去说吧。"

吉纳维芙耸了耸肩,转身走进房间。房间很小,几乎被里面的那张床给占满了。每一面墙壁都是镜子,天花板也是如此。从各个角度都可以看到两个裸体女人以及玛蒂和伯卡特的镜像。

米歇尔先介绍了伯卡特和玛蒂的身份,然后将他们此行的目的讲了一遍。当吉纳维芙明白他们来这儿的目的是为了查清楚伊尔莎·弗雷以及克里斯·施奈德曾遇到过什么事时,她显得有些不情愿,但最后还是同意开口说话。

她证实了之前蒂娜·汉诺威曾经告诉过他们的很多事情,不过讲得更加详细。吉纳维芙说,两周前的一天,她正在女更衣室里面换衣服,突然伊尔莎跑了进来,不住地发抖和啜泣。伊尔莎告诉吉纳维芙,自己无意中听到了一个顾客和另一个女孩在休息室里谈话的声音。

"伊尔莎告诉我,从外表看她并不认识那个男人。"吉纳维芙说,"看起来他跟她记忆中的样子迥然不同,但是她还记得那个男人的声音。"

"这是怎么回事?"玛蒂问道,"那是谁的声音?"

吉纳维芙咬了咬嘴唇,"伊尔莎说她认为他就是杀害她母亲的男人。"

玛蒂全神贯注地听着,她的思维朝着十几个不同的方向跳跃,但是她又及时地将它们全都拉了回来。与此同时伯卡特问道:"但是她并不确定,对吗?"

"不,她非常肯定。"吉纳维芙说,"可是当我们一起回到楼上,试图再次听他说话的时候,他已经走了。"

玛蒂叹息道:"这么说,你没有看到他?"

但是吉纳维芙并没有马上回答,而是用困惑的眼神看着米歇尔,后者说道:"如果那个人就是我们所说的神秘顾客,那么他在过去的几年里曾来过六七次。"

"这么说,你知道他长什么样?"玛蒂变得有些兴奋。

"不完全是这样。"米歇尔谨慎地说。

"这又是什么意思?"伯卡特问道。

"我们只是猜测那是同一个人。"米歇尔解释道,"但是他每次进来的时候看起来都不一样。有时候是金发蓝眼睛,有时候是褐色眼睛和黑色头发,他的眉毛和面颊也是千变万化的。有时候,他的黑色头发光滑得就像一顶头盔,可下次来时他又戴着魔鬼般的胡须和……"

吉纳维芙打断道:"上周我见到他的时候,他是绿色的眼睛和红色的头发,那是在伊尔莎失踪后的第八天。"吉纳维芙显然因回忆而感到有些焦虑不安,"他是个变态狂,你们知道吗?他喜欢让你感觉到自己被威胁被强迫,并且以此为乐。"

"他告诉过你他的名字吗?"

吉纳维芙的眼睛里闪过了一丝阴郁,"那天晚上,他说他自己的名字叫隐形人。"

米歇尔冷峻地点了点头,"但是我们都叫他面具人。"

八十二

登上公司的喷气式飞机以后,只需两小时就可以回到柏林。飞了一大半,玛蒂终于鼓起勇气拨通了凯瑟琳娜·多鲁克的电话。

电话那头仍然是愤怒的咆哮:"你竟然挂断我的电话?"

"冷静点。"玛蒂说,"我们取得了突破性进展,而且是重大突破。"

"我才不管!"凯瑟琳娜喊道,"现在你们在哪里?"

"在飞机上,再过半小时就可以降落了。"

凯瑟琳娜愤怒地说:"你还没跟法兰克福刑警局解释吗?"

"我们会打电话解释的。"玛蒂说,"我们……嗯,伯卡特和我都认为我们应该尽快回到柏林。"

"可这样你们就构成了逃避司法!"

玛蒂已经受够了,"如果我们没能找到杀害克里斯、伊尔莎·弗雷和亚瑟·耶格尔的混蛋,我们再回去领罪也不迟!而且我们不知道那家伙另外还杀了多少人呢!"

柏林分公司的办公室主任沉默了片刻,接下来她用沙哑的声音强作镇定地问道:"那么你们发现了什么?"

玛蒂向凯瑟琳娜概述了他们如何去到伊尔莎·弗雷的住所,以及他们在该住所和"伊甸园"天体浴场俱乐部的经历,包括她目前所得到的关于面具人的含糊的描述。

"你有没有将赫尔曼·克鲁格和马克西姆·帕维尔的照片给她们看?"办公室主任问道。

"都看过了。"玛蒂说,"但是她们说她们根本就无法确定,她们之所以会推断对方是同一个人,那是因为他每次都会展示一个新面具。"

"这么说……什么?他是个艺术品收藏家,那岂不是和克鲁格很相似?"凯瑟琳娜突然有些惊讶。

"她们无法告诉我们答案,但是其中一个女人说,他对某个面具非常在行,几乎了解它的一切。当他们正在做爱时,有一阵子他还要求她戴上那个面具。据她所述,那是一个刚果绍奎部落的面具,是用皮革、乌木和象牙做成的一个怪物的形象。"

"我敢打赌他就是克鲁格。"凯瑟琳娜说,"高级政委迪特里希也是这样认为的,他在一个小时之前打公司电话找过你。今天早上,柏林刑警局的人在一辆属于克鲁格的汽车的后备厢里发现了一把枪,经弹道测试后发现它的口径与杀害艾格尼丝的枪是一致的。现在他们正在申请逮捕令,不过我还是会给鲁迪·克鲁格打个电话,咨询一下他的继父是否有收藏面具的爱好。"

"主意不错!"玛蒂答复道。接下来,她让凯瑟琳娜转告加布里埃尔博士,伊洛娜·弗雷曾出入于精神病治疗机构,而且是一名美沙酮成瘾者。她还告诉凯瑟琳娜,他们非常怀疑那个经营过屠宰场的名叫福克的男人的儿子。

凯瑟琳娜承诺自己将会继续跟进这些线索,玛蒂挂断电话后又打给了塞西莉亚姨妈,说自己今天可能又会很晚回家。因为没有时间陪伴尼克拉斯,玛蒂感觉到片刻的内疚。但她很快告诉自己,这是事出有因的,再说尼克拉斯像她一样很想知道到底是谁杀害了克里斯。"

玛蒂刚和姨妈通完电话,飞行员就通过对讲机告诉他们,飞机即将到达柏林,请他们关闭所有的电子设备。

她看了看伯卡特,他刚刚关闭了自己的 iPad。

"有什么收获吗?"玛蒂问道。

伯卡特一边点头,一边将 iPad 放进了保护套,"我找到了一名教授,他对面具和原始艺术非常精通,住在波茨坦。另外,在柏林还有一些专门收藏和研究原始艺术的美术馆。我在想,如果那家伙是个正儿八经的收藏家,那么在该领域一定有很多人都知道他。"

八十三

飞机在日落的时候降落在柏林特格尔国际机场,有晚霞的天空看上去就像是受伤了一般。

至少在玛蒂眼中是这样的,她立刻开始用手机拨打电话,与此同时伯卡特动身去停车场取车。

第一个电话打给了波茨坦大学的美术学教授弗朗茨·海勒曼,但是电话被自动转入了语音信箱。提示音响过以后,玛蒂犹豫了片刻,决定不留下自己的信息。她认为最好的方式是明天早上直接找到教授,然后面对面地座谈。

她又拨打了伯卡特找到的那两家柏林美术馆的电话,并通过对方的总机录音记下了具体地址和营业时间。第三家美术馆的地址是连同电话一起被伯卡特找到的:埃尔利希曼美术馆位于萨维尼广场南面的史律特街,那里离艾格尼丝遇害的地方不远。

"我们先绕道过去看看吧,然后再回办公室。"玛蒂对伯卡特说。

不到十分钟,他们就来到了埃尔利希曼美术馆的大门前,看到一个男人正在拉下金属隔栅安全门。

"你好!"玛蒂喊道。

"我就要关门了。"他边说边转过身来。这是个身材匀称、颇有学者派头的男人,一头斑白的头发剪得很短,戴着一副黑框眼镜,穿了一件粗花呢外套,里面系着领带。

男人有些意外地看着玛蒂,然后抬起头看了看伯卡特,"你可真是个大家伙!"

伯卡特点了点头,接着将自己的工作证展示给对方看,表明了自己的身份,然后介绍道:"这位是玛蒂·安格尔,我们都在国际私人侦探公司柏林分公司工作。"

"我是艾萨克·埃尔利希曼。"男人欣然答道,"不巧的是我的美术馆现在要关门了。"

"我们希望你可以帮助我们。"玛蒂说。

"明天吧,我会很乐意的。"美术馆主人回答道,"但是现在我得去参加一个派对,事实上,是我女朋友的生日晚宴。"

"我只有一个问题。"玛蒂坚持道。

埃尔利希曼叹了口气,"好吧,就一个问题。"

"赫尔曼·克鲁格是不是一个面具收藏家?你曾卖过面具给他吗?"

"恐怕这属于客户隐私,恕我不能告诉你。再说,你已经问了两个问题。"

"你知道他涉嫌杀害自己的妻子吗?"伯卡特问道。

"这是你们的第三个问题了。嗯,是的,我的确在报纸上看到过那则新闻。"

"我们的问题就和这起案子有关,埃尔利希曼先生。"玛蒂说,"求你了,就算是私底下告诉我们吧,克鲁格是不是在收藏面具?如果不是,那么我们马上就走。"

美术馆主人看了看手表,经过了一番内心争斗之后,他回答道:"克鲁格先生近几年来的确从我这里买走了一些面具。"

"最近的一次是在什么时候?"伯卡特问道。

埃尔利希曼停顿了片刻,然后点了点头,"事实上,上周初的时候,他从我这里买了一个贵重的绍奎部落面具。"

八十四

四十分钟过后,柏林分公司阶梯会议室的屏幕墙上显出了一张清晰的绍奎部落面具的照片。

在艾萨克·埃尔利希曼匆忙地赶去参加晚宴之前,他告诉玛蒂和伯卡特,在他的美术馆的在线目录上可以找到这个面具的照片。此外,他还承诺明天早上可以同他们见面。

杰克·摩根已经准备好了外卖食物,此刻他和柏林分公司的全体员工以及丹尼尔·布莱希特都在阶梯会议室里用餐。摩根坐在玛蒂身旁,好奇地端详着那个面具,脸上写满了疑惑。

"让我直说好了。"他说,"赫尔曼·克鲁格乔装打扮之后去到妓院,然后戴着这些面具同女人们发生关系?"

"这的确很奇怪,但显然他很早就开始这样做了。"玛蒂回复道。

"我还以为洛杉矶才是世界邪恶之都呢。"

玛蒂笑道:"那么柏林肯定会带给洛杉矶一个惊喜。对了,那么帕维尔呢?他对面具感兴趣吗?"

"不知道。"布莱希特回答道,"他已经有两天时间没有露面了,但是我预测他会在明天晚上柏林赫塔队的比赛结束以后的一到两个小时之内出现。"

"为什么?"

"我们为他准备了一点小小的惊喜。"摩根神秘地说。

玛蒂再次盯着那个绍奎部落面具,她感到心中充满了挥之不去的疑惑:到底是不是赫尔曼·克鲁格杀害了克里斯和自己的妻子,以及其他人呢?或者说,帕维尔是不是也以某种方式牵涉在其中?他们会不会是合谋作案？还有，他们现在究竟去了哪里？

接下来她大声说："我就不信国际刑警组织找不到克鲁格。"

"他们会找到他的。"凯瑟琳娜·多鲁克回答道，"一名亿万富翁不可能长时间藏匿，尤其是在他的股票遭受重创的敏感时期。同时，我还要提醒你，记得给法兰克福刑警局打电话，向他们解释事情的经过。"

这时，加布里埃尔博士的电话响了，他接通了电话。

"对了，伯卡特。"布莱希特说，"再跟我们讲讲他是如何从你手中逃脱的呢，我很好奇。"

玛蒂笑着说："最好先让他讲讲在天体浴场俱乐部里的故事吧，那条袖珍浴巾，嘿嘿！"

伯卡特朝她皱了皱眉，"我们不是说好了不要提这个吗？"

玛蒂努力控制住自己的表情，"我实在是忍不住啊，那太令人难忘了！"

"玛蒂！"凯瑟琳娜说，"法兰克福刑警局的事，你可别忘了。"

玛蒂叹了口气，然后收住笑容点了点头。

这时，加布里埃尔博士挂断了电话，他随即对大家说："我找到伊洛娜·弗雷了，她是一名登记在册的美沙酮成瘾者，住在卫丁区。"

八十五

在暴风雨中断的间隙，气温开始回升，新移民和低收入工人在位于柏林理工大学东北方向的卫丁区的大街小巷中闲逛。伯卡特将车驶入了阿姆斯特丹街——伊洛娜·弗雷就住在这条街，当他们来到这栋由政府出资修建的公寓楼前面时，发现这里一片狼藉和混乱。

他们走下车，登上了通往公寓楼前门的一小段挤满尘垢的台阶，然后注意到前门没有上锁。接下来，他们沿着木质楼梯前往二楼，一路上听到说唱音乐和中东音乐混杂在一起,而且同时闻到了茉莉花香和咖喱的味道。

玛蒂突然听到了一阵婴儿的大声啼哭,并伴随着婴儿腹绞痛时特有的呻吟声。她不禁回想起了尼克拉斯在五个月大时所遭受过的同样的折磨,于是立刻对那个不得不照顾婴儿的可怜女人产生了同情和怜悯。在尼克拉斯婴儿时期,玛蒂没有丈夫和自己一起抚养孩子,但幸亏有塞西莉亚姨妈和自己的母亲帮忙,不然她肯定熬不过来。

"玛蒂?"伯卡特的声音打断了她的沉思。

玛蒂眨了眨眼,定睛一看,惊讶地发现自己正愣在二楼的走廊上,面对着那扇传出了婴儿的啼哭声和咳嗽声的房门。

"很抱歉。"玛蒂说,她感到自己的精神略微有些恍惚,这才意识到自己比想象中的更加疲倦。"她的门牌号是多少?"她边问边打了个哈欠。

伯卡特指了指走廊的尽头,"二十七号。"

然而,当他们刚刚经过二十五号房间的门口时——那里距离伊洛娜的家门还不足三米——突然听到一个女人发出了极度惊恐的尖叫声。

八十六

在第一声尖叫传来的同时,我转身一跃跳回到室外消防梯的平台上,继而沿着梯子急速下行。在这个过程中,尖叫声变得更加歇斯底里,周围还混杂了沉重的敲击声,以及其他人的叫喊声。最后,接近地面时,我又纵身一跃,然后着陆在伊洛娜所居住的公寓楼背后的小巷上。

接下来,我全速跑离了现场。尽管楼上有人探出窗户喊叫着,但是我戴了一个简易的滑雪面罩。没有人看到我,至少没有人看到我的脸,这一点我相当肯定。

跑出小巷后,我来到了都灵街,这时我扯下了自己的面罩,将其塞进了裤子的后兜,接着迫使自己减缓步调,以一种从容不迫的姿态在人行道上沉着悠闲地行走。

我的身旁是喧闹的车流,这时我再也听不到任何尖叫声。我边走边脱掉了身上的深色滑雪衫,露出了穿在里面的亮黄色跑步衫,上面有很多反光饰条。

我的心脏怦怦直跳,我依旧责怪着自己:在这么多年的谨慎行动之后,这一次我竟然会如此的鲁莽冒失,如此的过于自信。我根本就不应该尝试通过消防梯去她的住所。

我应该放慢节奏,先躲在暗处监视她,待熟悉她的行动规律后再出手。

但是对于现在的我来说,充裕的时间已经是一种奢求。

刚才的那次行动本该是初步侦查任务,我发现室外消防梯可以通往一扇打开着的窗户,窗户里面正好就是她的住所。我四处查看了一下,发现小巷里空无一人,于是我选择了一个迅速而即兴的计划。

我将面罩戴在脸上。

继而开始攀登消防梯。

当我到达二楼的楼梯平台以后,我蹲在那里潜伏了好一会儿,接下来翻进了她的窗户。我亲爱的老朋友伊洛娜正好就在那里——她正好站在门厅里并且背对着我。

我有些控制不住,喉咙里再次发出了当我感到愉快时总是难以自抑的"哼哼"声。

她一定是听到了,因为她立即转过身来,看见了我,然后开始大声尖叫……

现在,我慢跑着来到了希勒公园,并将手中的滑雪衫扔进了第一个垃圾桶。我一边跑一边计算着,大约再过半个小时,我就可以回到我的车里。

我不停地告诫自己,一定要保持冷静。我已经知道她住在哪里,而且她还是个瘾君子。我的朋友们,此时我们已经可以猜出她明天早上会在哪里出现,不是吗?哼哼?

八十七

在尖叫声变本加厉的同时,玛蒂正使劲地敲着伊洛娜的房门,并高声喊道:"弗雷女士?伊洛娜·弗雷?"

"你们正在找的人……"一个女人的声音传来,"她是个疯子。"

这是一个头上戴着栗色头巾,看上去有些邋遢的越南老女人,她站在二十五号房间的门口继续说道:"她经常尖叫和哭喊,动不动就发神经,绝对是个疯子。"

就在这时,二十七号公寓房里的尖叫声变成了歇斯底里的大哭。

"玛蒂,快退后一点。"伯卡特命令道。

玛蒂闪到一旁,伯卡特随即拔出了自己的手枪,紧接着猛地撞向房门。"哐当"一声巨响过后,房门被撞开了,边框已经四分五裂。

他们循着哭泣声向里走,女人不停地念叨着:"不!不!别这样!上帝啊!求你了福克!求你了!"

一听到"福克"这个名字,玛蒂立刻跑到了伯卡特的前面。她进到一间卧室,看到里面摆放着一张简陋的床垫,另外还有几条毛毯和一盏没有灯罩的台灯。

眼前这个头发蓬乱的女人正是玛蒂在视频里看到过的那个女人,她曾在柏林分公司的办公室大厅里与克里斯拥抱,时间距离克里斯被谋杀只相距一个星期。此时此刻,这个女人正躲在卧室最深处的角落里,她用双手紧紧地抱住头,就好像她的头部即将遭受重击。

"不!"她呻吟着说,"不!福克!别这样!"

"我们不会伤害你,伊洛娜。"玛蒂柔和地说,并轻手轻脚地朝她走去,"我们是来帮你的。"

伊洛娜噙着泪水眨了眨眼睛,接着又开始呜咽起来,"不,求你们了,我只想留在这里。我会按时吃药的,我向你们保证。刚才在门厅外的窗户旁边出现了一个人,他戴着一个面罩。我向你们保证我没有说谎,请别再把我带走了。"

"我们不会把你带到任何你不想去的地方。"玛蒂安慰道。

伊洛娜喘着粗气,额上不断地冒汗,就像一个毒瘾发作的女人,不过玛蒂平静而温柔的言语使她逐渐稳定下来了。但是,当她看到伯卡特以后,再次因为害怕而退缩和颤抖。

玛蒂回想起了莱德维格女士曾经告诉自己的话:在1980年2月12日那天晚上来到四十四号孤儿院的孩子们都很畏惧男人。

她转而看着伯卡特,"能不能帮我个忙?检查一下门厅外的窗户和消防梯,然后在门口等待片刻。"

伯卡特的表情有些不情愿,但他最后还是点了点头。

伯卡特离开后,玛蒂回过头对伊洛娜说:"伊洛娜,我们是克里斯·施奈德的朋友,他和我们都在国际私人侦探公司柏林分公司工作。"

就在那一刹那,伊洛娜脑子里的结似乎突然被解开了,她凝视着玛蒂,就好像玛蒂是浓雾中的一盏遥远而明亮的灯,"你说的是克里斯多夫吗?"

玛蒂坐在她身旁的未铺地毯的地板上,"是的,他就是几个星期之前和你在国际私人侦探公司柏林分公司的大厅里见面的男人,也是那个和你一起去到四十四号孤儿院的男孩。"

伊洛娜用手擦拭着脸上的泪水,哽咽着说:"那么他在哪里?他本该来这里见我的,并且告诉我他已经找到了我妹妹。"

玛蒂叹了口气,"克里斯已经死了,伊洛娜。"

一听这话,伊洛娜开始呼吸加速,并用力抓挠着自己的手腕,喃喃地说:"不!不!请告诉我这不是真的。"

"很抱歉,但这是事实。他是上周去世的。"

伊洛娜低下头,哭泣着问道:"是怎么回事?"

"伊洛娜,克里斯是被人谋杀的。我们发现了他的尸体,在屠宰场的……"

"不!"伊洛娜倒吸一口气,紧接着整个身子变得僵直而战栗,她的嘴唇也因为恐惧而颤动不已,"他不会在那里,不会在屠宰场。噢!天啊!他不会在那里。"

她试图站起来,可最后却蜷伏在膝盖上,看上去非常痛苦。

伊洛娜的过激反应反倒使玛蒂感到完全出乎意料,当这个可怜的女人开始干呕和喘息的时候,玛蒂站起身来,进到浴室,并从水槽里取出了一条用得很旧的毛巾。

回到卧室以后,玛蒂看见伊洛娜正靠着墙壁往下滑,看上去就好像是被拳打脚踢得一时说不出话来似的。

玛蒂用毛巾擦了擦她额上的汗水,然后擦去了堆积在她嘴角的黏液,"你对屠宰场知道些什么,伊洛娜?"

伊洛娜没有回答,而是一言不发,呆滞地看着前方。她的嘴巴先是无力地张开,接着又绷紧了。最后,她又开始继续哭泣,"他说如果我们说出去,他就会杀死我们。他现在已经杀死了克里斯,而他刚才来这里就是为了杀死我。"

她又将身子蜷缩起来,不停地哽咽着。

玛蒂伸出双手,将伊洛娜拉进自己的怀抱,这样一来她也可以感受到对方的痛苦。当伊洛娜的哭泣减弱以后,玛蒂再次问道:"你对屠宰场知道些什么,伊洛娜?"

因为内心的重担,伊洛娜的身子不住地发抖,最终她低声说道:"我知道发生在阿伦斯费尔德屠宰场的事,所有的事情我都知道。"

第四部

面 具

八十八

　　一个小时之后,坐在伊洛娜对面的一把有些摇晃的椅子上的玛蒂还处于震惊状态,她还没有从对方的恐怖故事中回过神来。

　　经过了痛苦的讲述,伊洛娜的声音变得有些沙哑,"那件事发生在人们将我们送到四十四号孤儿院之前的当天下午,那也是我最后一次见到屠宰场和福克。我想忘掉它,并且忘掉发生在那里的所有事情。我不能使自己在后来的日子里再回过头去看它一眼,我永远都做不到。但是克里斯,他已经去了那里……而且……"

　　她用手捂住了眼睛,试图阻止泪水继续往下流。

　　玛蒂成年后的大部分人生都投入到了刑警工作中,而她曾自嘲自己听说过世上最残忍的故事,然而那些故事都远不及她刚刚听到的故事那样可怕。有好一阵子,她一句话也说不出来,房间里笼罩着可怕的寂静。

　　伊洛娜注视着玛蒂,此时泪水已经顺着她的嘴角流了下来。她紧紧地握住玛蒂的手臂,"我从来没有告诉过任何人关于屠宰场的事情,你是第一个。"

　　玛蒂看了一眼伯卡特,后者站在门口,似乎有些怀疑。她立刻明白了他的想法,伊洛娜是一名精神分裂症患者,而且还是个吸毒成瘾者,他们所听到的东西有多少是真实的?又有多少是她混乱失常的大脑里虚构出来的?不得而知。

　　伯卡特已经检查过消防梯和外面的小巷,但是没能发现任何证据可以证实曾经有一个男人在伊洛娜·弗雷的窗户外面出现过,这更加重了他的怀疑。

　　但是玛蒂想到了克里斯的噩梦,还有他过去一直隐藏在内心深处的令人焦虑不安的心结。如果伊洛娜所讲述的故事是真实的,那么这件事当然是一个巨大的创伤,足以在一个内心最强大的男人心里制造一个永远溃烂的伤口。"

"为什么这件事从来没有被报告给有关当局?"伯卡特问道,"还有,你为什么没有告诉你的医生?"

"福克说他会杀了我们。"伊洛娜说,"我们都相信他,我当然不是例外,而且今天晚上他就真的说到做到了,不是吗?"

"那么格里塔·阿姆泽尔也相信他吗?"伯卡特问道。

伊洛娜怔了一下,拂了拂自己的头发,"格里塔?为什么提到她?"

"她也死了,伊洛娜。"玛蒂悲伤地说,"还有亚瑟。"

伊洛娜张大了嘴巴,身体开始摆动和扭曲,就好像自己正在遭受酷刑,"这么说,伊尔莎也死了,是吗?"

玛蒂的脑海中立即闪现出了她在屠宰场的地下室里看到的那具女尸,但她不忍心告诉伊洛娜,"我们还不知道……"

"他一定已经杀了她,而且他即将杀死我。"伊洛娜哭诉着,"刚才站在窗边的人就是他,一定是的。我是最后一个!他来这里就是为了杀我!"

"我们不会让他得逞的。"玛蒂边说边伸出手来,握住了伊洛娜的手,"你先冷静一下,我们曾和你妹妹的同事交谈过,她说伊尔莎在工作的地方听到了福克的声音,是这样吗?"

伊洛娜抱着自己的身体,一边发抖一边点头,"福克的声音很有特色,当他高兴的时候会在喉咙里发出'哼哼'声。另外,他很喜欢在谈话结束后将这个声音变调后形成一个问题,就像这样——哼哼?"

"可那已经是三十年前的事了。"伯卡特说,"她又怎么能如此肯定呢?"

伊洛娜瞪了他一眼,"你不可能忘记像福克那样的人,他会在你的脑海里烙下深深的印记。"

"你是不是因为这个原因才来我们公司的?并且告诉克里斯福克还活着,而伊尔莎失踪了?"玛蒂问道。

"我被吓坏了。"伊洛娜解释道,"克里斯是唯一一个我可以求助的人,也是唯一一个我所知道的可以相信我,并且可以为此做一些事的人。"

伯卡特说:"所以,克里斯进行了调查,结果发现福克真的还活着。接下来,他开始追踪福克,然后跟着对方去到了屠宰场。"

"然后福克杀死了他。"玛蒂木然地说,她自己的头脑里也感受到了日渐增长的令人焦虑不安的心结。

八十九

我的朋友们,此刻我正坐在我的老式特拉贝特①601轿车的方向盘后面,这辆车的前窗和侧窗都是有色玻璃。

你知道特拉贝特吗?东德人眼中的国民车?

这已经不重要了。我的这辆保养得很好的特拉贝特正停放在伊洛娜的公寓楼南面的阿姆斯特丹街上,而我在车里已经待了差不多半小时了,被汗水浸湿的衣服冷却之后,使我禁不住直哆嗦。

没看到警察,这真棒!我心想。很可能是当我在消防梯上奔跑时,正好有一个邻居在走廊上听到了她的尖叫,然后……

但是,我突然很想敲坏一些东西……不,我想弄碎它……不,我想将它变成一堆粉末。

我的朋友们,我看到玛蒂·安格尔和汤姆·伯卡特刚刚从公寓楼的前门走了出来,而伊洛娜·弗雷走在他们两人中间。

他们从我的身旁经过,然后继续向北走去了,而我的自信心似乎正遭受着千刀万剐。

她说了吗?他们会相信她吗?

不,不可能,我告诉自己。伊洛娜已被证实患有精神疾病,而且是国

---

① 东德最著名的汽车品牌之一,是穷人的大众车,见证了东德人民的生活,在德国人心目中历史地位颇高。

家机构出具的证明。她说的话不算数,而且她还有其他的污点,她是个登记在册的瘾君子。

尽管如此,我此刻还是有一种冲动,恨不得立即就发动我的"特拉贝特",然后沿着街道迅速驶过去,将他们全都撞死在人行道上……或者说,将他们撞死在他们刚刚钻进去的宝马车里。

当我还在思考的时候,他们的车已经发动了,继而向北行进。

我等待了一会儿,让自己冷静下来,最终我决定不去跟踪他们。

我想,我应该知道他们今天晚上将会在哪里迎接毁灭。

我会去那里,而且我还会隐形。

我会伺机出手。

九十

二十分钟过后,玛蒂正走向自己的家门,伊洛娜慢吞吞地跟在她后面,伯卡特走在最后。

当玛蒂摸索着兜里的钥匙时,她已经闻到了油煎洋葱和烤肉的香味,同时还听到了尼克拉斯正喋喋不休地与塞西莉亚姨妈谈论着卡西安诺带领柏林赫塔队成为乙级联赛冠军的可能性。

"你一定不会希望一个像我这样的人和你的家人待在一起。"伊洛娜忧郁地说,"尤其是你还有个孩子。我想我应该……"

"我想你应该会感到很惊讶。"玛蒂说,"不论如何,在这一切结束之前,你不能去别的地方。"

"早上我需要吃药。"伊洛娜边说边抓挠着自己的手臂。

"这个我们可以帮你安排。"玛蒂将钥匙插进锁孔,打开了房门。

伊洛娜有些腼腆地跟在玛蒂身后,进到房间里。伯卡特关上了身后的房门,并将它反锁了。

正如玛蒂先前所预料的一样,塞西莉亚姨妈非常欢迎伊洛娜的到来,就好像是在欢迎一个遇上了暴风雨的老朋友。"你吃饭了吗?"她关切地问道。

"真香啊!"伯卡特边说边使劲吸气,伊洛娜则摇了摇头。

"那场比赛真的很精彩,汤姆。"尼克拉斯与母亲拥抱后,迫不及待地想与伯卡特分享观后感。

"今天的主食是鹿肉与洋葱做成的碎肉大馄饨。"塞西莉亚姨妈边说边朝厨房走去,"但是面皮已经冷了,我得去再炒一下,然后你们可以就着酸奶酪和啤酒吃,好吗?"

"嗯,当然好!"伯卡特边说边摸了摸肚子。

伊洛娜看起来依旧是一脸迷惘,而玛蒂则绞尽脑汁地思索着自己应该怎样说话才能让这个女人感觉更加轻松自在一些。这时,苏格拉底昂首阔步地走了进来。克里斯的猫径直走到伊洛娜身边,然后在她腿上摩挲着。

"这是苏格拉底。"尼克拉斯介绍道,"它不太喜欢陌生人。"

玛蒂摇了摇头,有些尴尬,"它是克里斯的猫。"

苏格拉底显得很满足,继而发出了几下"呜呜"声。微弱但是逐渐展开的笑容开始在伊洛娜的脸上显露出来,她弯下身子抱起了猫,然后坐到一把椅子上,抚摸着苏格拉底的肚子。尼克拉斯再次抓住机会,兴致勃勃地讲述着卡西安诺为什么是一名伟大的前锋。

当然,尼克拉斯是对着伯卡特说的,后者在一旁聚精会神地听着,并对尼克拉斯的观点表示完全赞同。与此同时,玛蒂来到厨房帮忙,与姨妈一起将有馅的面皮炸得金黄酥脆。

伯卡特在吃完自己碗里的最后一个馄饨的时候,称赞说这种口味的油炸馄饨是他吃过的最好吃的东西。伊洛娜尽管只吃了一个馄饨,但她也对伯卡特的评价表示赞同。两人的夸奖让塞西莉亚姨妈乐得合不拢嘴。

收拾完碗盘之后,伯卡特对玛蒂说:"你能不能借给我一条毯子和一个枕头,今晚我就在沙发睡觉。"

玛蒂皱了皱眉,"那样不……"

"这是必须的。"伯卡特坚定地说,"她是最后两个当中的一个。"

"最后两个什么?"尼克拉斯好奇地问道。

伊洛娜顿时显得非常不安,苏格拉底也从她的膝盖上跳了下去。

"她是我们所认识的最后两个漂亮女人当中的一个。"玛蒂迅速回答道,她瞪了伯卡特一眼,然后对尼克拉斯说:"现在你应该回卧室睡觉了,稍后我再过来给你道晚安。"

九十一

玛蒂一直抑制着自己的怒气,直到塞西莉亚姨妈领着伊洛娜去卧室,然后又听见尼克拉斯关上了卧室的房门之后,她才恢复了应有的表情。

她交叉自己的双臂,严厉地面对着反恐精英,"我一直都尽可能地不让尼克拉斯知道我在工作中所遇到的事。而且,我也不愿意将所有的谋杀案都解释给他听,这样会吓坏他的,他还不到十岁。"

伯卡特的脸沉了下来,"你的意思是我刚才说错话了吗?关于伊洛娜?"

玛蒂点了点头,"他很聪明,而且非常敏感。"

"我为此道歉。"伯卡特诚恳地说,"这种事以后不会再发生了。"他停顿了一下,"他是个好孩子,你做得很对。"

玛蒂的语气变得柔和了一些,"谢谢你,伯卡特,你能这样说我很感激。"

他犹豫了片刻,"他父亲知道这一切吗?"

她不知道自己是否愿意回答这个问题,但她最终说道:"不,尼克拉斯的父亲在我生命中是无关紧要的人,因为一场欠考虑的短暂的风流韵事,我和他生下了尼克拉斯。他不想和尼克拉斯扯上任何关系,而坦率地说,我也不想和他扯上任何关系。"

"这么说,你是独自一人将尼克拉斯抚养大的?"伯卡特说,"这真令人钦佩,考虑到……"

"塞西莉亚姨妈和我母亲一直都在帮我,只是后来我母亲去世了。"玛蒂说,她突然变得有些戒备,"你刚才想说什么?"

"哦,当然是工作了,我知道你的工作很繁重,要求很苛刻。"

玛蒂耸了耸肩,"恐怕你连一半都不知道。"

"那跟我说说吧。"伯卡特说。

她看着他的脸,心里犹豫着到底是应该解释呢,还是就这样算了。片刻之后,反恐精英眼睛里写着的关切与同情促使玛蒂作出了决定。

"我丢掉了我在刑警局的职位,就是因为当工作与儿子产生冲突时,我拒绝对工作妥协。"玛蒂说,"具体细节我就不赘述了,但是有一天晚上,我本该去一个凶杀案现场办公,可我却选择了在家里陪伴尼克拉斯。他病得很厉害,严重的咳嗽和发烧。由于这个原因,我被调到了新闻办公室,不再参与调查办案工作。我曾经起诉过刑警局,但最后败诉了。"

伯卡特听得扬起了眉毛,"迪特里希第一次在屠宰场同我们见面时,他说他知道你,原因是不是这个?"

玛蒂的脸红了,"我想是的。对了,你提到了高级政委,我想现在是时候将今天所发生的一切都告诉他了。"

塞西莉亚姨妈拿着毛毯和枕头来到了客厅,"你确定你可以在沙发上睡觉吗?你的腿会露在外面的。"

伯卡特笑着从她手中接过寝具,"没关系,我的适应力很好。"

"晚安,伯卡特。"玛蒂说,"谢谢你留下来。"

"这是我必须做的。"

九十二

在暴风雨暂停的间歇里,夜空中的月亮十分完整,淡淡的月光映照在特雷普托公园,并且在那些跪着的苏联士兵塑像底下形成了黑乎乎的阴影。

高级政委迪特里希佝偻着背,低头坐在阴影中的石砌台阶上,他的手里握着一瓶即将被喝完的伏特加酒。片刻之后,他抬起头,两眼无神地越过一片斯大林的战士的坟墓,看着远处那尊伟大的苏联军人怀抱德国小孩的塑像轮廓。

迪特里希回想起了当他自己还是个小男孩时来到这里的情景,那会儿他只有六七岁,母亲刚刚因肺炎而去世。他记得很清楚,当上校带他过来的时候,他就站在这些台阶上。

他的父亲用手越过坟墓,指着远处那尊巨大的塑像,"汉斯,你的母亲现在就像埋葬在那里的英雄们一样。而你,你就像那个被抱在战士怀里的孩子一样。你能明白吗?"

年幼的迪特里希并不理解上校在说什么,那时的他只感觉到困惑和失落。不过,为了不让上校失望,他还是点了点头。

现在,四十多年已经过去了,再次坐在特雷普托公园里的这个地方,高级政委感觉到同样的情感再次萦绕着自己,除此之外还有愤怒、绝望和……

他的手机突然响了,他本不想理会它,经过一番挣扎之后,他还是将手机从大衣口袋里掏了出来,"我是迪特里希。"

"政委先生。"玛蒂的声音传了过来,"我是……"

"我知道你是谁。"迪特里希不耐烦地说,"两个小时以前韦格尔警员给我打过电话,她告诉我说耶格尔先生被谋杀了。还有,她说你和伯卡特先生被法兰克福刑警局传唤,因为你们犯下了偷窃车辆的重罪……"

"政委先生,我打电话来不是为了说这个,我们已经知道杀手是谁了。"玛蒂打断了迪特里希的话。

高级政委猛地缩了一下脖子,就像一只听到了远处动静的乌龟。

"是赫尔曼·克鲁格吗?"迪特里希问道,此刻他感觉自己比一分钟之前醉得更厉害了。

"不是。"玛蒂坚定地说,"他的名字叫福克,目前我们还不知道他的全名。他的父亲经营过阿伦斯费尔德屠宰场。政委先生,你又喝酒了?"

"是的。"迪特里希承认道,"今天我埋葬了我父亲,他是我最后一位亲人。"

接下来,迪特里希一直没有说话,半晌之后玛蒂说:"很抱歉,政委先生,我是不是应该把消息汇报给韦尔格警员?"

政委先生的内心经历着一场思想斗争,一方面他很希望把这一切都推给韦格尔,但是强烈的好奇心最终占了上风,"不,你还是告诉我好了。"

乌云涌了过来,开始包围月亮,迪特里希和战争纪念碑都陷入了黑暗之中,只有一束微弱暗淡的光线投射在苏联军人的塑像上。玛蒂将他们在法兰克福的行动进行了简要的陈述,同时还简单介绍了伊洛娜的故事。

在她讲述的过程中,高级政委感觉到自己的胆汁都快涌出来了,而且喉咙异常灼热。玛蒂说完以后,迪特里希几乎要虚脱过去,他的身体就像一个牵线木偶般有气无力。他不得不蹲下来,用酒瓶支撑身子的部分重量。

他沉默了许久,被酒精侵蚀的大脑早已是一片混乱。他试图想清楚那个故事的涵义,接下来他似乎看到了一些他不喜欢但很可能需要进行的调查工作。没错,他一点也不喜欢他刚刚看到的东西。高级政委开始用一种与以往不同的方式进行思考,这种方式是开放性的,抛开了他自己的骄傲自尊、道德标准以及他对柏林刑警局的恪尽职守,换句话说这是一种更加自私甚至极其自私的思维方式。

"政委先生?"玛蒂说,"你还在听吗?"

最终,迪特里希清了清嗓子,"你的消息来源是几名妓女和一名患有精神分裂症的美沙酮成瘾者，是这样吗？"

"是的。"玛蒂说，她已经觉察到了什么，"但是我相信她们。"

高级政委轻蔑地笑了笑，"这就是你去了国际私人侦探公司，而我却依然为柏林刑警局工作的原因。作为一名公职人员，当我需要判断和选择我应该把人力派到什么地方去时，我会先考虑消息的来源。"

"格里塔·阿姆泽尔已经死了。"玛蒂坚持说道，"我是亚瑟·耶格尔被谋杀的目击证人，而且我认为克里斯身旁的尸体是伊尔莎·弗雷的。"

"艾格尼丝·克鲁格也死了。"迪特里希反驳道，"而我则开始相信是赫尔曼·克鲁格杀了克里斯和其他人。"

"不，我认为这当中大有问题。"

"是吗？依我看，关于屠宰场的故事，以及那个叫福克的恶魔，这些东西更有问题。"

"也许赫尔曼·克鲁格就是福克。"玛蒂说，"或者帕维尔是福克。"

迪特里希咬着牙说："也许是吧，我会问他们的。"

玛蒂的声音变得尖刻了一些，"你的意思是说你不会跟伊洛娜谈话，并亲自听她讲述整个事情？"

迪特里希感觉到自己的精神比刚才好多了，他的习惯逻辑开始发挥作用，"安格尔女士，我会在适当的时候做这件事的。不过，我的主要时间和精力都会用来寻找赫尔曼·克鲁格。"

说完，高级政委按下了挂断键，此时月亮已经被乌云完全遮蔽，战争纪念碑附近的地面一片漆黑。在某个瞬间，迪特里希还以为自己失明了。

九十三

我的朋友们，我得向你们承认，从午夜开始我就一直在喝绿色精灵——苦艾酒①。

通常我不会沉湎于任何可以醉人的东西,但是今天我第一次真正体会到了在越狱的时候有狗在身后狂吠是一种什么样的感觉。只有借助这绿色精灵的魔力,才能阻止我内心正在蔓延的恐慌。

直觉告诉我,应该赶紧跑,而且是拼命地跑。我喝醉的头脑老是浮现出同一个念头:放弃现在的生活,销声匿迹,然后戴上另一个面具,开始新的人生。

但是我现在所用的制作精巧的面具花费了我大量的工夫,如同那些挂在墙壁上的面具一样,我在制作这个面具的时候非常的小心和谨慎,我边喝苦艾酒边沉思道。

我的心情异常的阴沉和黯淡,我不断地回想着我候在玛蒂·安格尔所住的公寓楼外面,等待着伯卡特的离开。然而,他没有离开。她家的房间灯熄灭了,可他依然还在里面,那时我突然涌起了一种想喝绿色高酒精度蒸馏酒的强烈渴望,而我现在正在用它来抑制逐渐增长的烦乱不安。

伊洛娜对安格尔和伯卡特说了些什么?

这不要紧,不过是一个疯女人的胡言乱语罢了,他们也会这样想的。

除非他们找到了基弗·布劳恩。

但是,我已经动用了一切可用的搜索引擎,甚至花钱雇佣了寻迹服务,却依然找不到他的任何踪迹。也许我那亲爱的老朋友基弗已经决定消失,然后过另外一种生活,就像现在的我一样。

或者说,也许他离开了德国。

当然还有个可能,他已经死了?

行了,不论是哪一种情况,我都没什么好担心的,不是吗?基弗已经远走高飞,而伊洛娜又是一个最不可靠的证人,所以我一定会非常安全。我即将面对的事实和我刚才的直觉应该正好相反,我一边倒酒一边这样告诉自己。

此时此刻,绿色精灵开始玩弄我的思想。我抬起头看着我搜集的面

---

① 苦艾酒是一种有茴芹茴香味的高酒精度蒸馏酒,主要原料是茴芹、茴香及苦艾药草。酒液呈绿色,当其加入冰水时会变为混浊的乳白色,这就是苦艾酒有名的悬乳状态。此酒芳香浓郁,口感清淡而略带苦味,酒精度在五十度以上,并且有一定的致幻效果。

具,用温柔、怜爱的目光掠过了这些我曾经扮演过的怪物。

我笑了起来。我的朋友们,我感到自己好像处于众多像你们一样的盟友之中。

别人都说苦艾酒有致幻作用,对此我不太确定。但是没过多久,在那些挂在墙上的面具中间,我突然看到了玛蒂·安格尔和汤姆·伯卡特的脸。他们变得越来越清晰,而且看起来正在嘲笑我。

刚开始的时候,我因他们侵入我的私人空间而感到震撼。

接下来,我变得非常狂暴。

我蹒跚着朝墙边走去,摘掉了那两个正在嘲笑我的面具,它们一个是木头雕刻的,另一个是陶瓷塑造的。

我将它们掰成碎片,然后摔在地板上。

在我将它们彻底摧毁之后,我站了起来,一边摇晃一边喘气。借着苦艾酒的作用,我的狡猾和诡诈一点一点地恢复,接下来我迫使自己面对一个现实:如果伊洛娜将事情告诉给一个最终能够相信她的人,那就意味着我的身后必然有狗在狂吠和追赶。

不必惊慌,我的朋友们,我当然也没有惊慌。我是个柏林人,我知道该如何捍卫自己的领土。我的智商比狗强多了,如果有必要,我可以潜入水中躲起来,或者原路折回,并且给它们出其不意的一击。

原路折回——我最终这样想道——然后再给他们致命一击。

突然,绿色精灵使得一个点子从我潜意识的深处跳了出来。

我抓住了这个想法,并且将它视为一个礼物。

一个非常宝贵的礼物。

我笑了,这真是好极了!

没错,在我看来,这个绝妙的主意是一劳永逸地控制局面的最好方法,真他妈的太好了!

我将盛有苦艾酒的酒杯放下,然后走到书桌上的笔记本电脑旁边。我再次连接上克里斯·施奈德的硬盘,并调出了里面的照片。

我一页一页地查看缩略图,寻找着我想要的那张。

哈哈!找到了,原来它在这里。

我双击那个图标,一张玛蒂·安格尔的儿子的照片弹了出来。尼克拉斯单膝跪在地上,右手抱着一个足球,看着镜头的脸上挂着顽皮的笑容。

真是个可爱的小男孩,我的朋友们,他真的太迷人了。

我敢打赌,他一定是他母亲的掌上明珠。

九十四

第二天早上,玛蒂醒来后闻到了油煎洋葱和煮咖啡的香味。自从听到克里斯失踪的消息之后,这是她第一次感觉到自己休息得很好,并且精力充沛。

接下来,她自然而然地想到了高级政委迪特里希。他为什么要如此执著地追逐赫尔曼·克鲁格?是上级给了他太大的压力,还是由于艾格尼丝特殊的身份?或者说,也许他只是一个悲痛的男人,只想选择更加容易的途径,而不是去走那条可能让他跌倒和失败的窄路?

在这种时候,玛蒂不愿意想得太多。她迅速地冲了个澡,穿上衣服,走出卧室后看到尼克拉斯正坐在早餐桌前。他已经穿好了上学的衣服,在他面前的桌子上放着一个空盘子和一个装了果汁的杯子。

暂时还没看到塞西莉亚姨妈,不过伯卡特正站在炉子旁边,用一把木勺在铸铁长柄平底煎锅里翻炒着。

"他在做他的招牌菜。"尼克拉斯告诉她,"伯氏煎蛋饼。"

"这可是独一无二的。"伯卡特说,"你还想再来点吗?"

"我得去上学了。"尼克拉斯说。

"那你呢,玛蒂?"

"我回来以后再吃吧。"她说,"我打算走路送他上学。"

今天异常寒冷,刮着狂风,尼克拉斯的双手被冻得红彤彤的,所以在他们前行的过程中,玛蒂一直都握着儿子的手。

"我挺喜欢汤姆的。"尼克拉斯说,"他没把我当小孩,这点和你不同。"

"是吗?"

"他还说我对足球的了解胜过大多数成年人。"

"哦,这倒是事实。"玛蒂边说边抚弄着他的头发。

"妈妈。"尼克拉斯抱怨道,"我知道你不是很理解,但我只是想成为足球专家。"

"那你是为了谁呢?我吗?还是你生命中的另一个女人?"

玛蒂这么一问,尼克拉斯看上去有些吃惊,不过什么都没有说。

"是朋友吗?"玛蒂追问道。

尼克拉斯耸了耸肩,略微点了点头,然后转而问道:"那弗雷阿姨出什么事了?"

他们已经快要走到约翰·列侬中学附小了,玛蒂停顿了一下,试图想清楚该如何跟他解释。接下来,她耐心地说:"她过着非常艰难和困苦的生活,其程度是我们难以想象的,尼克拉斯。像她那样的人往往都很脆弱,很容易受到伤害。"

"这就是她现在和我们待在一起的原因吗?"他继续追问。

"是的。"玛蒂说,"而且事实上她还是克里斯童年时代的朋友之一,她的妹妹也是。"

他们来到了学校门外的街边拐角处,这时尼克拉斯说:"让我一个人走过去,可以吗?"

玛蒂所站的地方可以看到校门,很多孩子正络绎不绝地涌入校园。不过,她还是犹豫了片刻,她开始思索自己是不是应该慢慢地让他走向独立,并且越来越独立。

"好吧。"她说,"还有……"

"放学后塞西莉亚姨婆会来这里接我。"他略带抱怨地说,"你为什么不能让我一个人回家呢?"

她摇了摇头,"也许明年就可以了。"

"哎!"尼克拉斯失望地说,"我知道,得等我满十岁才行。"

"你说得完全正确。我爱你,尼克拉斯。"

他嘟囔着嘴，看上去有些不情愿，"我也爱你，妈妈。"

玛蒂注视着她的儿子，直到他走进校门，并且消失在她的视野之外。接下来，她突然有一种很奇怪的感觉，就好像有人正在监视她。

然而当她四处查看时，没能看到任何人的影子。

九十五

那种被监视的感觉一直跟随着玛蒂，直到她买了报纸继而回到公寓之后才彻底消失了。当她走进家门时，看到塞西莉亚姨妈和伊洛娜正在厨房里清理餐具。

"真好吃！"塞西莉亚姨妈赞叹道，"我得学一学他的烹饪方法。"

伊洛娜朝玛蒂笑了笑，但表情有些不安，接下来她开始用手抓挠自己的手腕。

"这是你的。"伯卡特边说边将一个盛放着煎蛋饼和烤面包的盘子推到玛蒂面前。

"谢谢！"玛蒂说，紧接着她把报纸放在身后的报刊桌上，然后咬了一口伯卡特做的煎蛋饼，真好吃，太好吃了！

"这里面有什么？"她问道，"培根和……"

"每次都不一样。"伯卡特说，"就像石头汤。①"

---

① 法国民间故事，后来被流传成多个版本。故事大意是：三个又累又饿的士兵疲惫地走在一条陌生的乡间小路上，当他们接近一个村庄时，村民们开始忙开了。他们知道士兵通常是很饿的，所以家家户户都把可以吃的东西收藏起来。士兵们挨家逐户讨东西吃，可村民们都说没吃的东西，全村人还努力装出饿坏了的样子。这是一场斗智的较量，而饥肠辘辘的士兵们被逼出了一个绝招。他们向村民们宣布，要做一锅用石头炖的汤。好奇的村民们为他们准备好了木柴和大锅，士兵们真的开始用三块大圆石头煮汤了！当然，为了让汤的味道更鲜美一点，他们还需要一点作料，比如盐和胡椒什么的……当然有一点胡萝卜会更好……卷心菜呀、土豆呀、牛肉呀配一些也不错……如果再来一些大麦和牛奶，那就连国王都可以喝了……到最后，一锅神奇的石头汤真的煮好了！

"我得尽快去诊所。"伊洛娜突然紧张地说。

"等我吃完饭,我们立马出发。"玛蒂承诺道,然后看了一眼伯卡特,"我会顺道带她去她的公寓,取一些她需要的东西。"

"那我呢?"

"你得去寻找福克存在的证据。"

"哦,这该从哪里开始?"

"阿伦斯费尔德镇,然后再去与其相关的档案馆。"她回答道,"大多数档案馆都在柏林。"

"我当然知道那些档案存放在哪里。"伯卡特反驳道,"但是你认为福克真的存在吗?如果是这样,那么他的故事岂不是早就人尽皆知了。"

"我们先去搜寻一下吧,接下来再看看名叫福克的人与屠宰场有什么样的关联。"玛蒂说,"的确有一些确凿证据可以表明福克是一个真实存在的人。"

"他当然是真实存在的!"伊洛娜坚定地说。

"这我们知道。"玛蒂抚慰道,"但是……"

玛蒂的手机响了,接通以后是凯瑟琳娜·多鲁克的说话声,"一个名叫韦格尔的警员刚刚打电话来公司找你,她说赫尔曼·克鲁格已经浮出水面了,今天下午他将会在柏林刑警局总部接受询问,而且是自愿的。"

"真的吗?"玛蒂惊讶地说,"那么前段时间他在哪里?"

"刑警局的人也不清楚。"凯瑟琳娜承认道,"不过他的律师已经向上级部门投降了。我想你应该很想去旁听,或许你可以打电话找迪特里希帮你安排一下这件事。"

"恐怕他现在还没有完全清醒,无法顾及此事。"玛蒂说,接下来她讲述了昨天晚上那场令人沮丧的电话交谈。

"你说他是一根筋?"凯瑟琳娜问道。

"是的,可他为什么会变成那样呢?"玛蒂说,"没道理啊,难道他……"

她突然停了下来,并因一种她以前从未想到过的可能性而感到无比困惑。

"你还好吗?"凯瑟琳娜问道。

"我稍后再打给你。"玛蒂说完匆匆挂断了电话。

她坐在那里愣了一两秒钟,然后猛地跳起,转过身去翻找着报刊桌上的报纸。最后,她的手指停留在《柏林摩根邮报》里的某一页上。

"没有讣告!"她高声喊道,"只有一个死亡通知。"

"你在说谁?"伯卡特一脸困惑地问道。

"高级政委迪特里希的父亲——康拉德·迪特里希·弗洛梅尔。"

九十六

卡西安诺被一阵急促的敲门声吵醒,他恼怒地用葡萄牙语问道:"是谁啊?"

"是我呀,笨蛋。"一个轻快的女声在门外响起,"快开门吧,你为什么要把卧室门反锁起来?"

卡西安诺坐了起来,走下床,穿上了一套贴身运动服。他先朝浴室的方向看了看,然后走到卧室门旁边,扭动门锁打开了门。

门外站着佩尔菲格塔,她穿了一身暴露的黑色紧身内衣裤,手里拿着一个托盘,上面堆满了水果和面包,还有一个茶壶。

卡西安诺佯装惊讶地说:"我都不知道你已经回德国了。"

佩尔菲格塔朝他调皮地笑了笑,就好像他是个头脑不太清醒的男人。接下来,她从他身旁经过,走进卧室,同时说道:"我当然会及时赶回来啊,我不是告诉过你吗,我会留出足够的时间为你准备你最喜欢的赛前餐。"

卡西安诺露齿而笑,"把它们放在那里吧。"

佩尔菲格塔放下托盘,然后转身扑进了丈夫的怀抱,如饥似渴地亲吻着他,"想我了吗?"

"你不在我身边的每一天我都在想你。"足球明星冷静地回答道。

"我可以在家休息一个月。"佩尔菲格塔承诺道,"下次出差要等到十一月去了。"

"太好了！"卡西安诺兴奋地说，"我们应该好好庆祝一下。等比赛结束以后，我们就出去旅游，吃大餐，看表演。"

佩尔菲格塔稍微有些犹豫，继而回答道："嗯，真是个好主意！你何不先吃点东西呢，然后我们还可以在床上消耗一些卡路里，让你在比赛之前放松一下。"

她径直朝床边走去，但是足球前锋拦住了她，平静地说："你先坐下，我们可以一起吃些点心，这样能让我们待会儿更有力气。"

佩尔菲格塔看上去有些不安，但她还是灿烂地笑道："我刚刚吃过了。"

卡西安诺倒了一杯茶，"喝点茶吧？我知道你喜欢绿茶。"

他边说边将茶杯朝她递过去，"这对皮肤有好处。"

佩尔菲格塔的眼睛里流露出了担忧的神色，紧接着她摇了摇头，"不用了，我今天上午已经喝了三杯茶了。"

"你快喝吧。"她的丈夫坚持道。

她就像受到侵犯的女人似的，鼻孔张得很大，"真的不用了！"

"你一定得喝！"卡西安诺的态度变得非常严厉和强硬。

佩尔菲格塔朝他走去，但是并没有接过茶杯，而是用手抚弄着他的裤裆，"也许我们可以先……"

先前还紧闭着的浴室门猛地被打开了，杰克·摩根跳了出来，跟在他后面的是丹尼尔·布莱希特和德国联邦调查局[①]特工格奥尔格·约翰逊。

约翰逊特工出示了自己的工作证，然后宣布道："佩尔菲格塔·德洛丽丝，你因涉嫌网络欺诈、共谋欺诈以及谋杀丈夫未遂而被逮捕了！"

"你这个臭婊子！"卡西安诺咆哮道，然后将杯里的茶水朝佩尔菲格塔泼去。

[①] 简称 BKA，相当于美国的 FBI。

九十七

摩根、布莱希特和约翰逊用了将近一个小时的时间轮番审问佩尔菲格塔,试图让她说出自己在过去十天里的活动行踪。她讲着一口流利的英语,看起来毫无惧色。起初,她愤怒地宣称自己一直都在非洲拍照,并且扬言会起诉他们侵犯了她的名誉权。

接下来,他们将加布里埃尔博士对卡西安诺头发样本的分析报告展示给她看,该报告表明球星体内含有剧毒氰化物。尽管剂量很低,尚不足以害他性命,但完全可以使他恶心和呕吐,并且连续几天都不在状态。

"我不知道那是怎么回事。"佩尔菲格塔坚持道。

"你不知道?"摩根边说边举起了茶壶,"我敢打赌,这茶里面一定混有巴西木薯粉,而这种原料含有氰化物。我非常确定你一定知道这一点,因为对于巴西人来说这是众所周知的。"

佩尔菲格塔再次否认自己与此有关,卡西安诺按捺不住朝她吼道:"你向我下毒是为了谁?马克西姆·帕维尔吗?"

摩根第一次从这位时装模特的脸上看出了一丝慌张的神色,尽管后者依然还想否认,"我没有……"

卡西安诺按下遥控器,电视屏幕上显出了佩尔菲格塔在酒店走廊里为帕维尔宽衣解带的画面。

"你怎么能这样对我,而且是和这种老男人一起?"她的丈夫愤怒地喊道,"他的年龄足足是我的两倍!"

"不过他懂得如何用脑子赚钱,而不是靠身体。"佩尔菲格塔不甘示弱地喊了回去。

她终于坦白了一切。

佩尔菲格塔这样做完全是出于贪婪。她的丈夫如果转会去了曼彻斯特联队,那他的确可以挣到很多钱,每年也许能超过一百五十万欧元。但是,帕维尔通过赌球诈骗而一次性付给她的酬金却达到了三千万欧元。

"是不是帕维尔杀死了克里斯·施奈德?"布莱希特问道。

"你在说谁?"佩尔菲格塔问道,她脸上的困惑看上去并不是伪装的。

"你说呢?"布莱希特继续向她施加压力。

"他曾在国际私人侦探公司工作。"摩根插话道,"我们认为他已经查明了这起赌球诈骗的真相。"

"我从没听说过这个人。"

"那帕维尔现在人在哪里?"布莱希特问道。

她耸了耸肩,"我不知道。有时候他会接连消失好几天。他非常神秘,不过坦率地说我并不关心他去了哪里。"

"哦,这样啊。"摩根说,"好吧,我可以告诉你,今天下午,当他在柏林赫塔队的比赛赌局中遭到惨败之后,他会来找你的。佩尔菲格塔,你得做好心理准备,他可能会很不高兴。确切地说,我猜他届时会气得想杀人。"

九十八

玛蒂和伊洛娜一同走出了美沙酮诊所,后者慢吞吞地跟在玛蒂身后,目光呆滞,脸上带着满足的表情。

但是玛蒂始终保持着警觉,她伸长脖子不停地四处查看。她很清楚这间诊所是伊洛娜生活中的一个瓶颈,既然伊洛娜必然会定期出现在这个地方,那么像福克那样的人就很可能会选择在这里等待并袭击她。

不过最终她们安全地进到了车里。

"你认为伯卡特会找到那些记录吗?"伊洛娜问道。

玛蒂很想说自己对此没有把握,但她还是回答道:"我知道他是个非常坚定的人。"

伊洛娜眨了眨眼,"我听说他们在最后的日子里尽可能地撕碎了所有的东西。当然,我所说的最后的日子对于很多人来说也是全新的开始。你还记得那段时间里发生的事情吗?"

"除了尼克拉斯的生日,那段时间是我人生中最美好的日子。"

"人们载歌载舞,欢声笑语。"当玛蒂发动汽车后,伊洛娜展开了自己的回忆,"伊尔莎和我,还有克里斯、亚瑟、基弗和格里塔,我们六个人一起离开孤儿院来到柏林,很想看看当时所发生的事情对我们的人生会有什么样的影响。"

玛蒂也回想起了那段日子里的每一件事情,那种感觉真是特别,在她十六岁那年,一切突然变得面目全新,人生充满了各种可能性。

她开始哼唱杰西·琼斯的歌——《此刻就在这里》。

"收音机里的一个女人谈论着革命……"

伊洛娜也和着她唱起来,"当它已经经过她的身边……"

没过多久,她们停止了歌唱,脸上的笑容也消失了。

伊洛娜用一种恍惚的声音说道:"当我们来到柏林以后,我看到了密密麻麻的人群,接着开始感到害怕。我不断地在人群中寻找他——福克,而克里斯曾试图说服我,他说我们再也不可能见到福克了。

"但是我认为那天晚上他就在柏林的某处,玛蒂。我可以感觉到他的存在。尽管在场的每一个人都很开心,可我却感觉到柏林墙倒塌的时候他就站在人群当中。即使东德西德已经统一了,不过我知道我永远都不可能彻底摆脱来自福克的威胁。虽然我已经有几乎三十年没再见过他了,但他时常出现在我的头脑里。福克,他一直都在困扰着我。他……"

玛蒂转过头瞟了一眼,看到伊洛娜的脸上再次流下了泪水。片刻之后,伊洛娜哽咽着说:"我经常不知道自己是谁,我的脑子里经常出现各种人、各种事的幻觉,我……"

伊洛娜开始搓手,那动作就像是在洗手,她的身体也开始缓慢地摇摆。玛蒂打算将车停在路边,先安慰她一下,就在这时玛蒂的手机响了。

"我是安格尔。"她接听了电话。

"玛蒂,我忙碌了一整个晚上。"加布里埃尔博士说,"我试过我能想得到的所有数据库,但是没能查到任何一个住在德国并且名叫基弗·布劳恩的人与我们要找的那个人对得上号。"

玛蒂的心一沉,"什么?难道他已经死了?或者是出国了?"

"不,他就在柏林。"科学家回答道,"但他改过名字,而且改了三次。"

九十九

我对着镜子,正在完成最后一点化装步骤。

真是悲哀,我丧气地想着,这也许是我最后一次使用脸上这张面具了。

当我完成自己的伪装以后,我回到我收藏的面具旁边,双眼在那些古老的脸蛋上流连:多贡人①的面具,印度尼西亚人的面具,还有我的新朋友——绍奎部落面具,以及那个美洲豹面具。

但是我知道我必须得离开它们,然后把克里斯·施奈德的身份证和工作证上的照片换成我自己的脸。

我已经收集好了其他所需的物品:绳索、香烟,以及一些用于点燃它们的东西;一把螺丝刀,一双皮手套,两把安装了消音器的手枪,还有六个装满子弹的弹夹;四本护照,以及证明四个不同身份的辅助文档。除此之外我还准备了一个带轮子的重型行李箱,里面塞满了现金和金币,可以让我在相当长的一段时间里过着很滋润的生活。这些钱是我在多年前就积存下来的一笔专用储蓄金,当我不得不永远地离开我心爱的柏林时,它们就能派上用场。

我的朋友们,此时站在这里的我即将脱胎换骨,并且永远地逃离我美丽的伤疤之城。

当我最后一次回到我的隐秘之所时,我笑了,不过苦乐参半。

---

① 多贡人居住在尼日尔河河湾处,以耕种和游牧为生。他们没有文字,只凭口授来传述知识。

我看着这里的一切,它们就是我人生的拼贴画。我想到了那些曾经改变了我的所有事件和经历,它们使得我变成了一个和从前不一样的人——比起从前那个嗜血的年轻土包子,现在的我更加能说会道,更加精明狡诈。

我看了看手表,就快到两点了。我关掉灯,走出了房间。

还剩下最后一个使命,完成它之后我就会直奔学校。

在我结束掉即将面临的麻烦事之后,我绝不会放过小尼克拉斯,不是吗?哼哼?

一〇〇

下午两点四十五分,柏林刑警局的总部,玛蒂和凯瑟琳娜跟着韦格尔警员进到了一间黑暗的观察室,她们透过双向玻璃[①]可以看到赫尔曼·克鲁格已经坐在对面那间房子里的一张审讯桌旁边了。

这名亿万富翁是一个身材健壮的男人,大约五十出头,穿了一件价值五千美元的黑色西装。他脸上的皮肤非常光滑,以至于玛蒂坚信他一定化过装。

与此同时,克鲁格的坐姿非常生硬,腰杆挺得笔直。他的头部举止显得专横而愤怒,就好像他对现在的处境非常厌恶,并且很渴望扭断那个不知天高地厚、胆敢传唤自己来到柏林刑警局的愣头青的脖子。

克鲁格的律师是个身材瘦长、表情庄重的男人,名叫里克特。此时此刻,里克特显然已经注意到了他的委托人的不满情绪,因为玛蒂看到他将嘴凑到亿万富翁的耳朵旁边,低声耳语了几句。几分钟后,审讯室的门被

---

① 双向玻璃即双向镜,也称单面透视玻璃。这种玻璃可把投射来的光线大部分反射回去。双向玻璃可用于室内隐蔽观察,在需要暗中观察的地方,它是监视、保安和监控的理想选择。

打开了。

高级政委迪特里希拖着步子走了进来,他穿了一件皱巴巴的旧西装,一只手臂下面夹着一个胀鼓鼓的牛皮纸文件袋,另一只手上端着一杯咖啡。他的眼睛充血,头发凌乱,皮肤蜡黄,玛蒂认为他的气色不是一般的差。

"看到了吗?"玛蒂喃喃地说,"我敢打赌他的头脑并不是十分清醒。"

韦格尔警员先是皱了皱眉,接下来无奈地叹了口气,点头说道:"我们会证明你是错的。"

"我们并没有错,韦格尔警员。"玛蒂说,"你听说过……"

"看看再说吧。"韦格尔警员简略地答复道,然后她将注意力转移到迪特里希身上,后者将咖啡杯放到审讯桌上时,那只手不由自主地抖了一下。

杯里的咖啡溢出来了一些,迪特里希一边道歉一边拿出了一张纸巾,做出了擦拭的动作。他的动作很慢,以至于赫尔曼·克鲁格的耐心受到了极大的考验,而他的律师里克特再次在他耳边说了些什么。

好不容易擦完了,迪特里希终于坐了下来,假笑着说:"赫尔曼,我们希望你可以澄清一些事情。"

亿万富翁的脸颊发红,很明显以他自己的身份,他很不习惯像迪特里希这样的人用如此随意的方式来直呼他的名字。

"克鲁格先生乐意配合,政委先生。"里克特发话道。

"这很好,但是我认为我现在是在询问你的委托人,而不是你,里克特先生。"

亿万富翁清了清嗓子,"你们想知道什么?"

"首先,前一阵子你去了哪里?"

克鲁格犹豫了片刻,然后回答道:"恕我在一个小时之内还不能说,因为如果消息传出得太快,那将会带来严重的金融后果。"

一〇一

短暂的沉默过后,迪特里希怒气冲冲地说:"我才不在乎什么金融后果,但是如果你不打算将实情告诉我,那就会产生法律后果。考虑一下谋杀指控吧,赫尔曼,告诉我是不是你杀了你妻子?"

克鲁格看上去十分恼怒,他气急败坏地说:"这事儿肯定不是我干的。"

"可你有充足的理由和动机。"高级政委的态度突然变得和蔼可亲,言辞极具诱导性。在接下来的几分钟里,玛蒂发觉自己有必要对迪特里希另眼相看了,尽管有时也会犯错,但这个男人毫无疑问是一个大师级询问专家。

高级政委的话语简短快速,精准有效,对亿万富翁展开了接连不断的攻击——关于他的情妇们,关于那些妓女,还有国际私人侦探公司柏林分公司对他的私生活进行调查后所得出的结论。

"你发现国际私人侦探公司柏林分公司的人为艾格尼丝工作,侦查和记录你的出轨行为。"迪特里希说,"你认为关于你的负面言论会损害你的名誉,所以出于报复,你谋杀了克里斯·施奈德,并且还杀死了你的妻子。接下来,你将他们的尸体扔进了阿伦斯费尔德镇一家古老的废弃屠宰场的地下室,任由老鼠啃噬。"

克鲁格满脸涨得通红,气得几乎说不出话来,"这是……这是……"

他的律师咆哮着说:"你这是在诽谤,政委先生。我的委托人绝没有做过这些事,他和他妻子的死,以及和施奈德的死完全没有任何关系。"

亿万富翁的声音恢复了常态,"而且我根本就不知道你说的那个该死的屠宰场是什么东西!"

"你的继子,他认为是你杀死了你妻子。"迪特里希平静地说,"或者是你雇人杀了她。"

"他当然会这样说了,那个该死的混小子。"克鲁格很冷静,"我再次重申,我和艾格尼丝的死没有任何关系。"

"那么这里就有个问题,当你得知她的死讯后,并没有第一时间就赶回家中。"高级政委说道。

"没错,因为我知道她已经死了。"克鲁格回答说,"不是生病了,也不是在垂死中,而是已经死了。尽管我心烦意乱,极度悲伤,可我知道我无法改变那个令人难过的事实。再说,我还有非常重要的生意要谈。"

"你在和谁谈生意,赫尔曼?"迪特里希询问道,"请告诉我们前段时间你躲在哪里。你可以选择现在就告诉我们,当然也可以选择拒绝,那样的话我会正式起诉你,新闻媒体和博客作者都会极其关注这些事情,它们很快就会在企业界散播开来。"

克鲁格局促不安地扭动着身体,就好像他的身上爬满了小虫。几秒钟后,他对自己的律师说:"我已经给了你足够多的钱,现在请你把这中间的利害关系跟他说清楚。"

里克特看了看手表,"事实上,我认为你现在可以把实情告诉他们,克鲁格先生。再过一个小时股市就关闭了,只要政委先生同意不要在四点钟以前将我们的谈话内容泄露出去,你就可以尽管说出来。"

听到这里,玛蒂也看了看手表,时间正好是下午三点。马上就要放学了,她的脑海里闪现出了塞西莉亚姨妈接尼克拉斯放学的场面。接下来,她将注意力移回到亿万富翁身上,看上去他已经准备好将一切都坦白了。

一〇二

我的朋友们,现在是下午三点零五分,我那年轻的小朋友尼克拉斯·安格尔正从约翰·列侬中学附小的前门走出来。他在寻找他的姨婆,但是那位可怜的老人今天不会在这里出现了,对此我相当肯定。

男孩看上去很不安,这正中我下怀!我开始行动了。我将奔驰车驶到他身旁,然后将车窗摇下来,用伪装的荷兰口音问道:"你就是尼克拉斯·安格尔吗?"

我展示了"我"的身份证,以及国际私人侦探公司的工作证,并朝他笑了笑,"我是丹尼尔·布莱希特,你母亲应该提起过我。她让我来这里接你,并且送你回家。"

尼克拉斯看起来有些怀疑,"那我的塞西莉亚姨婆去哪里了?"

我露出了悲伤的神色,"这就是你母亲让我来这里接你的原因。塞西莉亚姨婆病了,而且病得很重,现在已经被送去医院了。"

这话很奏效,可爱的男孩立即放松了戒备,紧接着明显表现出了担忧。他径直朝我的车门走来,很快就上了车,"她得了什么病?"

"现在还不确定。"我说,"她在家里突然晕倒了,他们正在对她做一些检查。快系好你的安全带。"

尼克拉斯立即照做了,一点也没有迟疑。

真是个了不起的男孩,如此真诚,如此孝顺。

"那我妈妈呢?"当我发动奔驰车并驶离学校之后,男孩突然问道。

"别担心。"我说,"她很快就会同我们见面的。"

尼克拉斯皱了皱眉,然后朝四周看了看,"这不是回我家的路,我们这是要去哪儿?"

"一个特别的地方。"我回答道,"一个专门为非常特别的男孩所准备的非常特别的地方。"

一〇三

"过去的十天里我一直都在瑞典。"赫尔曼·克鲁格宣称道,"我一直待在厄斯特松德市附近的一栋属于瑞典金融家奥利·拉尔森的狩猎别墅里，奥利也在，我们一起商议关于出售我的企业的具体事宜。我希望我的余生可以过得很快活，并且用我的钱做一些慈善事业。我原本希望艾格尼丝会愿意待在我身边，协助我从事慈善和公益工作。然而，当我最后一次找到她谈话时，她却提出了离婚……"

"我们听到的版本可不是这样的。"迪特里希说，"她想留在你身边。"

克鲁格摇了摇头，"她想离开我。"

"你继子的说法和你正好相反。"迪特里希回复道。

"我那继子是个十足的蠢货，政委先生。"克鲁格厉声说，"同时我得告诉你，我还有一些非常紧迫的事情需要处理，如果你不打算逮捕我，那么我现在就得离开了。里克特先生会将拉尔森先生的私人联系方式提供给你，我想现在他和他的几名助手应该还待在狩猎别墅里，他们都可以证明我的行踪。请记住，你发过誓要在四点钟之前保守秘密。"

说完，克鲁格迅速站了起来，就好像刚结束了一场会议。迪特里希也站起身来，玛蒂可以看出他对事态的突然变化感到非常困惑。

但是高级政委很快就恢复了沉稳，"你是不是有一个绍奎部落面具？"

这话使得亿万富翁吓了一跳，"是的，怎么了？"

"你去过巴特洪堡的伊甸园天体浴场俱乐部吗？"

他耸了耸肩，"也许是吧，我记不清了。"

"我们在你的一辆车里发现了杀人的武器。"高级政委说，"仅仅基于这一点我就可以逮捕你。"

"很明显，这个武器一定是用来陷害克鲁格先生的。"律师发话道，"而且我看不出绍奎部落面具和巴特洪堡的天体浴场之间有任何关联。如果你自己有把握的话，你就逮捕克鲁格先生吧。但是请放心，我们以后会向你追讨由此产生的损失。如果你不打算逮捕他，那么我们现在就该离开了。"

迪特里希犹豫了片刻，"我得知道你下一步要去哪里，你是否打算再次离开德国？"

"我得去安排艾格尼丝的葬礼。"克鲁格回答道，他又恢复了专横傲慢的态度,"另外,我还得下单购买更多的我的公司的股份。由于谋杀案以及收购传言的影响,克鲁格实业公司的股票价格已经大幅缩水,但是一旦关于交易的消息透露出去,价格肯定会暴涨。政委先生,你也应该买一些,我敢保证你一定能大赚一笔。"

玛蒂看着亿万富翁走出了审讯室。接下来,他的律师将一张纸放在迪特里希面前,然后跟着亿万富翁离开了。

韦格尔警员看着玛蒂,叹了口气,"也许你是对的。我们现在就行动吗?还是稍微再等一会儿?"

"当然是越快越好。"玛蒂说,"你想让他处于主动地位吗?"

在整个审问过程中,凯瑟琳娜一直都保持沉默,现在她终于开口说话了:"我刚刚想到了一些事情。"她边说边朝观察室的门走去。

"什么?"玛蒂说,"你要去哪里?"

"我有一个问题要问,得在克鲁格离开这栋房子之前赶上他。"

一〇四

"政委先生?"站在审讯室门外的韦格尔警员有些不安地打着招呼。迪特里希还坐在审讯桌旁边,看起来他好像在一场至关重要的比赛中失败了。

"快走开,韦格尔。"他没好气地说,"我需要安静地思考。"

"长官,如果你愿意……"她开口说道。

"我不愿意!"高级政委厉声回绝了她。

韦格尔警员站得更直了一些,然后坚定地说:"长官,我确信在国际私人侦探公司柏林分公司的帮助下,我在案子上取得了重大突破。"

迪特里希突然眉头紧锁,抬起头看着她,"你刚刚说国际私人侦探公司?"

"是的,长官。"

"你的意思是你背着我,在我不知情的情况下与他们合作?"

"长官,你最近有点不太对劲。再说,是你让我来负责的,当时你正在处理你父亲的……"

高级政委用手重重地敲打桌子,"别拿我来说事,韦格尔!我完全可以因此而终结你的职业生涯。你将被刑警局开除。如果幸运的话,你可以在城市交警部门找到一个职位,专门处理违章停车的女交警对你来说可能是个不错的归宿。"

韦格尔警员的脸涨红了,声音也有些发抖,不过她还是坚持说道:"长官,不论你怎么说,总之我得告诉你,我带来了一名证人。"

"一名证人?"迪特里希惊讶地说,"关于什么的证人?"

"长官,他现在正在二号审讯室。请你跟我来吧,我想你一定很想观摩一下。"

"观摩?"

"负责询问他的人是我,长官。"

玛蒂在双向玻璃背后目睹了这一幕的发生,接下来她走进了走廊对面的另一间相似的观察室,这里同样可以透过双向玻璃看到二号审讯室里的场景。一个留着胡须、穿着工作服的中年男人独自坐在审讯桌旁边,他盯着自己的双手,沮丧地拉扯着掌心上的老茧。

观察室的门被推开了,高级政委迪特里希走了进来,当他看到玛蒂以后,整个身体猛地一怔,"你?你跑到这里来干什么?谁允许你来的?"

"是韦格尔警员。"玛蒂平心静气地回答道。

"韦格尔?"迪特里希高声喊叫起来,就在这时他身后的门再次被打开了。"她没有这个权限,她……"迪特里希显得非常激动。

"是我授予她权限的,汉斯。"刚走进来的高个子秃顶男人说话了,他叫卡尔·高夏克,是高级政委的上司。

"真的是你吗,卡尔?"迪特里希问道,"你不会是在开玩笑吧?"

"我向来都是以严肃认真的态度来对待谋杀案的,汉斯。"高夏克说道,"让我们看看你这位年轻的徒弟为我们带来了什么。"

在双向玻璃的另一侧,韦格尔警员走进了审讯室,继而朝着坐在桌边等待的男人走去。

直到现在,高级政委看起来才终于注意到了那个男人的存在。他伸长脖子对玛蒂说:"你对韦格尔说了些什么废话?坐在那里的男人是谁?"

玛蒂平静地注视着迪特里希,"他用过很多名字,但没一个是真名。"

一〇五

"能不能告诉我你的真名呢?"韦格尔警员问道。

"我被逮捕了吗?"坐在审讯桌对面的男人有些紧张。

"我们并不认为你做错了什么事,只是带你来接受一些询问而已。你的名字?"

"格哈特·卡尔尼拉。"他答复道。

"职业呢?"

"我拥有一家建筑公司,我们的业务是修复公寓大楼。"

"你在这一行干了多久了,卡尔尼拉先生?"

"十五年了。听着,我还不知道我现在来这儿是为了什么……"

"在适当的时候我会告诉你的,卡尔尼拉先生。"韦格尔警员打断了他,"据我所知,你这一生中已经改过四次名字了。"

卡尔尼拉的下巴缩到了喉咙附近,"那又如何?我又没有违法。每改一次名字,我都想获得一个新的开始,一个彻头彻尾全新的开始。"

"你曾经叫基弗·布劳恩?"

他犹豫了一下,然后点了点头,"那已经是很久以前的事了。"

"你在一所孤儿院长大,是这样吗?四十四号孤儿院?"

卡尔尼拉皱了皱眉,隔了好一阵才回答道:"是的,但是……"

韦格尔警员再次打断了他,"给我讲讲屠宰场的事吧。"

卡尔尼拉使劲地眨了眨眼，玛蒂感觉他看起来就像一个刚刚从催眠状态清醒过来的男人。接下来，他用很小的声音回答道："我不知道你在说什么。"

"我在说屠宰场。"韦格尔警员坚持说道，"阿伦斯费尔德镇南面的那家屠宰场。"

卡尔尼拉再次眨了眨眼，"很抱歉，我是在莱比锡市长大的。我的父母死于一场车祸。我不知道关于你所说的那家屠宰场的任何事情。"

在观察室里，高级政委迪特里希故意咳了一声。

"那么你知道一个叫福克的男人吗？"韦格尔警员问道。

"不，我不知道，我甚至从来没有听说过这个名字。"

迪特里希再次发出了那种自满的声音，然后说道："这真是浪费时间，我得走了……"

但是卡尔·高夏克抓住了他的手肘，"再等等。"

韦格尔站起身来，走到审讯室的门边，接着打开了门。守在门外的伊洛娜慢吞吞地走了进来，她一直都低着头。

卡尔尼拉注视着她，试图认出她是谁，而她率先说道："你好！基弗。是我，伊洛娜，伊洛娜·弗雷。"

这个男人的表情看上去就好像他看到了幽灵或僵尸一般，但他随即说道："很抱歉，我不认识你。"

听到这话，伊洛娜就好像被人打了一记耳光，"我是伊尔莎的姐姐啊！基弗，求你了！你是认识我的，而且你也知道我们在屠宰场里遇到了什么事。"

"不，我不知道。"他坚定地说，但是不敢正视伊洛娜的眼睛。

"克里斯死了！"伊洛娜朝他尖叫道，"格里塔也死了！还有伊尔莎！还有亚瑟！"

卡尔尼拉猛地抬起头，脸上显露出了难以置信的表情，"什么？我……"

"福克还活着！"她开始号啕大哭，"他昨晚就想杀死我，而且一旦他发现了你的真实身份，他还会来杀你。"

卡尔尼拉看上去就像是突然陷入了遥远的沉思，就好像他看到了远处的一个非常恐怖的事物。

"如果你不说,他就赢了。"伊洛娜恳求道,"求你了,告诉他们吧。他们认为我是精神错乱者,所以如果你不说出来,他们是不会相信我的。快告诉他们吧,不然我俩都得死!"

一〇六

卡尔尼拉的下巴颤动着,当他最终抬起头来看着伊洛娜时,泪水从他眼眶里涌了出来。接下来,他用一种在玛蒂听起来就像是迷路男孩的声音说道:"我从来没有对任何人谈起过那件事,伊洛娜……一个字也没有。"

伊洛娜走到他身旁,然后将一只手放在他的肩膀上,哭泣着说:"我知道,我们每个人都是这样的,没有一个人说出去。"

"他说过,如果我们说出去,那他就会杀了我们。"

"福克已经开始行动了,下一个就是你。"韦格尔警员说道,"我们会保护你的,但前提是你要把我们想知道的事情告诉我们。"

在接下来的一个多小时里,卡尔尼拉断断续续地讲述了他的故事,尽管不太完整,而且略有出入,不过他的话语足以证实伊洛娜在前一天晚上告诉给玛蒂和伯卡特的往事是真实存在的。

卡尔尼拉出生在莱比锡市,他的第一个名字叫埃德蒙·提纳尔曼。在他六岁的时候,他的父亲——一名曾经公开抨击政府的律师——莫名其妙地失踪了。

伊洛娜·弗雷的真名叫卡琳·克劳泽尔,伊尔莎的真名叫安妮特,她们出生并成长于图林根州,父亲是一名科学家,他在伊洛娜八岁、伊尔莎五岁时的某一天消失不见了。

卡尔尼拉和伊洛娜·弗雷都记得很清楚,在他们的父亲失踪几周以后的某个深夜里,有一些来历不明的人重重地敲他们的家门,后来他们听见了自己的母亲哭泣和求饶的声音。

那些人将他们从床上拉起来,继而带走。

同时也带走了他们的母亲。

他们被带到了阿伦斯费尔德镇的屠宰场。

接下来,他们被安置在前厅走廊两侧的房间里,床铺是固定在墙壁上的,无法移动,房间里面还有一些金属罐子,除此之外几乎没有其他东西了。在某段时期,一共有十五个女人以及她们的十六个孩子被囚禁在那里。

在夜深人静的时候,有一个年轻男人——应该不超过二十岁——会来到那里,他们只知道他叫福克。大多数的夜晚,福克会选择一个母亲以及她的一个或几个孩子,然后将他们带到屠宰场内部。

福克让那些母亲经历了难以想象的痛苦,他为她们戴上手铐,再将手铐悬挂在挂肉钩上,这样一来就使得她们的手臂脱臼。在那之后,他还会用烟头灼烧她们的脚底,用鞭子抽打她们,用刀划割她们,甚至强暴她们。他这样做的目的是逼迫她们提供对她们的丈夫、丈夫的朋友以及丈夫朋友的家人不利的证据。

福克还让卡尔尼拉、克里斯、伊洛娜以及其他孩子们亲眼看到他对他们的母亲所做的事,福克自称他认为这样做会使得他们的母亲更加难以忍受酷刑和拷问,以至于她们更有可能开口承认那些对国家犯下的罪行。

如果上述方法还不能奏效,那么福克就会在这些母亲的面前折磨和拷打她们的孩子。

"当他认为他已经从我们的母亲那里得到所有能得到的消息之后,他就会……"卡尔尼拉颤抖着说,"他就会用螺丝刀杀死她们,然后再将她们的尸体扔进满是老鼠的下水道里。"

一〇七

卡尔尼拉的精神几近崩溃,伊洛娜用双臂拥抱着他,哽咽着说:"谢谢你,基弗,现在他们终于可以相信我们了。"

"我留一些时间让你们单独相处。"韦格尔警员说完后站起身来,面如死灰,双眼直勾勾地望着双向玻璃。片刻之后,她转身朝审讯室的门边走去。

双向玻璃对面的观察室里,高级政委迪特里希的脸色极其难看,比严重的宿醉所造成的后果还要糟糕得多。他注视着审讯室里面的那两个人,脸上的表情看上去濒临绝望。

但是,当韦格尔警员进到这间观察室,并将一个牛皮纸信封交给卡尔·高夏克以后,迪特里希说:"这是不可能的,如果他说的是真话,那么那些事情在柏林墙倒塌以后一定会浮出水面。再说,如果真的有一个像屠宰场那样的地方存在,真相一定会暴露,并且早就传开了。"

玛蒂将双臂交叉在胸前,"这得有个前提,那就是在柏林墙倒塌之前,那些关于它的文件档案都没有被毁掉。"

"他们早就烧掉了所有的文件。"韦格尔警员说,"所有人都知道这一点。现在问题来了,福克是为谁工作呢?难道是东德秘密警察?"

迪特里希一言不发,而玛蒂注意到他的上司正在仔细端详他的表情。

"他一定为秘密警察工作。"玛蒂在说话的同时也关注着迪特里希的反应,"他们在霍恩施豪森监狱用刑讯逼供和死刑迫使家庭成员相互之间作出对对方不利的证明,饥饿、睡眠剥夺、模拟溺水[①]等等都是他们的

---

① "模拟溺水"是一种使受刑人感觉自己快被溺毙的逼供手段:受刑人手脚被捆,口被布盖住,鼻孔被人往里滴注灌水。

手段。"

"可这些都是非官方的说法。"迪特里希突然用一种非常平静的声音打断道,"尚未得到证实。"

"是的。"玛蒂回答道,"的确如此,你说得对。"

高级政委转而看着自己的上司,然后用更加坚定的声音说:"卡尔,目前尚未有某种文件可以证实……"

"你说文件?"玛蒂高声喊道,"我们已经找到了目击者!看看他们,政委先生,难道他们的样子看起来是在撒谎吗?"

在审讯室里,伊洛娜还紧紧地抱着基弗,后者啜泣着说:"福克用一把螺丝刀戳进了我母亲的后颈,伊洛娜,而我……我当时就站在那里,眼睁睁地看着他做出那种事。"

迪特里希的肩膀猛地一颤,那动作很像一只蜷缩在阴暗处的涉水鸟。几秒钟后,他用颤抖的声音喃喃地说:"很抱歉,卡尔,我……我不能相信……"

"政委先生!"韦格尔警员义正辞严地说,"为什么你一直都试图将我们的调查引导至远离屠宰场和福克的方向呢?"

一听这话,迪特里希看起来非常震惊,然后愤慨地对卡尔·高夏克说:"我绝没有这样做,而且我决不会再让一个菜鸟侦查员审讯我的……"

"你曾试图减缓甚至阻碍调查工作,从一开始就是这样的。"玛蒂坚定地说,"韦格尔警员说你一开始就把我和伯卡特视为敌人。"

"她误解了我的意思。"迪特里希恶狠狠地说,"我为什么要做这么一件性质恶劣却又毫无价值的事?"

"政委先生,我知道原因。"玛蒂说,"你的父亲康拉德·迪特里希·弗洛梅尔上校是一名秘密警察,而你在改名字以前也是秘密警察。"

一〇八

"这是天大的谎言!"迪特里希咆哮道,"你有证据吗?"

卡尔·高夏克的表情看不出是痛苦还是怜悯,不过最终他开口说道:"不幸的是,她的确有证据,高级政委。"他将一份影印文件放在迪特里希面前,"这是你以汉斯·迪特里希·弗洛梅尔这个名字申请成为秘密警察见习学员的申请表,你看,都是你自己填写的,年龄栏:十九岁;父亲栏:康拉德·迪特里希·弗洛梅尔。"

迪特里希难以置信地看着那份文件,"这不是真的,它……"

"这份文件相当真实!"他的上司直截了当地说,"在安格尔女士和韦格尔警员带着伊洛娜·弗雷来见我之后,我请求秘密警察档案馆的联邦委员为我们执行一次快速搜索。她起初有些犹豫,但是当我告诉她这和我们正在进行的谋杀案调查有关之后,她同意帮助我们。"

接下来,卡尔·高夏克的脸变得冷酷无情,他将另一张纸放在迪特里希面前,"这是你申请加入柏林刑警局的申请表原件,那是在柏林墙倒塌以后的第十三个月,而你也在半年前改了名字。不过,你在申请表上没有提到改名字的事,也没有透露你曾是一名秘密警察的事实。还有,汉斯,你并没有注明你的父亲曾长期参与秘密警察工作,你在申请表上写着你的父亲是一名木匠,并且刚刚去世。"

迪特里希叹了口气,好长时间没有说话,接下来他抬起头看着房间里的其他人,神情极度消沉,"我隐藏了自己的过往,那是因为我太想成为一名警察,就像我父亲和祖父那样。过去的我毫不关心政治,现在也一样。我一生就只有一个愿望——成为一名警察。"

高级政委还解释了自己当秘密警察的经历,他只是以新兵的身份在里面待了十一个月。

"在我被命令去客西马尼教堂执行任务之后,我放下了自己的武器,因为我已经知道他们想让我在那里做什么事。在那之后,我就不再和秘密警察有任何干系。我还听说有人开始撕毁文件,所以我加入了抗议者的队伍。三个星期以后,柏林墙就倒塌了。"

"那你为什么撒谎?"卡尔·高夏克问道。

"柏林墙倒塌以后,有一段非常特殊的时期,你还记得吗,卡尔?"迪特里希说,"我没有工作,几乎没有任何食物,也没有地方可以住。很多东德人都试图报复跟秘密警察有关联的人,而他们那样做也是有理由的。我从来没有干过任何坏事,即便如此,我还是可以读到贴在墙上的大字报。如果我以一个秘密警察或秘密警察的儿子的身份留在新德国,那将会给我带来巨大的伤害,所以我不得不撒谎。"

"那么屠宰场呢?"玛蒂问道,"你曾怀疑过它被用做酷刑室?还是你本来就知道。"

迪特里希深吸了一口气,"我怀疑过。"

高级政委描述了他十一二岁时的某天夜晚所发生的事:他的父亲醉酒以后回到家里,开始打电话,而迪特里希偷听到了上校的谈话内容。

"他一直都在大声叫嚷。"迪特里希回忆道,"接下来我听到他说他很害怕被卷入他所说的与阿伦斯费尔德屠宰场有关的'残酷的秘密',后来他还说他不会与'那个人'继续为伍。"

"他说的'那个人'是谁?"玛蒂问道。

"我不知道。"

"那你有没有问过他?"韦格尔警员问道。

迪特里希清了清嗓子,"我问过,韦格尔,而且是两次。两次都是在过去的五天里发生的。第一次,他要求我离屠宰场远一点。第二次,他心脏病发作,很快就撒手人寰。"

"除了你的父亲,还有谁知道关于屠宰场的事情?"玛蒂问道,"还有,你知道那天晚上他是在跟谁通电话吗?"

"我不敢确定。"高级政委回答道,"但是我可以猜测,应该是昨天帮我埋葬我父亲的老人当中的一个。"

一〇九

在"罗马"酒店四楼的一个房间里,杰克·摩根焦急地走来走去,时不时地看一眼自己的手表,其余时间他的双眼在电视机和丹尼尔·布莱希特的iPad屏幕之间来回转动着。

电视机里,体育节目广播员正精神饱满地回顾着今天下午的比赛:卡西安诺的表现令人咂舌,他多次突破对方球队的防御,包揽了四个进球,其中有两个球完全是凭他一己之力搞定的。

与此同时,布莱希特的iPad屏幕上展示着两处地方的实时场景:一处是房间外的走廊,另一处是隔壁房间的内部。佩尔菲格塔穿着一件透明的白色睡衣,正站在隔壁房间里对着镜子化妆。

"我还是想不通她为什么会卷入帕维尔的赌局。"格奥尔格·约翰逊说道,"我的意思是,凭她那姿色和条件,她应该可以得到她想要的任何东西。"

摩根耸了耸肩,"我猜她并没有把所有的真相都告诉我们,事情总是这样的。不过,三千万欧元无疑是一个非常充分的动机,不论你有多漂亮。"

"快来看!"布莱希特边说边指着走廊的视频,他们看到马克西姆·帕维尔怒气冲冲地从摄像头旁边走过。

接下来,他们听见了他用力敲门的声音,并通过另一个视频看到了佩尔菲格塔的房间里的场景。

巴西模特站在原地没有动,布莱希特提醒道:"快去开门,让他说话。"

佩尔菲格塔的耳朵里安置了一个微型无线耳麦,"我不能。"她低声说道。

"你可以的,如果你想得到被法官宽大处理的机会的话。"

佩尔菲格塔点了点头,犹豫不决地走到门边,然后将门打开,"马克西姆!你来得真早,我才刚刚……"

"俄罗斯"夜总会老板重重地扇了她一记耳光,她站立不稳,一个踉跄向后倒在酒店房间的地板上。"你这个臭婊子!"他激动地吼叫道,并且用脚关上了身后的门,"你这个愚蠢的巴西婊子!"

"你说什么,马克西姆?"佩尔菲格塔蜷缩着哭喊道,"我做错什么了?"

"你还好意思问?"他咆哮着说,"你丈夫今天下午表现得无比辉煌,而我呢?我损失了几千万!足足有好几千万!"

帕维尔边说边扑在她身上,并用双手掐住她的脖子,试图使她窒息。

"行动!"摩根说道。

约翰逊特工一脚踹开了隔壁房间的门,继而掏出手枪高声喊道:"德国联邦调查局特工!"

他抓住夜总会老板的衣领,然后将后者提起来并抵在墙上,"你被捕了!"

"为什么?"帕维尔冷静地问道。

"首先是袭击女人。"约翰逊边说边"啪"的一声给他戴上了手铐,"还有欺诈,共谋欺诈,谋杀未遂等等。此外,我敢保证一定还有其他罪名。"

"比方说四起蓄意谋杀。"摩根说道,此时约翰逊已经将帕维尔的身体翻转过来,而布莱希特则帮助佩尔菲格塔站了起来。

帕维尔用轻蔑的目光看着她和摩根,"我从来没有杀过任何人。"

"真的吗?"布莱希特说,"那么在过去的几天中你去了哪里?去法兰克福旅行了一趟,还是花了些时间与格里塔·阿姆泽尔待在一起呢,福克先生?"

"福克?"夜总会老板疑惑地说,"我不知道你在说什么,法兰克福又是怎么回事?还有,我不认识格里塔。"

"自从我们上次见到你之后,你去了哪些地方?"摩根询问道。

帕维尔犹豫了一下,接着耸了耸肩,"反正我有非常确凿的不在场证明,因为我一直都和我的情人——我真正的爱人——待在一起,他叫亚历克斯,住在维也纳。"

"亚历克斯?"佩尔菲格塔极度疑惑地问道,"你一直说你是异性恋。"

夜总会老板嘲弄地说:"看来你比我想象的还更加愚蠢,难道你不知道我拥有一家易装皇后秀夜总会吗?"

一一〇

四十分钟过后,太阳已经开始落山,凯瑟琳娜·多鲁克走进了位于奥拉宁堡街的塔赫勒斯艺术中心。她穿过艺术中心的拱形大门,顺着一条走廊来到了主楼背后的一个大型露天艺术区。在黄昏的余晖下,嘻哈音乐和电子流行音乐混合在一起,有规律地震动作响,兴高采烈的场面犹如电影中的情景。

聚光灯对准了鲁迪·克鲁格的"粗鲁、堕落与放纵"画展的开幕式舞台,这里已经吸引了一大群无政府主义者、朋克族、街头颓废派人士、艺术家、音乐家和诗人,还有一些在艺术中心周围的露天酒吧里饮酒过度、此刻暂时无所事事的柏林人。

凯瑟琳娜很快就认出了现场的主角,他全身都穿着黑色的衣服,并用一只胳膊环抱着他的"学生"塔尼娅,手上还握着一个啤酒瓶。鲁迪正用自己的另一只手与一名仰慕者握手,此人留着荧光绿色的莫霍克发型[①],穿了孔的鼻子上挂了一条金属链,上面系着一颗微型头骨。

当这名留着莫霍克发型的仰慕者离开之后,凯瑟琳娜朝鲁迪走去,后者很快就认出了她。"你怎么来了?"他用一种非常刻薄的语气问道,"我

[①] 莫霍克发型(又名:莫西干发型)起源于美洲的一个印第安部族——莫霍克族,梳理这种发型本身是一个宗教仪式的组成部分(每根头发都是被拔掉的),却于20世纪70年代末期在朋克人群当中流行开来。该发型需要剃掉几乎所有的头发,只在头顶中间留下一窄条头发。之后,再把这些头发向上竖起,并染成各种颜色。

并没有邀请你们当中的任何人。还有,你和刑警局的人放走了赫尔曼,而他现在居然不让我来安排我母亲的葬礼!"

"我为国际私人侦探公司工作,不是刑警局,放走你的继父并不是我可以做主的,而且我也不能控制他的行为。"凯瑟琳娜说,"我是来支持你的开幕式的,我原本还以为我的到来会对你有些用处,增加一点人气,但是我看到你这里已经人满为患,而我却是不受欢迎的,既然如此我还是走了比较好。"

站在鲁迪身旁的塔尼娅皱着眉,然后捏了他一下,"鲁迪,态度友善点吧,她只是想帮助我们。"直到这时凯瑟琳娜才注意到了塔尼娅,她穿了一件黑色的皮夹克,价值至少一千五百欧元,这个细节使得凯瑟琳娜更有信心了。

"好吧,我承认自己有时候的确会令人讨厌。"鲁迪·克鲁格说,"对此我很抱歉。"

"我接受你的道歉。"凯瑟琳娜说,"看上去这次开幕式相当不错嘛。"

他耸了耸肩,"这是我从赫尔曼那里学来的,如果你想被众人所知,那你最好张扬一点。对了,你想来点啤酒吗?"

"暂时不需要,谢谢!"凯瑟琳娜说,"你知道你的继父坚称你母亲想要和他离婚吗?"

"他在撒谎。"鲁迪立刻回答道,不过接下来他变得有些犹豫,"我也不知道为什么,总之他一定在撒谎。真是讽刺,她决定继续留在他身边,为了钱继续出卖自己。"

凯瑟琳娜摇了摇头,"据他所说,你母亲已经发出了最后通牒,下定决心要同他一刀两断。尽管事实上他已经承诺过要将他对女人的追求转移到慈善事业上,可她还是决定尊严无损地彻底离开他。真是讽刺,如果她的目的实现了,那么你就是这中间利益损失最大的那个人,鲁迪。"

一二一

鲁迪立刻绷紧了嘴唇,"你他妈的在说什么?"

"我们已经研究过了你母亲的婚前协议。"凯瑟琳娜说,"在赫尔曼离开柏林刑警局总部之前,我拦住了他,并询问他是否在协议中提及了关于鲁迪的条款,你知道他是如何回答的吗?"

亿万富翁的继子摇了摇头。

"他解释了协议的运作方式。"凯瑟琳娜说,"如果你母亲一直留在赫尔曼身边,直到他去世,那她就可以继承他的全部财产,而这同时意味着你最终也可以继承一大笔财产。"

"我又不在乎钱。"他直截了当地说,"你还想说什么?"

"协议上还注明了如果你母亲与赫尔曼离婚的话,那她就只能得到一千万欧元。"

"这个我已经告诉过你了。"鲁迪回答道。

"是的,你说过。"凯瑟琳娜说,"不过有趣的是协议中还有第三项条款,如果艾格尼丝早于赫尔曼去世,而且两个人又没有离婚,那么她丈夫就会将全部产业的百分之十划分给你——鲁迪。按照今天的收盘价估算,差不多有四亿欧元。"

他直勾勾地盯着她,"你说是什么就是什么吧,但我告诉过你,我根本就不在乎钱财。如果我拿到了那笔钱,那我很可能会想办法使这个艺术中心继续存在下去。"

"这只需要一小部分就够了。"凯瑟琳娜说,"不过,余下的那些钱呢?我相信你会将它们用于你个人的享受和休闲。"

他的表情变得有些愤怒,"胡说八道!你算什么东西?你不认识我,也不了解我。你到底想说什么?难道是我杀了我母亲吗?在我母亲遭枪击的时候,我正在这里参加一个为保留塔赫勒斯艺术中心而举行的集会,离她遇害的地方有十万八千里!"

"这我知道。"凯瑟琳娜说,"我们已经核实过了。"

"那不就对了!"他吼了回去,"既然如此,你为什么还要赖在这里恶意影射呢?请马上离开这里,然后滚回去。"

凯瑟琳娜没有理会他,转而注视着他的女朋友,"但是你——塔尼娅,你应该知道,看上去似乎没有人还记得你那天曾出现在集会上。"

"我?我当然在那里啊!"她愤怒地说,"很多人看到我了。"

"那么请列举一两个人,说来听听。"凯瑟琳娜说。

"鲁迪。"她脱口而出。

"喂!这未免太偷懒了吧。"

"还有其他人。"她抗议道。

凯瑟琳娜摇了摇头,"不对,你在集会刚开始之后不久就离开了,然后去了威莫区。你知道艾格尼丝会外出吃午餐,因为鲁迪告诉你她将会和她的朋友英格丽德·达尔在柯若尔餐厅共进午餐。你知道她要走的路线,躲在那里蹲守,伺机杀死了她。"

"你没有证据!"塔尼娅的声音很大,然而她无法掩饰自己带有哭腔的语气。

"我们会找到证据的。"凯瑟琳娜说,"即使我不行,刑警局也能找到,他们现在正在搜查鲁迪的工作室。"

"什么?"鲁迪喊叫道,他立刻挣脱了自己的女朋友。

一刹那间,塔尼娅看起来非常震惊,以至于不能动弹。片刻之后,反应过来的她试图离开,但是凯瑟琳娜身手敏捷,冲上前去抓住了塔尼娅,然后将后者的双手反扣在背后。

"我什么都不知道!"鲁迪对着凯瑟琳娜喊道,"如果真是她干的,那也是她自己的事,跟我无关。她真是个既愚蠢又疯狂的婊子!"

听了这话,塔尼娅抑制不住地陷入狂怒,她恶狠狠地朝他吼叫着说:"什么?那明明就是你的主意!你说过没有人会怀疑我的!那是你的主意!你还说我们可以用那笔钱做善事,我们可以拯救塔赫勒斯艺术中心以及其他古迹,而且还可以过上一种富足而体面的生活。"

"这不是真的!"鲁迪边说边转过身,试图逃离此地。

但是韦格尔警员挡住了他的去路。

一一二

玛蒂和高级政委迪特里希走出了亚历山大广场的地铁站,接下来他们步行穿过了广场。在柏林墙倒塌之前,抗议活动在这里达到了顶峰。

迪特里希还在讲电话,而玛蒂则沮丧地合上了自己的手机。自从离开柏林刑警局总部以后,她一直都联系不上塞西莉亚姨妈、尼克拉斯和汤姆·伯卡特,确切地说这一整天她都没有接到他们的任何消息。

玛蒂看了一眼高级政委,后者正仔细地聆听着电话那头的谈话内容。她曾以为在他承认自己是以撒谎的方式进入柏林刑警局之后,他的职业生涯就该终止了。然而,他的上司卡尔·高夏克却做出了一个令玛蒂感到无比惊讶的决定。卡尔·高夏克告诉迪特里希,后者将面临一个严格的纪律听证会,并且很可能会被停职,但是在那之前迪特里希需要利用他父亲的人脉关系找到福克。

迪特里希挂断了电话,有些懊恼地笑道:"你的同事多鲁克女士是对的,韦格尔刚刚因艾格尼丝谋杀案,将鲁迪·克鲁格和他女友一同逮捕了。"

玛蒂摇了摇头,"这个无政府主义者实在是太想钱了。"

他们拐弯走上了马克思大道,这时夜幕已经完全降临,尽管整个下午气温都在攀升,但是现在起风了。当他们路过莫斯科咖啡馆时,玛蒂感觉空气很闷。

暴风雨就快来了。

"他在那里。"迪特里希边说边放慢步子,继而用手指着一栋钢结构建筑物的玻璃墙,墙壁的金属边框散发出了柔和的银色光芒,"他在吧台旁边，背对着我们。"

玛蒂透过玻璃墙，观摩着"芭贝特"酒吧内部的模样，它是全柏林最时髦的酒吧之一，有着复古的20世纪60年代的装修风格，很多著名艺术家都是这家酒吧的老主顾。由于现在时间还早，所以酒吧里的顾客不是很多，尽管如此，一个矮胖结实的老男人穿着灰色西装和深色大衣，这身行头看上去和这个地方还是不太搭调。

"让我来跟他谈吧。"迪特里希说完后径直朝酒吧前门走去。

玛蒂跟在他身后进入了酒吧，并越过他的肩膀望着那个身穿西装和大衣、面前摆着一杯伏特加酒的老人。

他的脸是长方形的，皮肤非常粗糙，而且很苍白，湿润的眼睛下面挂着皱巴巴的眼袋。玛蒂还注意到他的灰蓝色眼睛大而警觉，与此同时老人正依次打量着迪特里希和她自己。

"这个女人是谁，汉斯？"老人开口问道。

"她是玛蒂·安格尔，威利。"迪特里希介绍道，"她曾是柏林刑警局的重要成员，不过几年前她跳槽去了国际私人侦探公司柏林分公司。现在她正和我配合处理同一起案子。"

老人点了点头，然后伸出了自己的右手，"你可以叫我威利·法斯宾德，这不是我的真名，但不要紧。汉斯告诉我说你想找人了解一下柏林墙倒塌以前的东德生活，柏林对你来说还很陌生吗？"

"我是在西柏林长大的。"她说，"不过更确切地说，我们……"

但是法斯宾德没等她说完就打开了自己的话匣子，"你知道这一带曾经是东德的文化艺术中心和社会核心吗？"他指了指窗户外面，"街对面的基诺国际电影院是每一部电影首次公演的地方；莫斯科咖啡馆是全东德最受欢迎的俱乐部；隔壁是摩卡—米尔希—艾斯巴餐厅，孩子们可以在那里吃到全东德最好吃的冰淇淋。艾斯巴餐厅有一款冰淇淋被他们称为'碧蒂布兰奇'，是将巧克力碎屑撒在圣代冰淇淋上，我的女儿很喜欢。你还记得艾斯巴餐厅吗，汉斯？人们还为它写了一首歌，而且广为流传。"

迪特里希回答道："威利，我还记得那首歌，但是我从来没有去过那家餐厅。"

"真的吗？"法斯宾德看起来有些惊讶，他转而对玛蒂笑着说："而这里曾经是一家美容院,叫芭贝特美容院。我已故的妻子从前每隔一周的星期二都会来到这里,然后将她的头发和指甲弄成莫斯科和列宁格勒最流行的时尚造型。"接下来,他的脸突然变得怀旧和忧郁,充满了乡愁,"所以,当汉斯说你想聊聊过去时,我建议我们选择这个地方来会面,因为我自己就常常来到这里追忆过去。"

一一三

一名女招待走过来,取走了他们的订单。玛蒂和迪特里希各点了一杯意大利浓缩咖啡,法斯宾德又要了两指①伏特加酒,并且要求加冰。

女招待刚一走开,迪特里希就迫不及待地步入正题,"威利,事实上我们是想和你谈谈那些有可能发生在东德国安部内部的事情。关于那些事情,我想我父亲应该在很多年前的一个深夜里通过电话跟你讲述过,那天他喝醉了。"

法斯宾德的鼻孔突然张得很大,而玛蒂顿时感觉到他在自己身边竖起了一道墙,她怀疑这个老男人会不会与他们合作。

"大多数柏林人都选择了继续前行,汉斯。"在片刻的沉默之后,法斯宾德干脆利落地说,"他们不愿意再谈及秘密警察。"

"求你了,威利。我试图在我父亲昏倒以后、死去之前找他询问那些事,但没有成功。他的秘密杀死了他,这是我亲眼所见的事实。"

法斯宾德的态度发生了些许改变,玛蒂可以通过他的眼睛看出他对自己未来的命运感到有些疑惑,最终他问道:"你们想了解什么事?"

玛蒂说:"阿伦斯费尔德镇的屠宰场,以及一个叫福克的男人。我们

---

① 调酒术语之一。将手指横贴于平底壁薄的高杯下部,在杯中加入一指宽的酒品,通常为三十毫升,即一盎司左右,称为"一个指幅"。两指宽,即代表双份,称为"两个指幅"。此法简易可行,但误差较大。

确信福克曾在那里为秘密警察工作。"

女招待端着他们的酒水回来了,然后将它们一一摆放到合适的位置,在整个过程中,玛蒂看到眼前这位老人始终保持着木然的表情,全身一动不动。

"福克是不是曾为秘密警察工作?"在女招待再次离开之后,迪特里希开口问道。

法斯宾德喝了一大口伏特加,咳嗽了几下,然后极其谨慎地说:"不,至少以官方的身份不是这样的,而我的意思是,我相信你们永远无法找到关于他的任何痕迹,不论是秘密警察档案馆,还是霍恩施豪森监狱的记录,抑或是其他任何地方。据我说知,屠宰场在几天前被炸毁了,所以对我来说那里的一切都已经变成猜测和传言了。"

玛蒂感到怒火中烧,"行了,威利,不管你是谁,不管你的真名叫什么,总之这不是什么猜测或传言。事实上,在屠宰场爆炸之前,我曾去过那里的地下室。我看到那些在子女面前被酷刑折磨的母亲们的尸骨正在地下室里被老鼠啃噬,我亲眼看到了!"

这番话使得法斯宾德异常惊骇,他的皮肤变得比刚才更加苍白了,"我……我不知道那些事发生在那里,我完全不知道,也许只有等我自己进到坟墓以后才能知道了。"

"但我父亲知道,不是吗?"迪特里希问道,"他经过调查,弄清楚了屠宰场里的真实情况。有一天晚上,他喝得酩酊大醉。他说他不能继续忍受那些令人发指的可怕罪行,不能再充当他们当中的一员,不能再与下令执行这些酷刑和杀戮的人继续为伍,是这样吗?"

法斯宾德的头猛地向后一仰,就好像被一股强大的力量所牵引。接下来,他叹了口气,微微点了点头。

一一四

　　法斯宾德清了清嗓子，缓缓地说："正如我通过一次偶然的机会听说了关于我们所经营的秘密火葬场的传言一样，他——你的父亲——也听说了一些关于屠宰场的传言。在秘密火葬场里，那些所谓的'失踪人口'的尸体都被秘密地处理掉了。你的父亲独自一人对屠宰场进行了一些暗中调查，他发现了一些真相，当然还有更多的传言，而这一切使他惊愕不已。你得知道的一点是，康拉德·迪特里希·弗洛梅尔一向以来都是个老成持重、很难被震撼的人。"

　　"他没有向你提供明确而具体的证据吗？"玛蒂问道。

　　法斯宾德看着玛蒂，就好像他正看着一个天真的孩童，片刻之后他笑着说："明确而具体？安格尔女士，在秘密警察内部没有任何东西是明确而具体的。一切都是假象，到处都是烟雾和镜子。虚假消息，小道传闻，无中生有的指控，彻头彻尾的谎言，还有精心制造的真假混同的欺骗性陈述等等，比比皆是，数不胜数。事实上，没有谁比康拉德还更加清楚这些内幕了。"

　　"为什么？"迪特里希问道，"我父亲在秘密警察内部究竟是什么职务？"

　　法斯宾德皱起了眉头，"他从来没有告诉过你吗？"

　　"是的。"高级政委回答道。

　　老人显然对此十分惊讶，"你真的一点都不知道？"

　　"千真万确。"

　　法斯宾德再次笑了笑，看得出他对迪特里希的父亲把守秘密的能力感到几分钦佩和不解。接下来，他警惕地倾身向前，说话声变得非常微弱，玛蒂必须竭尽全力才能听清楚。老人说："汉斯，你父亲是个好警察，是个和你一样出色的好刑警。他实在是太优秀了,不过正因如此,他被梅尔克选中,为其进行秘密的暗中调查。你的父亲康拉德,他是梅尔克手下的得力干将之一。"

"梅尔克?"迪特里希惊讶地喊出了声,"你是说埃里希·梅尔克吗?东德国安部部长?"

"我早就告诉过你,你父亲才华出众。"法斯宾德回答道,那语气就好像高级政委是一个低能儿,"康拉德是梅尔克的直接下属,他所操作的那些项目对于梅尔克本人来说全都是事关重大的。"

尽管玛蒂被这个突如其来的真相给震得呆住了,但她还是努力平复下来询问道:"那么屠宰场又是怎么回事?还有福克到底是什么人?请把高级政委的父亲告诉给你的事情也告诉我们。"

老人的表情变得有些严肃,"他说他以某种方法发现阿伦斯费尔德镇的屠宰场一直被用作梅尔克的私人酷刑室,当梅尔克非常想知道某些人的秘密时,他就会把他们带到屠宰场去。"

"那么福克就是一个刑讯者吗?"

"据我目前所知,他还是一个刽子手。"法斯宾德回答道。

在接下来的半小时里,这位老秘密警察边回忆边将自己所知道的事情讲了出来,这中间有真相,有传言,也有他自己的推测和猜想。

迪特里希的父亲从来没有提到过福克的全名,即使他说过,法斯宾德也没有记下来。福克的父亲"老福克"在 20 世纪 60 年代和 70 年代是那家国营屠宰场的负责人,所以福克的幼年时期和青少年时期都是在屠宰场度过的,据说他和他母亲非常亲近。

在福克十岁那年,他母亲突然被逮捕了,据说是被控犯下了不利于国家的罪行,接下来被带到了霍恩施豪森监狱。她是德国国家歌剧院的一名化妆师,被牵涉进了那桩协助东德人通过地下铁路"偷渡"到西德的案件,这在当时属于叛国罪。

福克小时候聪明绝顶,他博览群书,在学校表现出色。但是,当他母亲被监禁以后,因为某种不知名的原因,他发现自己喜欢上了杀戮那些进到屠宰场的动物。

玛蒂皱了皱眉头,"然后呢?莫非是梅尔克意识到了他的这部分潜力,然后加以引诱和激励?"

"安格尔女士,你这是在让我帮你分析那个偏执而疯狂的天才。我不能说我洞悉埃里希·梅尔克的心思意念,我也不知道他是如何发现福克这个孩子的,但是不论如何你所说的那件事情真的发生了。高级政委的父亲告诉我,就在屠宰场被关闭之后不久,时间差不多是20世纪70年代末期,那个叫福克的男孩被征募进入了梅尔克的私人军队。"

一一五

法斯宾德又喝了一大口伏特加,迪特里希问道:"那地方被用作酷刑室,时间大概持续了多久?"

"这个我也不清楚。"法斯宾德回答道,"但是至少持续到了你父亲听到关于它的风声的那个时候,大概是1980年1月或2月的某个时间。他害怕再度面对梅尔克,也害怕同梅尔克对抗,这就是你所听到的他醉酒后打电话找我倾谈的内容。"

高级政委的脑海中似乎浮现出了自己站在父亲的卧室外面听着他咆哮的场景,那一幕仿佛就发生在昨天一般,"为什么他会如此的不安和烦恼呢?"

"尽管你父亲是伟大的爱国者和当局政党的忠诚支持者,但他坚决抵制人格诋毁、酷刑和杀戮。他在梅尔克面前摆出事实,要求后者关闭酷刑室。汉斯,那可是一件需要极大的勇气才能做到的事情。你父亲是在冒险,他那样做很可能导致他自己被送进霍恩施豪森监狱,甚至被送进屠宰场。"

迪特里希听得目瞪口呆,在过去的很多年里,他始终以一种单一无情的方式来看待自己的父亲,在他眼里,除了对国家的忠诚之外,父亲是个残忍并且毫无原则的老家伙。然而,现在的结果证明,迪特里希的父亲很可能就是那个拯救了那些被送到四十四号孤儿院的没有母亲的孩子们的"为政府工作"的人。在那几个孤儿被带到孤儿院的那天晚上，上校是不是也在场呢？迪特里希暗自思忖着。

高级政委还没有来得及将上述思想付诸言辞，玛蒂抢先问道："那为什么梅尔克最终作出了让步？"

法斯宾德耸了耸肩，"我不知道，不过我猜测康拉德一定是逮住了梅尔克的把柄，不仅仅是屠宰场，应该还有一些不能轻易被发现和抹去的事实。总之，梅尔克关闭了酷刑室，并且将与之相关的所有纸质证据都销毁掉了。至于具体时间嘛，大概是在1980年春天的某个时候，当然这也只是我的猜测而已。"

"那么福克呢？"迪特里希问道。

法斯宾德的表情变得有些生硬，"他们将他投入霍恩施豪森监狱关了几个月，然后重新训练他。"

"重新训练？"玛蒂大吃一惊，"训练他做什么？他是一个有施虐狂倾向的精神病患者！"

老人嘟起了嘴唇，"对于一个由衷喜爱杀戮的人来说，除了成为刽子手，还有什么职业比较适合呢？"

"暗杀者？"迪特里希问道。

法斯宾德立即对高级政委另眼相看，"汉斯，你和你父亲一样反应敏捷。传言是梅尔克将福克训练成一个更加纯熟的杀手，一个隶属于国家——确切地说是隶属于东德国安部部长——的专业杀手。"

迪特里希目瞪口呆，"他为梅尔克杀人？"

"这个……我不知道他是否真的为梅尔克杀过人，我只能说他被训练成这方面的专家。"法斯宾德说。

"接下来又发生了什么事？"玛蒂催促道。

法斯宾德再次耸了耸肩，"秘密警察之所以存在，是受独裁者的怀疑和顾虑所推动，谁又能记录并了解在最后的那几年里所发生的所有事情，以及牵涉在其中的每一个人呢？我只能说有一天你父亲发现关于福克的所有记录都消失不见了，那一天距离柏林墙倒塌还很遥远。从那时开始，直到你们今天晚上走进这间酒吧，我就再也没有听到过关于福克的一丁点儿消息。当柏林墙倒塌的时候,他像很多人一样消失不见了,如同一个虚构的人物。我能说的就只有这么多了。"

法斯宾德提供的信息与伊洛娜·弗雷以及基弗·布劳恩讲述的故事掺杂在一起,可以解答一些问题,但同时又引发了更多的新问题。迪特里希正准备理清这些冗长而枯燥的剧本的头绪,突然他注意到了一个投射在法斯宾德背后的窗户上的人影。

迪特里希和玛蒂同时从椅子上转过身去,发现伯卡特带着忧郁的表情看着他俩。"在秘密警察档案馆里没有任何关于福克的记录。"他说,"我今天大部分时间都耗在那里。"

"我们也是刚刚才发现了这一点。"玛蒂回答道。

伯卡特突然露出了胜利的笑容,"但是在距离屠宰场不远的一所教堂里却有一些有用的记录,我在那里找到了福克的洗礼证明。我已经知道了他的全名,而且我还相信我知道在哪里可以找到他。"

"哪里?"迪特里希和玛蒂几乎是齐声问道。

"在他的私人美术馆里,他的美术馆就在夏洛滕堡区。"

一一六

不到一个小时之后,乙炔气割炬的烈焰割开了埃尔利希曼美术馆的金属隔栅安全门,周围整个街区都被警察设置的路障戒严起来。

特种部队已经包围了所有的出口,包括天花板——一架在狂风中盘旋的直升飞机正对其进行严密监控。

玛蒂、伯卡特和迪特里希都赶到了现场,他们都穿着防弹背心。伊洛娜·弗雷在旁边观看,她裹着一条毛毯,蜷缩在原名是基弗·布劳恩的男人怀里瑟瑟发抖。

"这是一栋三层楼高的建筑,整栋楼和里面的一切都是属于他的。"

加布里埃尔博士告诉他们,"他曾经对外宣称一楼是美术馆,而他的住处位于二楼和三楼。"

乙炔气割炬的任务完成了,伯卡特说:"我们进去吧。"

特种部队从建筑物的前面和后面同时发动围攻,他们用撞锤破门,然后扔进了眩晕手榴弹①。

事实上他们大可不必这样做。

这些武器本来是可以节约的。

马蒂亚斯·艾萨克·福克——亦名艾萨克·马蒂亚斯·埃尔利希曼——已经消失不见了。

如果将上述名字写在一张纸片上,那你可以很容易就看出它们之间的联系,但玛蒂还是认为她不得不佩服伯卡特敏锐的直觉——他一看到洗礼证明上的文字就可以如此快速地将这些信息联系起来。

当他们一行人进到室内以后,玛蒂用一张手帕捂住了嘴巴,因为眩晕手榴弹残留的刺激性气味令她感到很不舒服。福克的美术馆中央有一条狭窄的过道,两侧的墙壁和天花板上有很多原始艺术品。在一处很可能是他的办公区的地方,四周的墙壁上挂满了来自世界每一个角落的各种面具。

迪特里希在建筑物的二楼发现了一个化装套件,接下来他又在地下车库里看到了八辆汽车,包括一辆蓝色无侧窗的厢式货车,还有一辆保养得很好的"特拉贝特"601。

玛蒂发现的东西或许最具价值,当她试图打开一个矗立在美术馆服务台背后的文件柜时,她发现它有些摇晃,并且不太合乎物理逻辑,这引起了她的警觉。

她试着朝左推动文件柜,什么事都没有发生,它被螺栓固定在地板和墙壁上。但是,当她向右推动文件柜时,它突然开始转动,继而露出了一条隐秘的通道。

玛蒂掏出手电筒,将手枪握在手上,小心翼翼地走了进去。她现在身处于一条狭窄的通道,天花板很高,光线非常暗淡。没过多久,她就断定

---

① 以响声和闪光令人眩晕的防暴武器,不具备杀伤力。

这里没有威胁,于是她将手沿着墙壁摸索,接着感觉到了一个开关。她按下开关,点亮了顶灯,发现自己来到了美术馆背后的一间密室。

玛蒂站在原地,四处查看着,刚开始的时候,她因自己所看到的情景以及它们所象征的意义而感到无比困惑。密室的墙壁上有很多零散的拼贴画,还有一些小饰品和珠宝,以及奇怪的衣服碎片、玩具、剪报、手提包和钱包等等。接下来,玛蒂看到了一些新旧不一的照片,上面有男人,有女人,还有孩子。

大多数照片里的主角都是孩子。

突然,她似乎理解了这些东西背后的涵义,紧接而来的震惊使得她感到胃部极度绞痛。

"玛蒂?"伯卡特在外面喊道,"你在里面吗?"

"是的。"她努力维持镇定。

伯卡特急匆匆地跑了进来,四处看了看,"这里是什么地方?"

"我想这里是一间纪念品陈列室。"

一一七

高级政委迪特里希一看到这间密室,立即下令将其封锁起来,玛蒂完全理解他的想法,对于刑警局来说这间密室就是取证专家的"主矿脉"。

"在你封锁它之前,先让他们进来看看吧。"玛蒂建议道。

"让谁看?"迪特里希此时的反应似乎有些迟钝。

"弗雷和卡尔尼拉。"玛蒂说,"也许他们认识这里的一些东西。依我看,这间密室是纪念品陈列室,不过如果没有人可以认出这些纪念品,那么我的观点只能归结为奇思异想而已。"

玛蒂原本以为迪特里希会与她争辩,但是他却爽快地点了点头,"我想让他们看看也无妨。"

玛蒂走了出去，外面的街区两头已经挤满了电视台新闻直播车和闪烁着的强弧光灯。她看到伊洛娜和卡尔尼拉依旧站在刚才所站的地方，于是走上前去将自己的发现告诉他们，并询问他们是否愿意进去看看。卡尔尼拉表示自己目前还做不到，过去几个小时里的情感海啸还没有平复，不过他说自己愿意换个时间再进去。

但是伊洛娜随即说道："我愿意去。"

"你确定吗？"卡尔尼拉问道。

她点了点头，收拢下巴，然后跟着玛蒂走进了美术馆。当她们朝着那条通往密室的秘密通道走去时，伊洛娜的眼睛一直都在四处打量着周围杂乱的艺术品。

然而，当伊洛娜看到了那些挂在墙上的面具时，她突然停下脚步，双眼在它们上面徘徊，举止中流露出了内心的恐惧。

"这些是什么东西？"玛蒂问道。

"它们全都是怪物，不是吗？"

玛蒂先前并没有注意到那些面具，不过此刻她发现伊洛娜所说的都是事实。福克的怪物们正斜睨着玛蒂和伊洛娜，查看着她们的一举一动。

当伊洛娜走进密室后，伯卡特、韦格尔和迪特里希都注视着她，只见她的目光缓缓地聚焦在墙上的拼贴画和饰品上，嘴巴微微张开，就好像她正处于一种恍惚状态。接下来，她伸出右手，将手指从这些物件上拂过。

"别碰触它们。"玛蒂跟在她身后提醒道。

"噢，不。"伊洛娜说，"这些都是幽灵，不是吗？"

"我想是的。"

她们已经来到了密室中央，伊洛娜看着右边的墙壁，先是喘息了一下，然后停下脚步。"噢，不。"泪水涌出了伊洛娜的双眼，与此同时她不停地悲叹着，"噢，不……"

一一八

一张老旧泛黄并且有些卷曲的照片被图钉钉在墙上，照片里的两个女孩穿着泳装，斜靠在一个同样穿着泳装的女人的小腿上。在这张照片旁边，一条链子挂在一枚图钉上，链子中央系着一个打开着的已经变得灰暗的银制小盒子，里面装着一张小照片，照片上是一个年轻漂亮的女人。

"那是你和伊尔莎在海滩上吗？"玛蒂问道。

伊洛娜点了点头，眼里噙着泪水，"那个小盒子是我的，照片上的人是我母亲。在我八岁生日那天，她把这个小盒子和她的照片送给我作礼物。事实上，那个小盒子也是她母亲送给她的。在我们被带到屠宰场的那天晚上，福克从我手里夺走了那个小盒子。"

她擦掉泪水，带着喜悦和怀疑的神情，试图伸手去触摸那个小盒子，"我已经有三十年没有看过她的照片了。"

玛蒂赶紧抓住她的手，"你不能碰它，伊洛娜，至少现在还不行，但是你会拿回你的小盒子的，我向你保证。"

伊洛娜热切地盯着那个小盒子，然而片刻之后她突然变得精疲力竭，"我得回家了，玛蒂。"她的声音迟钝而且毫无生气，"我得睡觉了，明天早上我还要去诊所。"

玛蒂很想继续观察和研究这里的一切，看看在那些拼贴画里能否找得到一些关于克里斯的纪念品。但是，当她看过自己的手表以后，打消了这个念头。现在快到晚上十点了，尼克拉斯应该已经上床了，而塞西莉亚姨妈很可能早就把晚餐准备好了。

"带她回家吧。"迪特里希说，"再说这里也没什么事情需要你操心的。"

"我和你们一起。"伯卡特说。

玛蒂正想婉拒,"我不……"

"你应该答应。"他打断了她,"福克现在还逍遥法外。"

玛蒂让步了,因为此时的她突然觉得疲惫不堪,无力争辩。她已经完成了自己分内的工作,余下的工作本就属于其他人。他们已经知道了福克是谁,而且已经揭露了他在克里斯和其他许多人的遇害案件中所扮演的角色。事到如今,这起案子就只剩下一项工序——追捕福克,别无其他。

三个人和迪特里希一起从福克的美术馆的后门离开,后者保证刑警局会对卡尔尼拉提供全天候保护。卡尔尼拉告诉伊洛娜,他很快就会和她联系。

从后门离开是个好主意,这使得玛蒂、伯卡特和伊洛娜避开了媒体的围追堵截,以最快的速度抵达了玛蒂的车旁。

玛蒂听到雷声在远方隆隆作响,当她进到副驾驶座位时,本来很想给家里打电话,但最终因为过度疲劳而放弃。她坐在前座上昏昏欲睡,伯卡特开车载着她们向北往恩斯特—罗伊特广场驶去,那里是庆祝柏林重新统一的场所。

玛蒂的手机突然在口袋里响了起来。

她掏出手机,惊讶地发现这个电话居然是尼克拉斯打来的。

"你在做什么呢?"她以问候的口吻说道:"还有,你和塞西莉亚姨婆为什么一直都不接电话?"

电话那头传来了从喉咙里发出来的"哼哼"声,接下来是平缓悦耳的男声,"亲爱的安格尔女士,此时此刻,恐怕你的塞西莉亚姨妈正忙得不可开交啊。而尼克拉斯呢?他今天放学后就一直跟我在一起,他真是个讨人喜欢的小家伙。我们现在正在乡下游车河,你和伊洛娜·弗雷何不来这里同我会合呢?"

第五部

隐形人现身

一一九

出于极大的震惊,以及对尼克拉斯的担心,玛蒂不由自主地啜嚅道:"福克?"

伯卡特一把将手机从她手里夺过来,然后打开了扬声器,正好听到福克在说:"那是个旧名字了。"

玛蒂已经惊慌失措,她恳求道:"放他走吧,求你了,他还是个孩子啊。"

"你说得没错,他是个孩子。"福克冷冰冰地说,"如果你还想看到他活着的样子,那就仔细听好了。我要你找到伊洛娜·弗雷,然后将她带到我这儿来。只有你和她,不能有其他人。如果你带了其他人一起来,不论是什么人,我都会立即割断你儿子的喉咙,而且是从左耳朵到右耳朵,就像我为我父亲工作时给猪放血的方式一样。

"你听明白了吗?"

玛蒂看了一眼伯卡特,后者正将车减速,表情严肃地盯着方向盘,试图找到一个可以停车的地方。坐在后座上的伊洛娜开始轻声呜咽,伯卡特转过头去,将一根手指压在自己的嘴唇上,示意她别出声,然后朝玛蒂点了点头。

"好吧。"玛蒂的声音有些发抖,"你想让我把她带到哪里去?"

"在东德时期最后的日子里,母亲想要寻找她走失的孩子时,通常会去的地方。"福克咆哮道,"给你九十分钟的时间赶到这里,否则你就只能看到你儿子的尸体。"

"时间不够……"

"这我不管。"福克说完就挂断了电话。

一二〇

现在汽车正向南行驶，一场暴风雨即将来临。玛蒂注视着窗外的黑夜，用尽全力使自己不要崩溃。

坐在后座上的伊洛娜异常激动，"你不会把我交给他的，对吗？你不会用我来交换你儿子，是不是？"

有那么一瞬间，玛蒂对这个问题感到不知所措，她不知道自己该如何回答，不过接下来她摇了摇头，"不会的，当然不会。"

"你快报警吧。"伊洛娜恳求道。

"如果她这样做，尼克拉斯会没命的。"伯卡特说。

"那就赶快联系你在公司的朋友啊！"

福克的警告还在玛蒂耳边回响——不能带任何人同行，她看着伯卡特问道："你曾是一个人质救援者，现在我们应该怎么做？"

"汽车后备厢里有没有什么特别的工具？"

"当然有，这是公司的专车。"

"都有些什么？"

玛蒂使劲回忆着，"有两件防弹背心，一把九毫米口径的黑克勒—科赫[①]自动步枪，还有两个弹夹，每个弹夹里有二十发子弹。"

"有夜视设备吗？"伯卡特问道。

"有一台夜视仪。"

"没有夜视镜？"

"嗯，只有夜视仪。"

[①] 德国枪械制造公司，以诸多类型的手持武器著称，尤其是 MP5 系列冲锋枪、MP7 个人防卫武器以及 G3 和 G36 突击步枪等。公司创始人是艾德蒙·黑克勒、西奥多·科赫和艾利克斯·赛德尔。

"有没有无线电接收装置和摄像头?"

"有两副无线分体式耳麦,还有两个微型光纤摄像头,它们也带无线传输功能。"

"这些设备传出的无线信号可以连接到网站吗?"

"是的,可以传送到公司网站。"

"这么说,如果我用自己的手机登录公司网站,那样就可以看到相关的音视频信息了?"

"只要信号好的话就没问题。"

"好的,再给我说说孤儿院里的布局吧。"

玛蒂和伊洛娜一起将孤儿院的布局描述给伯卡特听,首先是前门,紧接着是右边的办公区,还有厨房、餐厅、楼梯、楼上的房间、腐朽的地板和塌陷的天花板等等。

"有后门吗?"伯卡特问道。

这个问题把玛蒂给难住了,不过伊洛娜很清楚,她告诉伯卡特孤儿院一共有三个后门,一个在厨房,另外两个分别在两个通往二楼的楼梯间旁边。

他们已经路过了哈雷市,汽车继续向东行驶。每前进一英里,玛蒂就会感觉到自己距离精神崩溃又近了一分。先是她母亲离她而去,接着是克里斯,难道现在又轮到尼克拉斯了?尽管她认为自己的精神力量很强大,但她并不是一个天生就虔诚的宗教信徒。

汽车距离四十四号孤儿院的遗迹越来越近了,玛蒂发现自己正不由自主地向上帝祷告,乞求上帝拯救她的儿子。他还只是个孩子啊!他才九岁啊!他是我最珍贵的宝贝!救救他吧!

一二一

伯卡特最初的计划是让伊洛娜留在车里,接下来当他和玛蒂进去实施救援的时候,由伊洛娜给国际私人侦探公司和柏林刑警局打电话。

"但是如果我不进去,他就会杀了尼克拉斯。"伊洛娜说。

"我可以骗他说我们找不到你。"玛蒂回答道,"他只留给我们九十分钟的时间,这实在是太少了。你就留在车里吧,让我和伯卡特来处理这一切。"

伊洛娜坐在后座上使劲啃咬着自己的指关节,不久后她摇了摇头。

"不行,我不能那样做。我一辈子都在躲避他,这使得我不止一次精神错乱。如果我还想让我的生活继续下去,那我就得面对他,告诉他我对他的看法,告诉他我永远都不会忘记他对我和其他人做过的事。还有,说实话,我想亲眼看到他死去。"

"那我们就改用 B 计划吧。"伯卡特边说边将车减速,准备停车,这里离孤儿院大约有一英里远,"我们先武装好自己,然后我会在离那里五百米远的地方提前下车。你们俩将车开过去,再把车停到路边,步行穿过门外的车道,从前门进去。我会跟在后面,穿过树林,绕到背面从后门进去。"

他们一起走下车,取出了后备厢里的装备。玛蒂和伊洛娜将防弹背心穿在外套里面。

"这样一来你就得不到保护了,伯卡特。"玛蒂说。

"但是我不会被人看见。"伯卡特回答道,他取出了那把黑克勒—科赫自动步枪和夜视仪,"这家伙一定想象不到,一个看不见的隐形人将对他发动致命一击。"

玛蒂将微型光纤摄像头夹在自己的领口,并使其极度隐蔽,接下来她帮助伊洛娜夹好了另一个摄像头。

"注意隐藏好你们的耳机。"伯卡特提醒道,"还有麦克风。"

玛蒂将耳机深深地塞进耳洞,接着将麦克风藏在腕表下面,然后上到了驾驶座。与此同时,伊洛娜上到了副驾驶座位,伯卡特则坐在后座上。

"现在我们可以联系公司了。"玛蒂说。

伯卡特拨通了杰克·摩根的号码,解释了他们目前的处境。摩根闻讯后非常愤怒,责怪他们没有提前将行动计划告知他或柏林刑警局。

"我们正尽最大努力拯救我儿子的性命,杰克。"玛蒂坚持道。

"我们马上去机场。"摩根说,"我们可以租用一架直升飞机。"

"别这样!"伯卡特说,"除非你们可以在一英里以外的地方降落,他很精明,如果他听到了直升飞机的声音,那他就会联想到我们已经通知了后援。"

"那我先打电话把情况告知迪特里希。"摩根说完就挂断了电话。

片刻的安静之后,玛蒂发动了汽车,雨水泼溅在车前窗上,越来越大。远处还出现了闪电,尽管距离遥远,不过它所形成的光线足以显露出巨型风车的叶片。风不算大,叶片在微风中徐徐转动,感觉有些阴森。

"孤儿院就在我们的左前方。"玛蒂说,"现在的距离差不多就是五百米。"

"准备好了吗?"伯卡特在她减速准备停车时问道。

"没有。"玛蒂诚实地说。

"那你呢,伊洛娜?"

"我准备好了。"但是她的声音充满了疑虑和恐惧。

当伯卡特打开后座车门时,玛蒂转过头来看着他。

"请告诉我,尼克拉斯一定会没事的。"

伯卡特将他的大手放在玛蒂的肩膀上,此时雨水已经变成了倾盆大雨,"他会没事的,玛蒂,你得有信心。"

一二二

我的朋友们,此刻我正站在孤儿院后门外东北方向的树林里的一棵巨大的松树下面。尽管天在下雨,我全身都被雨水淋湿了,不过当我听到了一辆汽车刹车减速并最终停靠在四十四号孤儿院南面的大路旁边的紧急停车带时,那种轮胎与地面摩擦的声音还是让我感到异常愉悦。

片刻之后,我听到了车门被打开的声音,但是没看到座舱顶灯发出的光线。接下来,我再次听到了车门被打开的声音,然而车里依旧没有亮灯。

这使我立刻感觉到有必要怀疑。我绕到松树背后,将自己的身体紧贴在树干上。真的很冷,我快被冻僵了。我注视着孤儿院的后门,心里猜测着那个反恐精英很可能计划从侧翼包抄我,而伊洛娜·弗雷和玛蒂·安格尔则会如约从前门走进来。

他们此时一定很害怕,我非常确信这一点。而我呢?我的心也在"怦怦"直跳。

一个母亲,一个儿子,一个和我过去生活纠缠不清的幽灵,他们都会感到恐惧。

所以,一旦伯卡特被处理掉,那样一来就好像回到了旧时光,对此我深信不疑。在我开启自己的新生活以前,我还需要再庆祝一次。

我继续站在松树底下一动不动,等待着他们的来临。一分钟过去了,两分钟过去了,三分钟过去了,这时我开始认为我自己很可能是反应过激了,我应该尽快回到孤儿院,否则她们就会找到尼克拉斯。

但是,又过了半分钟以后,我突然意识到我前方的黑暗发生了一丝变化,接下来我看见了微弱而模糊的绿光,那一定来自于某种夜视设备。

我将身体紧靠在树干上,右手握住手枪,瞄准了绿光的方向。然而,几秒钟后光线却消失了,起码我看不见它了。

我使劲地看了又看,什么都没看见,可我的时间已经不多了。

突然,我听到了树枝断裂的"咔嚓"声,于是我绕过树干,将枪口对准了声响传来的位置。

我听到了低沉而微弱的说话声,"慢慢走进去,让他先开口说话。"

在距离我大约三十米远的地方,出现了一个矩形的光束,比刚才的绿光要亮得多。

那家伙正在看自己的手机屏幕。

这可不是发短信的好时候,我一边这样想,一边连开两枪。

我的耳朵告诉我,两枪都击中了那个人的骨骼和肌肉,紧接而来的是一声喘息,一阵咳嗽,然后是一个令人满意的倒地声。再往后,我就只能听见泼溅在树林里的雨水声了。

一二三

"伯卡特?"玛蒂小声地对着自己的麦克风说话,她们已经快要抵达四十四号孤儿院的前门了。就在几秒钟前,她听到了他喘息和咳嗽的声音,而现在她能分辨出的信息就只剩下静电干扰声和通过耳机传送过来的雨水声。

"怎么了?"伊洛娜在一旁低声问道,"出什么事了?"

那一刹那,玛蒂不知道该如何是好,她不停地回忆着刚刚听到的喘息声和咳嗽声。

但是很快她就将这件事暂时搁置在一边,尼克拉斯正困在孤儿院中的某个地方,我得将他活着带离那里。

一定得活着!她一遍又一遍地对自己说。当她们登上通往门廊的阶梯时,玛蒂取出了自己的手枪,然后领着伊洛娜走进了早已不成样子的前门,接下来又路过了曾经是哈丽雅特·莱德维格的办公室的房间。

她们来到了楼梯间,玛蒂喊道:"福克!"

然而除了风声雨声,她们什么都没听到。她们检查了餐厅和厨房,没看到任何人。

她们又回到了楼梯间,玛蒂再次喊道:"福克!"

"放下枪!"福克的声音突然从她们背后的阴影中传来,"把它扔到你身后。"

玛蒂犹豫着,没有照做。

"把枪放下,如果你还想见到你儿子的话。"

玛蒂只得将手枪向后一扔,它与地面碰撞时发出了"咔哒"声,在空旷寂静的孤儿院里显得格外响亮。

"把手电筒也扔了。"福克命令道。

她照做了,接下来福克捡起手电筒,照在两个女人身上。玛蒂眼前老旧的楼梯上出现了她和伊洛娜的影子,但她不敢回头看。

"到楼上去。"他边说边在喉咙里发出了"哼哼"声。

伊洛娜一听到这个声音,整个人立即变得非常恐慌,并且试图逃跑。但是福克一把揪住了她的头发,猛地将她提了起来,吓得她大喊大叫,几近崩溃。

"你尽管叫吧。"福克咆哮道,"没有人会听到你的声音,最近的活人离我们这儿至少也有好几英里。还有,我们之间有一些事情没有完结。"他又对玛蒂说:"快上楼,你儿子在上面等你。"

玛蒂走上了一段黑暗的阶梯,伊洛娜呜咽着跟在她身后。到达二楼的楼梯平台以后,福克指引她们沿着走廊前往一个面朝孤儿院后方的房间,窗外是广阔无边的农田和树林。

福克用手电筒照亮了房间,玛蒂没能看清楚房间里的构造,只看到一条绳子悬挂在暴露的横梁上,接下来手电筒的光束被移开了。

福克命令她俩跪下,当她们照做后,他又示意她们脱下身上的防弹背心,然后用双手紧紧地抱住她们自己的后脑勺。他始终站在玛蒂身后,以至于玛蒂一直没有机会看清楚他的脸。片刻之后,他用尼龙扎带①将她们的手腕和脚踝都紧紧地捆扎起来,接着绕到了她俩的前面。

借着手电筒斜射出来的光芒,玛蒂发现福克的脸和头顶看起来就像是假发模特。他是秃头,没有眉毛,皮肤异常光滑,耳朵紧贴着头皮。"难道你认为你还可以活着从这里走出去吗?哼哼?"福克说,"你的朋友伯卡特——就是那个大个子,我朝他的胸口开了两枪,恐怕他再也不能去任何地方了。"

玛蒂的心沉到了谷底,伯卡特,他死了吗?她脑海中浮现出了伯卡特那天早上在她家厨房做煎蛋饼的情景,还有他因尼克拉斯讲的一个笑话而开怀大笑的样子。

一种从未有过的恐惧包围了她,"我儿子在哪里?"玛蒂问道。

福克走到房间角落里的一扇小门旁边,然后从里面拉出了尼克拉斯,后者也被尼龙扎带捆得严严实实的,嘴上还贴着强力胶带。

"尼克拉斯!"玛蒂激动地喊叫起来。

尼克拉斯瞪大了眼睛,很明显早被恐惧和激动给吞噬了,接下来他开始朝着自己的母亲呜咽。

"放他走!"伊洛娜喊道,"你已经抓到我了,你已经抓到你想要的人了!"

福克笑了笑,"那么我就应该放弃自己本该享受的乐趣吗,伊洛娜?我想我不会这样做。"

一二四

我的朋友们,我点燃了我为这个场合而特别准备的煤气罩灯。

---

① 设计有止退功能,只能越扎越紧的用于捆扎东西的带子,常用于机电产品的电缆、电脑、电子产品、汽车线束等,在生活中比较常见。

"你一定还记得那些煤气罩灯,对吗,伊洛娜?"我问道,"那些我们曾经在屠宰场里使用过的微弱摇曳的灯光?"

伊洛娜盯着那盏煤气罩灯,张大了嘴巴,看起来精神恍惚,她那精神分裂的大脑里面一定出现了某种恐怖的画面。接下来,她脑子里的机关好像突然"咔哒"一下被关掉了,她转过头去盯着墙壁,开始哼唱起童谣来。

"看来你还记得。"我边说边在喉咙里发出了"哼哼"声。

我抓住玛蒂的手腕,拖着她后退了一段距离,接着命令她再次跪下,并将双手举在头顶。我用一个铁钩钩住了她手上的尼龙扎带,这个铁钩连着一根绳子,绳子的另一端绕过了一个挂在屋顶横梁上的滑轮。

"站起来!"我命令道,然后开始拉动绳子的另一端,直到她的双臂被拉紧,整个人即将被吊离地面。

我来到她面前,不由自主地笑出了声。

"真不错!"我对她说,"现在的情况比刚才好多了,难道你不这样认为吗?哼哼?"

"放我儿子走。"她说,"求你了,他是无辜的。"

"你们让我又回到了过去。"我厉声说,"既然那些刑罚已经用在伊洛娜的母亲、克里斯的母亲以及其他人身上,那你凭什么认为它们不会用在你们身上呢?难道你们和那些人不一样吗?"

我走到房间的另一头,扯下了贴在尼克拉斯嘴上的强力胶带。

然后我回到玛蒂身边,取出了一把多用途工具刀,用锋利的刀刃划开了她的上衣和胸罩。

当我完成这件事以后,我得意洋洋地将她展示给她的儿子尼克拉斯看,接着我将刀尖抵在她的胸膛上,然后不怀好意地斜睨着男孩,"你很爱你妈妈,不是吗?"

一二五

一方面是因为极度的痛苦,另一方面是出于对玛蒂的担心,尼克拉斯禁不住哭喊起来,"你为什么要这样做?"

玛蒂感到极其羞辱,而她自己的羞耻心又因为尼克拉斯的哭喊而被放大了,现在她终于明白了为什么福克的手段可以达到使人招供的目的。她上下打量着他,发现他脸上充满了兴奋的笑容,而且他的身体也看得出很兴奋,这让她回想起了那位性工作者吉纳维芙曾经告诉过她的话。

玛蒂变得非常生气,然后大声喊道:"别让他看到你的想法,尼克拉斯。他就希望看到你害怕的样子,所以别让他得逞。不管你心里在想什么,都别挂在脸上。"

尼克拉斯犹豫了一下,紧接着夹紧了下巴,面无表情地看着自己的母亲,眼睛瞪得很大,像玻璃球一般地凸出着。片刻之后,他点了点头。

我的好儿子,你真勇敢!玛蒂心想。

这一招很奏效,福克的兴奋和快乐很快就消退了,他狠狠地瞪着玛蒂,扭曲着自己的嘴唇,就好像她破坏了他的兴致。接下来他耸了耸肩,"没关系,除了恐惧,我更喜欢享受别人的痛苦感觉。"

他绕到她背后,重重地拉起绳子。

当她逐渐被拉离地面时,尼龙扎带割进了她的手腕,与此同时她的肩膀发出了"咯吱"的声响。

尼龙扎带嵌进了她的皮肉,她感到自己的手臂即将脱臼。

玛蒂从来没有感受过这样的痛苦,她紧紧咬住嘴唇,不让自己出声,用尽全力不将自己的痛苦表现出来。然而,最终她听到自己的喉咙里爆发出了不受控制的愤怒的号叫,就好像是来自另外一个人的声音。

当福克再次来到她面前时,他的双眼放光,活像一个站在游乐场里的孩子。

玛蒂拒绝与他对视，转而看着尼克拉斯，后者正背靠在墙壁上发抖，但是努力遏制住自己的抽泣，"妈妈？"

玛蒂没有回答，相反，她将心里燃起的怒火凝聚在一起。

她弓起身子，用尽力气向福克踢去，她的鞋尖正好错过他的腹股沟，但是重重地踢在他的大腿上。

福克看上去有些震惊，不过很快就欣然一笑，"你是第二个试图这样做的人，看来第一回合的刑罚对你来说不起作用。"

试图踢福克非但没有使他受伤，反倒使玛蒂的手腕伤得更重，她感到双臂钻心的疼痛。她还看见眼前有黑点在晃动，也许我很快就要昏过去了，玛蒂想。

福克绕到玛蒂的背后，将绳子放松了一些，使她的双脚重新回到地面，但双手依旧悬在头顶。

"妈妈，你在流血！"尼克拉斯哭喊道。

玛蒂感到一阵眩晕，她抬起头来，看到鲜血正从她的伤口涌出，并且向下流淌着。

当福克绕回来，再次面对着她时，玛蒂喘息着说："你就是用这种方法对待那些被送到屠宰场的母亲的吗？将她们悬挂在挂肉钩上？"

"我总得想办法移动尸体啊，这样比较方便。"

"我不是尸体！"

"你会变成尸体的，而且很快。"

他看着尼克拉斯，晃动着手里的刀，然后将刀尖抵住了玛蒂的胸膛，"他们最终可以找到你和你儿子，当然还有伊洛娜，但那时你们都会像尸体一样被悬挂起来。"

一二六

亲爱的朋友们,我得承认我真的很享受现在的一切,尤其是当雨水落在孤儿院屋顶上时所发出的声响令人感到非常舒适,因为它减弱了其他各种声音,使我可以专注于这最后的插曲所带给我的快乐:一个母亲,一个儿子,一个老朋友,还有即将发生的死亡。

不过接下来我看了看手表,然后对玛蒂说:"你认为他们抵达这里的准确时间是什么时候?"

"你说谁?"玛蒂问道。

我穿上一件防弹背心,接着回答道:"就是你打电话叫来营救你的人。"

"我们没有给任何人打过电话,而且我们也按你说的做了,现在放我们走吧。"

"你在撒谎!"我说,"你不听我的话,带来了大个子伯卡特先生,所以你一定已经将这里发生的事情告诉给其他人了。"

"我们没有。"玛蒂说,"我向你保证,绝对没有。"

我注视着她的眼睛,时间持续了很久。

我猜她也许说的是真话,但转瞬间我认定那是绝对不可能的。

我再次看了看手表,从她离开汽车时算起,已经过了大约二十分钟了。在我清理现场之前,我至少还有二十分钟可以用。

但是我需要得到确切的答案,而且要快。

我走到我的背包旁边,从里面取出了一个设备,这是我在几天前才刚刚得到的。

我将它拿在手心里旋转着,只露出了尖端一小部分,然后挥舞着展示给玛蒂看。

"那是什么?"她问道。

"真糟糕,我们的时间不多了。"我说,"或许我应该在某个空闲的时候再告诉你。"

玛蒂开始不安地扭动身体,这使得我更加兴奋。她不知道我手上拿着的东西是什么,难道这不是最大的恐惧吗?人类的大脑最难对付的东西就是未知事物,你知道原因是什么吗?

因为他们的想象力总是让他们本能地设想出更糟糕的东西或境况。

最终,我摊开手,让她看到了那个设备。

"这是一个为那些需要在狂风中点火的登山者们设计的工具。"我说,"他们把它称作点火器,我上周买的,正好现在可以派上用场。"

我按下了开关,设备内部发出了一阵"噼啪"声,紧接着一股很细很强的火焰从喷嘴冒了出来。

"这可是两千四百度。"我边说边享受着写在玛蒂脸上的恐惧,"这就是人类最原始的恐惧——火,难道不是吗?你知道吗,在其他所有方法都不奏效的时候,我总是可以发现这种恐惧能够起作用。这种足以将人的双眼熔化的恐惧往往会使人开口认罪。"

一二七

雷声在距离孤儿院几百米之内的地方响起,闪电使得这个房间比白昼还亮,但是玛蒂能看见的东西就只有从点火器喷嘴中"嘶嘶"冒出的邪恶的火焰。

"不!"尼克拉斯尖叫道,"别这样做!求你了!"

在玛蒂眼中,时间仿佛变慢了。她清楚地意识到福克慢慢地移动到她右边,她无法踢到站在那里的他。她咬紧牙关,使劲扭动着自己的脖子。

她突然听见伯卡特正在自己耳边讲话,那声音就如同是从另一个空间传来的模糊不清的耳语,"安格尔……玛蒂……我……我在孤儿院后门的外面中了两枪,一枪击穿了我的左前臂,现在已经止住血了。另一枪击中了左大腿,大腿骨被打断了,我已经用皮带对伤口进行了包扎。我找不到我的手机,因为我现在无法动弹。玛蒂,原谅我不能来救你,还有伊洛娜和尼克拉斯。"

伯卡特开始悲痛地哽咽,"我不能来救你……"

几秒钟后,伯卡特控制住了自己的情绪,努力使自己的声音保持平静,"如果你能听到我,千万别放弃,不管他在做什么,都要尽可能地拖延时间。坚持住!很多人都爱着你,玛蒂,我……我也爱你。你很漂亮,而且勇敢,聪明,坚强,你的孩子是最棒的!继续战斗,玛蒂,直到他们找到你,千万不要放弃!"

福克捏住玛蒂的下巴,将她的头扭过来,被迫与他目光对视。她看见了橙红色的火焰,形状好似一把精细的凿子。

火焰掠过了她的耳朵,烧焦了她的头发,拂过了她的锁骨。

那种痛苦实在是无法名状,难以言喻。玛蒂猛地避开火焰,不停地尖叫着。

"妈妈!"尼克拉斯跪在地上歇斯底里地哭喊着,"妈妈……"

"我再问你一次。"福克说,"还有谁会来?什么时候来?"

玛蒂浑身战栗,她嗅到了自己的皮肉被烧焦的气味,几乎就要呕吐起来,与此同时她还看到了儿子脸上极度痛苦的表情。

伯卡特的声音又在她耳边回响,坚持住!千万不要放弃!

"在我们进来之前,我给柏林刑警局打过电话。"她喘息着说,"他们已经在来这里的路上了。福克,不论你对我们做了什么,总之他们这次一定会逮住你的。"

福克的脸上露出了一丝怀疑的神色,但是很快他又露齿而笑,"哦,这样啊?我会顺利逃离的,我一向都可以做到这点。他们顶多只是打电话把皮球抛给哈雷市刑警局,但是后者至少要花二十分钟才能赶到这里。不过听你这么一说,我想我得加快速度了,尽快将我的计划付诸实施。"

他走到他的背包旁边,取出了一把扁头螺丝刀。

尽管自己正处于极度疼痛、意识有些模糊的混沌状态中,玛蒂仍然明白这意味着什么。

"拖延时间。"伯卡特的声音再度在她耳边响起,"拖延时间。"

福克走到伊洛娜身边,她依然跪在地上,面朝墙壁,像孩子一样哼唱着。

"你第一次杀人是如何实现的?"玛蒂喘息着问道,"还有,你是如何拿到你的秘密警察档案文件,然后销毁它们的?你又是如何使得别人找不到你的?"

一二八

我的朋友们,当她提出这些问题以后,我稍微停顿了一下。我的第一反应是忽略她,继续完成我自己的工作,然后永远地离开这个地方。

但是另一个念头促使我想要某个人甚至所有人都知道我是何等的天才人物,而我无法抗拒这种念头。更何况,一旦我开始工作,我的行动会非常迅速并且敏捷,就像我父亲教我的一样。

"那相当容易。"我告诉她,"在20世纪80年代中期,我可以清楚地看出东德的时间不多了。我还能清楚地看到,如果那件事发生了,那么我的专长将不再被人理解,变得一无是处。所以,我很早就开始着手清除自己的资料,那时距离柏林墙倒塌还差整整三年。"

"你是怎么做的?"

"寻找到合适的人,对他们进行收买和贿赂。有的人不吃这套,那就对他们进行威胁。最后,我拿到了我的档案文件,然后将它们付之一炬。另外,我知道梅尔克早就销毁了跟我有关的其他一切东西,所以接下来我能做的就只有等待,等待事态和局面变得更加不稳定。后来,当我一听到设在莱比锡市的总部发生动荡的风声,我就知道时候到了。我和其他人一样涌入了东柏林大街上的人潮,并看着他们用大锤和起重机摧毁了柏林墙。当两边的人潮会合在一起时,我带着伪造的文件进入西德,然后很快就潜逃到巴拉圭去了。"

我得意洋洋地指着自己的脸,"这个杰作就是在那里完成的,几乎花去了一整年的时间,没有人还认得出我就是从前的马蒂亚斯·艾萨克·福克。"

我握紧螺丝刀,然后调整了一下方向,将刀口对准了伊洛娜。

"那些面具又是怎么回事?"玛蒂追问道。

我再一次未能抵御住自己想说话的冲动,"那是长期潜伏在我意识深处的童年兴趣。我在巴拉圭找到了一个面具,非常喜欢。"我回答道,"从此我开始收集面具,当我的身体完全恢复以后,我的爱好变成了我的职业。"

"你的本钱又是从哪里来的呢?"

我笑了,"这就是我在拷打那些母亲时所打听的第一件事,我让她们告诉我她们家里的钱、首饰和银器是藏在哪里的。坦率地说,当时我做事的范围已经远远超出了我被要求的。所以,在柏林墙倒塌后的第三年,我飞回了柏林,然后开始建立我的美术馆。"

"那伊尔莎·弗雷呢?"

一听这话,伊洛娜突然停止了唱歌。

"哼哼,你说伊尔莎啊。"我真的很享受此时此刻说话的过程,"在天体浴场俱乐部里,伊尔莎认出了我的声音,而我一瞬间就从她脸上的表情看出了这一点。所以,我得照料她。"

"那克里斯呢?"

"他试图跟踪我。他去天体浴场俱乐部调查,询问是否有人认识一个戴了面具的男人。没有人告诉我这件事,除了一个把我当成老主顾的好孩子。于是我告诉她,将我的行踪以及生意都透露给克里斯。接下来,我知道克里斯开始跟踪我,我就引着他来到了屠宰场,再对他进行偷袭。我很清楚,他在屠宰场里会感到心烦意乱,无法正确思考,尤其是当他在地下室里看到了伊尔莎的尸体以及尸体上面的老鼠以后更是如此。"

伊洛娜突然开始啜泣,而我善解人意地明白了原因。

"看来你还不知道这件事,对不对,伊洛娜?"我继续刺激着她的神经,"哦,是的,那是真的,你亲爱的妹妹已经死了,现在轮到你了。"

我上前两步,抓住她的头发,并将其提起来,从而露出了她的后颈。

伊洛娜哀号着,那声音听起来就像是刚进屠宰场的小猪。

我伸直了手臂,准备将螺丝刀向上戳进她的小猪脑里。

一二九

"住手!"一个洪亮的男声从玛蒂身后传来,"放下武器,放开她,不然我就一枪打爆你的头。"

福克愣住了,只得回头去看,玛蒂也扭动脖子顺着声音传来的方向看了过去。

原来是达里克·艾贝哈特,他就是当玛蒂第一次来孤儿院时在孤儿院旁边的农田里耕作的那名农夫。此刻他正站在房间门口,用手里的双筒猎枪瞄准了福克。

"放下武器!"艾贝哈特命令道,"我知道怎么使枪,先生!"

福克放开伊洛娜,然后扔掉了螺丝刀。

"趴在地上!"玛蒂朝福克喊道,"脸朝下!把手放在我们看得见的地方!"

福克以一种极度震惊的眼神看着玛蒂,很明显他难以理解为什么这个女人可以突然恢复成这种状态。接下来,他很不情愿地趴在地板上。

艾贝哈特走到玛蒂面前,惊骇不已,"天哪!他对你做了什么?"

"小心点,他有枪。"玛蒂说,"就在那边,还有一个点火器。"

她看了看福克,后者正趴在地上,双手的手指在脑袋后面交叉着,但很明显他的身体依旧保持着警惕和谨慎的状态。

"我找到了。"艾贝哈特说,紧接着她看着他将福克的手枪和点火器扔出窗外。

"帮帮忙,艾贝哈特先生。"玛蒂说,"请帮我们解开束缚,让我们自由。"

艾贝哈特掏出一把小刀,割断了玛蒂手腕上的尼龙扎带,然而伤口的疼痛依然像火烧一样折磨着她。艾贝哈特放下猎枪,脱掉雨衣,然后将雨衣交给玛蒂,让她遮蔽自己的身体。

"谢谢你!"玛蒂对艾贝哈特说,此时后者正走向尼克拉斯。

她感到有些头晕,就好像自己马上就要昏倒了一样,不过当她看到尼克拉斯被解救时,心里又充满了狂喜。男孩站起身来,扑进母亲的怀里,呜咽着说:"妈妈!"

玛蒂将尼克拉斯紧紧地抱在怀里,泪水顺着她的脸颊流了下来,她亲吻着尼克拉斯的额头,"我真的非常、非常抱歉,让你……"

"我还以为他会杀了我们。"

"不,不会的,孩子。"玛蒂轻声说道,"现在我们安全了。"

艾贝哈特又释放了伊洛娜,然后扶着她站了起来。伊洛娜有些站不稳,但她迫不及待地问玛蒂:"你真的在屠宰场的地下室里看到她了吗?伊尔莎?"

玛蒂感到有些不安,"我一直都不敢告诉你真相,我确实不忍心这样做。"

"以前我还抱有一丝希望。"伊洛娜的声音柔弱无助得像一个小女孩,"可现在……"

她转过身去,恶狠狠地踢了福克一脚,正好踢在他的肋骨上。

"你这个该死的王八蛋!"她尖叫道,因为踢人时用力过猛还差点摔倒,"你杀死了伊尔莎,克里斯,还有格里塔!"她再次猛踢他的肋骨,"你还杀死了我们的母亲们,你逼迫她们承认了她们从来都没有做过的事情,你为什么那样做?"

玛蒂抓住伊洛娜的胳膊,想把她拉开,可她还在继续尖叫。

一三〇

趴在地板上的我几乎不能动弹,不过当我感觉到伊洛娜踢我的那两脚时,事实上我是在享受这种因为她的痛苦而产生的碰撞。

而且当我听到她那充满痛苦的声音以后,我发现自己更加热爱生活了。

"你问我为什么?"我笑着说,"因为我喜欢那样做,伊洛娜。我喜欢在熄灯以后待在那里,而我更喜欢让他们的生命之火逐渐熄灭。我喜欢死亡的气息,不论是通过触觉、嗅觉、味觉还是听觉。一切就是这么简单,一直以来都是这样的。牛、猪、母亲以及孩子,对我来说都是一样的。"

农夫绕到了我的左侧,我可以用余光瞥见他的橡胶靴。"你究竟是个什么样的禽兽啊?"他问道。

"我就是个食肉动物。"我回答道,"难道你不知道吗?杀戮是我们的本性。"

艾贝哈特朝我走近了一步,我感觉他好像也打算踢我几下。

这时远处传来了警报声,尽管雨水声很大,但警报声还是依稀可辨。农夫停下了脚步,很明显他也听到了。

他小心翼翼地后退了几步,离我更远了。

突然,伴随着一声巨响,他左脚下方的地板毫无征兆地破裂和坍塌了。

他立刻歪斜着下坠,大腿被卡住了,上半身猛烈地向后倒去,紧接着整个身体以一种不可思议的角度扭曲着。

我赶紧站起来,恢复了自由,这时我意识到他已经扔掉了自己的猎枪。

我迅速上前两步,然后使劲踢他的下巴。

艾贝哈特的头猛地一甩,昏了过去。我转过身来,寻找玛蒂的位置。

然而她已经占据了先手。

她抡起一根木棒猛击我的肋骨。

疼痛加上震惊,我不由自主地跪倒在地。她走了过来,再次用木棒击打我。

不过我很快调整成坐姿,然后伸出一只脚,绊住她的脚踝。

她一个趔趄跌倒在地。

我站起来,一脚踢中了她的腹部,紧接着我听到了她大口喘气的声音。

警报声更近了,我甚至可以听出有几辆警车。

我看着躺在地上的玛蒂·安格尔,"我得说,时间只够一个人了。"

我可以看出她没能明白我的意思。

接下来我勒住了小男孩尼克拉斯的脖子。

我将他举离地面,使他几乎无法呼吸,然后我后退几步来到了刚才被扔在地上的螺丝刀旁边。我放下尼克拉斯,然后一手抓起工具,一手卡住正在尖叫的小男孩的脖子。他被迫面朝下地露出了自己的后颈,活像一只待宰的羔羊。

我看了玛蒂一眼,她正挣扎着站起来,由于紧张过度甚至无法说话。

"让我看着你的眼睛!"我喊道,"我希望在尼克拉斯死去时看到你的眼神!"

"福克!"伊洛娜在我身后尖叫着,继而来到了我的左侧。

我转动脖子看着她,这个来自于我过去生活的幽灵,此刻正汗流浃背,头发蓬乱,手里握着艾贝哈特的猎枪。

一三一

福克饶有兴趣地看着伊洛娜。

"我亲爱的老朋友伊洛娜,这不关你的事。"他开口说道,然后将脸转到她的方向,这时尼克拉斯赶紧趁机爬走了。

"这当然关我的事。"伊洛娜朝他尖叫道,"而且这和克里斯、伊尔莎、亚瑟、格里塔和基弗都有关,现在他们都和我在一起,都在我身上灵魂附体,福克!我甚至可以听见他们正在对我说话,每个人的声音我都能听见!"

"别这样!"玛蒂喊道。

但是伊洛娜猛地扣动了扳机。

从两根枪管中喷射而出的大号铅弹打中了福克的心脏部位,巨大的冲击力使他后退,继而猛地撞上了墙壁。接下来,他靠着墙壁往下滑,令人惊异的是他的胸口居然没有流血,只有少量的血顺着他的后脑勺和脖子流了下来,而那些伤是撞击形成的。

福克低下头,看着身上那件刚刚抵御住了子弹冲击的防弹背心,放声大笑,"难道你不知道吗?你不能杀死你看不见的东西!隐形人是不会死的!"

他抬起头看着伊洛娜,后者正站在非常靠近他的位置,并用枪瞄准了他的脸。"你准备怎么做呢?"他戏谑地问道,"蓄意而残忍地射杀我,然后变成一个像我一样的杀人犯?因为我而在监狱里度过余生?"

伊洛娜看上去已经处于崩溃的边缘,玛蒂想走过去夺下她手中的枪。但是伊洛娜苦笑了一下,接着用一种母亲教训孩子的口吻对福克说话。

"我是个精神病患者,你忘记了吗?没有人会因此而判定我有罪。现在是熄灯时间,福克,该为你熄灯了,永远!"

"我的朋友。"福克开始用乞求的语气说话,"我……"

警车已经抵达了孤儿院楼下,警灯在打开着的窗户外面闪烁着红蓝相间的光芒。在伊洛娜的枪声响起之前的那一刹那,玛蒂从福克脸上看到了一丝他卸下伪装后的表情,就像一个淘气的小男孩在调皮捣蛋时被人抓个正着。

尾 声

美丽的伤疤之城

一三二

三个月后,临近圣诞节的一天,为了纪念克里斯·施奈德和其他被马蒂亚斯·艾萨克·福克夺去生命的受害人,国际私人侦探公司柏林分公司的全体成员以及他们的朋友一起聚集在东柏林附近普伦茨劳堡区的客西马尼教堂里为死难者举行追悼会。

1989年的时候,这所教堂曾经是抗议者的大本营,玛蒂认为在这里纪念最后一批秘密警察的受害者是比较适当的。

在教堂大厅的正前方,克里斯和其他受害人的巨幅照片被排列成一个半圆形,放在主席台上。

杰克·摩根也是哀悼者之一,他与玛蒂和尼克拉斯坐在一起,苏格拉底安静地蹲在小男孩的膝盖上。塞西莉亚姨妈此时正在提醒尼克拉斯保持安静,三个月前的那一天,她幸运地被邻居发现晕倒在自己的公寓里,而且手和脚都被捆绑起来了。

在他们身后,伊洛娜·弗雷与格哈特·卡尔尼拉坐在一起,后者在公开审讯中勇敢地作出了对她有利的证词。

韦格尔警员和仍然处于停职期的高级政委迪特里希一起走进了大厅中央的过道,坐在轮椅上的哈丽雅特·莱德维格伤感地看着那些照片——四十四号孤儿院的孩子们成年后的模样,她不停地用手擦拭着自己的双眼。

在仪式快要开始的时候,一个身穿黑色西装、背有些驼的老男人慢吞吞地走进大厅,独自一人坐在靠后的位子,他的双手放在手杖上。

牧师开始简单陈词,他首先谈到了所谓的生活中必须承受的担子,然后颂赞那些死于福克手下的受害人都是无辜的英雄,他们被迫面对秘密警察最后的疯狂。

接下来，哀悼者们一个接一个地站起来讲话。摩根再次提到了克里斯·施奈德作为一名侦查员是多么的伟大和无畏，他赞扬克里斯是全公司最优秀的侦查员之一。

丹尼尔·布莱希特谈到了克里斯的勇气和幽默感，加布里埃尔博士谈到了克里斯的专业精神以及拒绝妥协的态度，他还说克里斯一直将他视为自己的亲兄弟。

凯瑟琳娜·多鲁克回忆起了克里斯、玛蒂和尼克拉斯在一起时所拥有的真正快乐的时光。

伊洛娜·弗雷颤抖着站了起来，说道："克里斯是为了拯救我的妹妹，为了给四十四号孤儿院的孩子们报仇，所以才牺牲的。我永远都不会忘记他。我也不会忘记其他死于福克手下的孤儿们。正是因为他们，我感到我的神智又恢复了正常。"

最后，轮到玛蒂站起来表达自己的感想了。

一三三

刚开始时，玛蒂甚至不知道自己能不能完成这次发言，但是接下来她低下头看见了尼克拉斯，立即得到了力量。

她先描述了自己和克里斯初次见面时的场景，然后回忆起了两人间的点点滴滴。当她讲到他第一次发出约会邀请时的那种笨拙和尴尬时，一些哀悼者忍不住笑出了声。她还告诉他们，当克里斯向她求婚时，她被喜悦的感觉所包围，永生难忘。

接下来，她的脸上现出了忧郁的表情，她谈到了一直以来充斥在她心中并且挥之不去的空洞、黑暗和阴霾，以及媒体和民众对整个事件——屠宰场、尸体、孤儿院、谋杀、福克的秘密警察背景的报道和反应。

"从柏林墙倒塌到现在已经过去二十二年了，然而时至今日，那些曾经发生在东柏林的事情还没有彻底地离开我们当中的大多数人。"她说,"大家都说我们应该忘记秘密警察对自己的同胞所做的事,他们说我们应该忘记那种偏执以及由之而引发的暴行,他们说我们应该忘记发生在诸如克里斯、伊尔莎和你——伊洛娜身上的事,他们说我们应该往前走。"

玛蒂的眼中涌出了泪水,"是的,我们应该往前走。生活还得继续,但是我们不能忘记的是,在那个距离我们仅仅只有二十多年的黑暗世界里,像马蒂亚斯·艾萨克·福克这样的人曾经存在过,而且非常兴旺。最重要的是,我们不能忘记那些被福克毁灭的好人,他们都是真实存在的。他们会笑,会哭,而且相互关心。他们是孩子们,母亲们,父亲们,弟兄姐妹们,妻子们,还有……恋人们。"

有一阵子,玛蒂几乎无法控制自己颤抖着的身躯,但是片刻之后,带着苦乐参半的微笑,她指了指那个扶着手杖的老人。

"正是基于此,我想介绍一下奥格斯特·沃尔夫先生。"她说,"在过去的十八年里,沃尔夫先生一直都是莱比锡大学的文学教授。而在他成为文学教授以前的十五年里,他经常出入于秘密警察的监狱和酷刑室。他之所以能够那样做,是因为他在20世纪70年代的主要工作就是研究秘密警察和知性自由。"

玛蒂沿着大厅中央的过道走向老人,然后伸出了自己的右手。老人也伸出右手,握住玛蒂的手,费力地站了起来。玛蒂拍了拍他的手臂,接着告诉哀悼者,"这位老先生同时也是克里斯的父亲。"

整个房间顿时鸦雀无声。

片刻的沉寂之后,高级政委迪特里希率先开始鼓掌,紧接着所有人都站起来鼓掌。

克里斯的父亲在开口之前多次哽咽,难以言语。

调整好情绪以后,他用一个教授应有的稳重的声音说道:"我曾以为克里斯在三十年前就和我的妻子一起死去了,当时人们就是这样告诉我的,而且那时我也找不到任何相关记录。从那以后,我逐渐平静地接受了这一切。"他摇了摇头,"可到后来我居然听说克里斯还活着,而且成为了一个他人心目中的好人。"他再次摇了摇头,泪水顺着他的脸颊流了下来,"这种感觉实在是让我难以承受。

"当玛蒂上周找到我并且告诉我真相时,我起初不相信她。"他继续说道,"但是接下来我开始对一个事实感到非常痛苦,那就是我失去的不仅仅是一个八岁的男孩,我还失去了一个他所变成的男人。"

他叹了口气,"但是现在,当我听着你们对他的描述时……"他哽咽了,"对我来说真的是一种很大、很大的帮助,可以缓解我内心的痛楚。我想感谢你们在这些年里成为他的朋友,我从心底感谢你们所有人对我儿子的帮助,以及为他的牺牲所作出的正义之举。"

一三四

当玛蒂伸出双臂拥抱奥格斯特·沃尔夫时,整个客西马尼教堂里面没有一双眼睛是不带泪的。

过了一会儿,玛蒂站直了身子,朝四周看了看,然后对大家说:"我知道这里是教堂,不过了解克里斯的人都知道他生前最喜欢啤酒。我们已经包下了离教堂不远的一家餐厅,我们准备了啤酒,还有很多克里斯喜欢的食物。让我们不要再谈论克里斯的死,也不要再谈论其他受害人的死,取而代之的是我邀请你们向他们祝酒,并且讲述更多的关于他们的故事,让他们继续活在我们大家的心里。"

牧师宣布仪式结束,哀悼者们开始陆续走出教堂。

摩根走到克里斯的父亲身边,自我介绍以后搀扶着这位老人离开教堂,凯瑟琳娜则义务为莱德维格女士推轮椅。

玛蒂跟在布莱希特和加布里埃尔博士身后,她的一只手臂环绕着尼克拉斯的肩膀,另一只手臂挽着塞西莉亚姨妈的胳膊。

当他们来到教堂大厅的出口时,玛蒂示意儿子和姨妈先走一步,并表示自己随后就会赶上他们。尼克拉斯和塞西莉亚会意地笑了笑,然后一起离开了。

玛蒂转过身去,看到了汤姆·伯卡特,后者正拄着拐杖斜靠在教堂的后墙边。他的左前臂绑着绷带,右腿套上了一个管形石膏夹。

"我表现得还行吧?"她问道,"我还克里斯一个公道了吗?"

"你做得太好了!"伯卡特回答道,"你让我这个局外人都忍不住在后面放声痛哭。"

玛蒂笑着说:"伯卡特,其实你是个情感很丰富的人,但是深藏不露呀。"

"别告诉任何人,我可不想破坏自己的形象。"

她长久地凝视着他,"你还记得那天晚上你在四十四号孤儿院外面发送给我的信息吗?"

这一次伯卡特看起来真的很困惑,"什么信息?"

"在福克开枪打伤你以后,我能听到你对我说的话。"她停顿了一下,"我听到了你对我说过的每一句话,汤姆。"

伯卡特皱起眉头,移开了视线,但是脸却红了,"真的吗?每一句话?"

"每一个字。"玛蒂说完再次笑了起来。

伯卡特也笑了,"那么然后呢?"

玛蒂握着他的手,"然后我们就应该继续往前走,伯卡特。不过我们得走慢点,就像很多柏林人一样,我们都还需要漫长的治疗和康复。"

Private Berlin by James Patterson and Mark Sullivan
Copyright © 2013 by James Patterson
This edition published by arrangement with Little, Brown and Company, New York, New York, USA.
Simplified Chinese translation rights © 2013 by Chongqing Publishing House Co., Ltd.
All rights reserved.

本书中文简体字版由小布朗公司授权重庆出版社在中国大陆地区独家出版发行。未经出版者书面许可，本书的任何内容不得以任何方式抄袭、复制或转载。

版贸核渝字(2013)第 027 号

图书在版编目(CIP)数据

柏林面具人／(美)帕特森著；曾雅雯译. —重庆：重庆出版社，2013.7

书名原文：Private Berlin

ISBN 978-7-229-06475-4

Ⅰ.①柏… Ⅱ.①帕… ②曾… Ⅲ.①长篇小说—美国—现代 Ⅳ.①I712.45

中国版本图书馆 CIP 数据核字(2013)第 087520 号

柏林面具人
BOLIN MIANJUREN

[美]詹姆斯·帕特森 马克·沙利文／著 曾雅雯／译

出 版 人：罗小卫
责任编辑：陈渝生
责任校对：郑小石
装帧设计：重庆出版集团艺术设计有限公司 · 王芳甜

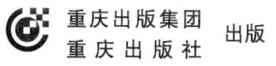

重庆出版集团
重庆出版社 出版

重庆长江二路 205 号 邮政编码：400016 http://www.cqph.com
重庆出版集团艺术设计有限公司制版
自贡兴华印务有限公司印刷
重庆出版集团图书发行有限公司发行
E-MAIL:fxchu@cqph.com 邮购电话：023-68809452
重庆出版社天猫旗舰店
cqcbs.tmall.com
全国新华书店经销

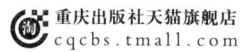

开本：680mm×980mm 1/16 印张：18.5 字数：280 千
2013 年 7 月第 1 版 2013 年 7 月第 1 次印刷
ISBN 978-7-229-06475-4
定价：32.00 元

如有印装质量问题，请向本集团图书发行有限公司调换：023-68706683

版权所有 侵权必究